1995년 어느 날, 낙엽 뒹구는 앞마당에서 가족과 함께

2011. 6. 13.
국회 행정안전위원회 위원장으로 선출된 후 첫 회의를 진행하고 있는 이인기 행정안전 위원장

이인기와 함께

멀리 가는 길

이인기와 함께 멀리 가는 길

이인기 지음

초판 1쇄 | 2011년 06월 27일
초판 2쇄 | 2011년 07월 05일

지은이 | 이인기
펴낸이 | 신현운
펴는곳 | 연인M&B
기 획 | 여인화
디자인 | 이수영 이희정
마케팅 | 박재수 박한동
등 록 | 2000년 3월 7일 제2-3037호
주 소 | 143-874 서울특별시 광진구 자양동 680-25호(2층)
전 화 | (02)455-3987 팩스 | (02)3437-5975
홈주소 | www.yeoninmb.co.kr
이메일 | yeonin7@hanmail.net

값 15,000원

ⓒ 이인기 2011 Printed in Korea

ISBN 978-89-6253-098-8 03810

이인기와 함께
멀리 가는 길

등산을 한다는 것은
정상에 올라갔기 때문에 의미가 있는 것이 아니라
정상을 향해 올라갔기 때문에 의미가 있는 것이라고 생각한다.
성공이나 실패라는 결과의 문제보다는
어떤 과정을 거쳐 왔는지가 더 중요하다.
참된 가치라는 것은 바로 그곳에서 생성될 것이며
그 가치가 도전 정신이라고 말할 수 있는데…

이 인 기 지음

연인M&B

소작농의 아들로 이 자리에 서게 되었습니다. 저는 흔히 말하는 '자수성가'나 '개천에서 용 난' 사람이 아닙니다. 저를 보고 성공한 사람이라고 누군가 말할 수 있을지 몰라도, 제게 '성공'이라는 단어는 어울리지 않습니다. '성공'이라는 단어에는 그에 걸맞은 결과들이 뒤따라야 하는데, 제게는 성공을 가늠할 수 있게 하는 결과물이 아무것도 없기 때문입니다.

제가 가진 것이라고 모든 사람들에게 당당하게 말할 수 있는 것은 경북 칠곡군 왜관읍 석전3리 718번지의 낡은 집 한 채 뿐입니다. 그러나 그 집은 저의 부모님과 처음으로 소작농에서 벗어난 집이었으며 아직도 제가 살고 있는 집입니다. 그 집에 살았기 때문에 저는 많은 사람들로부터 도움을 받을 수 있었습니다. 그래서 저는 그 집을 위해 싸우고, 그 집에 도달하기 위해 서울과 대구를 오갈 뿐입니다.

제게 희생적으로 헌신하신 가족들과 당원들, 그리고 저를 믿어 주시고 지켜 주시는 국민들, 이분들에게 조금이나마 보답하고자 국회의

원으로서 부끄럽지 않은 삶을 살기 위해 이 책을 발간하게 되었습니다. 이들의 은혜에 직무유기 혹은 직무방관하지 않기 위해 뒤를 돌아본 것입니다. 그러므로 이 책은 저의 공적 따위를 자랑하고 칭찬받기 위한 것이 아닙니다. 제 삶 전체의 '의정보고서'일 뿐입니다.

빨리 가려면 혼자 가고, 멀리 가려면 함께 가야 한다고 알고 있습니다. 구호로 외치는 행복이 아닌, 진짜 행복한 삶을 모든 국민들이 영위하도록 하는, 그 멀고도 즐거운 길을 저와 함께해 주셔서 정말 감사드립니다. 앞으로도 함께 어깨동무하는 것을 멈추지 않겠습니다.

가난한 사람, 힘 없는 사람, 정직한 사람의 눈물을 닦아 줄 수 있는 제가 될 수 있기를 간절히 소망하며, 국민 여러분께 제 삶의 의정보고서를 보내 드립니다.

2011년 6월
국회의원 이인기

Contents

제2부 멀리 함께 가는 길

Contents

제1부

돌아가는 길이 좋은 길

소작농의 아들

    광복의 기쁨도 잠시 6.25전쟁으로 모든 것이 황폐해진 1953년. 그 어느 해보다 몹시 추울 수밖에 없었던 2월에 나는 태어났다. 그 시절, 대부분의 사람들이 그랬듯이 생존을 위한 사투가 걸음마를 떼기도 전에 내게 주어졌다. 미당 서정주의 시 〈자화상〉처럼 나의 아버지는 거의 머슴에 가까운 삶을 살아 내고 계셨고, 3남 3여의 셋째 아들로 나는 농투성이의 남루한 생활 속으로 던져졌다.

    내게 유년의 기억이 있다면, 그것은 울타리 밖에서 깊이 허리 숙여 밭일을 하고 계시던 어머니를 애타게 부르며 울었던 것뿐이다. 서너 살이나 되었을까. 나는 두 형들의 손에 붙들린 채, 뒤도 돌아보지 못하고 묵묵히 일하시던 어머니와 아버지를 바라보며 아침저녁마다 울고 또 울었던 기억이 뇌리에 선연하다. 그것이 내가 기억해 낼 수 있는 내 인생의 가장 첫 장면이다. 그 장면 속에서는 아기가 울어도 뒤돌아보지 못하고, 굽힌 허리 한 번 펴시지 못했던 부모님의 뒷모습과 그 밭의 주인이었던 고모님 댁의 개가 사납게 짖는 소리가 아련히 들려온다. 그것이 그 장면의 배경음이다.

아버지께서는 자식들이 자라나자 언제까지 남의 땅에서 머슴같이 일해서는 안 되겠다는 생각 끝에 소작농이라도 되기로 결심하시고 독립을 준비하셨다. 비록 남의 땅이지만, 직접 수확한 것을 내다 팔면 형편이 더 나아질 수 있을 것이라는 생각에서 결단을 내리신 것이다. 그러나 부모님이 그토록 성실히 일해 주었던 고모님 댁은 아버지의 독립에 대한 지원을 전혀 해 주지 않았고, 우리 가족은 알음알이로 황무지에 가까운 땅 2천 평을 얻어 소작농의 삶을 겨우겨우 시작했다.

지금도 그때가 기억난다. 그 드넓고 거친 땅 위에 거의 폐가와 가까울 정도로 허물어져 가는 작은 초가집에서 온 가족이 잠을 청했던 소작농의 첫날밤. 다 무너져 가는 집이었지만 우리 가족은 두 발 뻗고 기분 좋게 잠을 이룰 수 있었다. '희망'이라는 단어를 '소망'할 수 있었기 때문이었다. 난 당시 여섯 살 소년에 불과했기 때문에 우리 가족이 일구는 땅이 남의 땅이라는 것을 몰랐고, 온 가족이 함께 땀 흘려 일하는 순간들이 그저 더없이 행복하기만 했던 것으로 기억된다.

그러나 이 행복은 그리 오래 가지 못했다. 갑자기 땅 주인이 직접 자신이 농사를 짓겠다고 우리를 길거리로 내쫓았다. 소작한 지 채 2년도 되지 않았는데, 황폐한 땅이 어느 정도 농사를 지을 수 있는 땅이 되자 땅 주인이 이를 보고 우리를 몰아낸 것이었다. 우리는 어쩔 수 없이 그

땅에서 쫓겨나야 했고, 겨우 철길 옆의 다 쓰러져 가는 집에서 비바람을 피할 수 있었다. 그 집은 기차가 지나갈 때마다 상대방의 말을 전혀 들을 수 없었고, 대화를 잠깐씩 중단해야만 했다. 집 전체가 기차 소리에 맞춰 같이 흔들리던 그런 집이었다.

결국 아버지는 남의 농사일을 거들어 주는 일을 다시 시작하셨고, 어머니는 생전 해 본 적도 없는 생선 장사를 시작하셨다. 새벽녘에 나가셨다가 밤늦게 들어오시는 어머니를 보며, 어린 나이였음에도 자존심이 상했고 마음이 아팠다. 나라 전체가 가난하던 시절이었고 우리 집 역시도 가난했다. 이런 형편에서도 아버지와 어머니는 한마디 불평도 없이 우리 육 남매를 정성껏 보살펴 주시고 키워 주셨다.

생선 냄새와 흙 냄새가 집안 가득했던 그 힘겨운 시절에도 부모님은 큰형과 작은형, 그리고 나까지 중·고등학교에 보내 주셨다. 하지만 늘 제때에 공납금을 내지 못해 시험을 잘 치루었음에도 영점 표시가 되어 있던 형들의 통지표가 지금도 눈에 선하다. 그런 형편에서도 우리 자식들을 위해 당신들의 젊은 날을 모두 희생하신 부모님께 고개 숙여 감사에 감사를 드릴 뿐이다. 지금 이 세상에 계시지는 않지만 항상 우리를 굽어보고 계시는 아버지와 어머니께 감사의 마음을 전해 올리고 싶다.

어렵게 살아가는 우리 가족을 지켜본 어떤 분이 사정을 딱하게 여겨 200평 남짓한 땅을 우리에게 소작할 수 있도록 허락해 주는 기적 같은 일이 생겨났고, 우리는 다시 남루하고 힘든 생활 가운데서도 기쁨과 행복을 누릴 수 있었다.

남의 농사일을 돕는 아버지와 생선 장사를 하시던 어머니 두 분 모두 돌아오시면, 우리 가족들은 함께 모여 밭일을 했다. 그 밭은 호박밭이 었는데, 나는 주로 호박밭에 물을 주는 일을 했었다. 물지게를 지는 것은 아버지와 어머니의 몫이었다. 어린 우리들에게는 너무 무거웠다. 그때 우리를 비춰 주던 그 환한 달빛. 그 호박같이 둥근 달빛 아래에 서, 아무것도 모르고 뛰어다니며 웃고 떠드느라 일을 하는 둥 마는 둥 하면서도 서로 즐거워했던 그 밤들은 잊을 수 없다. 가난하고 힘든 삶 이었지만 그만큼 치열했고 또 그만큼 화목하게 온 가족들이 모두 웃을 수 있었던 그때 그곳은 내 삶의 원동력이자 내게 하나의 상징과도 같 은 곳이다.

그렇게 정직하고 값진 노동 끝에 우리는 1971년 내가 고등학교 3학 년 무렵, 700평의 땅을 구입해 우리 집 소유의 땅을 처음으로 갖게 되 었다. 그곳이 바로 생전의 부모님이 계셨던 곳이며, 우리 가족이 살았 던 곳이자 내가 지금도 살고 있는 칠곡군 왜관읍 석전3리 718번지로, 나는 아직도 그곳에 살고 있다. 그곳에 있으면 아버지와 어머니가 나 와 함께 있는 것 같고, 힘들고 어려웠지만 웃을 수 있었던 그 행복한 기억이 현실의 삶에 지쳐 포기와 체념에 다다르기 직전 나의 마음을 격려해 주고 보듬어 주었다. 그렇게 어려웠지만 행복했던 그 공간에 살면 그 시절이 지금—여기 나와 함께 있다는 것을 느낄 수 있기에 나는 감사함과 겸손함을 늘 배우고 기억해 낼 수 있다.

　나는 소작농의 아들로 자라 왔다. 그리고 내 아버지와 어머니의 등
굽은 영혼이 고스란히 숨 쉬고 있는 718번지에 지금도 살고 있으며, 앞
으로 공직에서 물러나더라도 718번지에 머물 것이다. 그곳은 내 평생
의 주소, 내 존재의 고향이다.

온 가족이 호롱불

1966년, 중학교에 입학할 나이가 되었다. 당시에는 중학교 입학시험 제도가 있었는데, 내 사정을 잘 아시는 선생님들의 권유로 대구 계성중학교 입학시험을 준비하게 되었다. 계성중학교는 대구에서 오랜 전통을 가진 명문학교인데다가, 고등학교도 함께 있어 중학교 입학시험을 잘 치르면 고등학교를 졸업할 때까지 장학생으로 다닐 수 있었다. 부모님 역시 동의하셨지만, 문제는 입학시험을 치르기 위해 당장 대구로 떠날 차비조차 없다는 것이었다.

시골에서 올라와 입학시험에 응할 경우, 대개는 시험 전날 학교 근처의 여관 같은 곳에서 부모님과 숙박하는 것이 일반적이었지만, 우리 집안의 형편은 숙박은 고사하고, 대구에 갈 차비조차 마련하기 어려웠다. 나는 이러한 사정을 잘 알고 있었고, 부모님 또한 더 잘 알고 계셨겠지만, 나는 입 밖으로 그 이야기를 꺼내지 않았다. 집안 사정을 뻔히 알았기 때문이었고, 행여나 괜한 소리를 해서 부모님의 마음을 아프게

해 드리고 싶지 않았기 때문이었다.

시험 전날이 이르도록 일언반구 없으시던 부모님. 어머니께서 먼저
기나긴 침묵을 깨뜨리셨다. 많은 돈은 아니지만, 대구에 오갈 수 있는
차비 정도의 돈을 꺼내 놓으신 것이다. 가족들 모두 눈이 휘둥그레졌
고, 아버지께서는 어머니께 무슨 돈이냐며 놀란 목소리로 다그치셨다.
그러나 어머니는 조용한 침묵으로 일관하셨다. "집안 걱정 말고 시험
만 잘 보고 오라."는 말씀만 계속 반복하셨을 뿐이었다.

시험을 치르고 온 며칠 뒤, 잠결에 부모님의 대화를 엿듣고 나서야
그 돈의 출처를 알았다. 어머님께서 예단으로 받은 옷감을 전당포에
맡기고 마련해 온 돈이었다. 그 말을 듣고 나는, 이불을 머리끝까지 덮
고 얼마나 숨죽여 울었는지 모른다.

우여곡절 끝에 시험 보러 가던 날, 그날은 매서운 칼바람이 콧물조차
얼려 버리는 1월이었다. 시험 하루 전에 학교 근처에서 숙박할 수 없
는 형편이었던지라, 새벽 4시에 출발하는 군용열차를 타고 대구로 향
했다. 분명 무척이나 추웠을 한겨울의 새벽이었을 텐데 추위를 느끼지
못했던 것이 희한하다. 어려운 사정에도 불구하고 차비를 마련해 주신
어머니의 정성과 온 가족의 응원 덕분에 추위를 느낄 새가 없었던 것
같다. 집에서 출발하기 전에 잡았던 어머니 손의 온기와 감촉이 시험
끝날 때까지도 사라지지 않았다. 그때 어머니의 온기와 감촉은 지금도
내게 따뜻함이라는 말의 감각적 표상이다.

이른 새벽 큰형(이정기)과 나는 대구역에 도착했다. 큰형이 끼니를 해결하고 시험장에 들어가자고 말했다. 새벽부터 밥을 굶기고 나를 시험장에 차마 보낼 수 없었던 것이다. 그러나 문제는 역시 돈이었다. 음식을 사 먹을 돈이 없었다. 형은 그런 난처한 상황에서도 내게 웃음을 보이며 "집에서 밥은 싸 왔으니, 밥을 말아 먹을 수 있는 국밥의 국물만 사 먹자."는 제안을 해 왔다. 과연 그것이 가능할까 하는 의구심이 들었지만, 나는 형의 말을 따라 대구역 앞 청과시장 골목 안의 국밥집으로 들어섰다. "국물만 두 그릇 달라."는 형과 나를 한동안 번갈아 본 식당 아주머니는 아무런 말없이 뜨끈한 국물을 내어 주었다. 우리의 딱한 사정을 짐작하고는 매몰차게 쫓아내지 않으신 것이다. 우리는 순식간에 국밥에 밥을 말아 허기를 해결했고, 시험 시간에 맞춰 시험장에 도착할 수 있었다.

가족들의 눈물겨운 응원에 힘입어 나는 계성중학교 · 계성고등학교의 6년 장학생으로 당당하게 합격할 수 있었다. 그때 장학생으로 합격하지 못했더라면, 전당포에 결혼 예단을 맡긴 어머니의 정성과 큰형의 염치를 무릅쓰고 국만 시킨 일들은 모두 헛일이 되었을 것이다. 그 후로도 우리 가족은 전당포에 맡긴 예단을 영영 되찾지 못했다. 그때 어렵사리 치른 시험은 이후 내 인생 행로 그 자체가 되었지만, 그때 어머니와 큰형을 비롯한 가족들의 사랑을 갚을 길이 없다. 그것은 아마도 끝내 갚을 수 없는, 영원히 되갚을 길이 없는 '사랑의 빚'일 것이다.

철길 옆에 얻은 우리 집은 전기도 들어오지 않는 낡은 집이었다. 그래서 밤마다 침침한 호롱불 아래 책을 보며 공부할 수밖에 없었다. 그 집은 방이 하나뿐이어서 모든 식구가 함께 잠을 자야 했는데, 작은 호롱불로도 식구들의 잠을 방해하기에 충분했다. 가족들은 내가 공부할 때마다 잠을 설칠 수밖에 없었는데, 누구도 단 한 번이라도 내게 불평을 한 적이 없었다. 내가 미안하게 여겨 일찍 잠들려고 하면 오히려 어머니께서는 "좀 더 공부해도 괜찮다."고 다독여 주셨다. 어머니뿐만 아니었다. 아버지와 형들, 여동생들 모두 호롱불 아래에서 공부하고 있는 내 모습을 물끄러미 지켜보다 잠이 들었다.

나는 더욱더 치열하게 공부할 수밖에 없었다. 온 가족이 날 응원해 주고 있는데 그들의 기대와 믿음을 배반할 수 없었기 때문이었다. 무척이나 가난하고 힘들었지만 그렇게 온 가족이, 아니 온 세상이 내 편이었던 시절이 있었다.

빵 냄새와 수돗물

"삭풍이 항상 부는 것은 아니다. 소나기도 하루 종일 오지는 않는다."

감사하게도 계성중·고등학교 6년을 장학생으로 다녔다. 공납금을 낼 수 없어 제대로 학교에 다니지 못한 사람도 부지기수였던 것을 생각할 때 늘 감사하는 마음이 든다. 하지만 집에서 대구의 학교에 오갈 수 있는 차비와 식비 그리고 책값 등은 감당하기 힘든 중압감이었다. 대구에서 자취할 형편조차 되지 못했기 때문에, 왜관에서 대구까지 기차로 통학할 수밖에 없었다.

꼭두새벽, 눈을 비비고 일어나 대충 세수를 하고, 어머니가 차려 주신 아침밥을 먹고 집을 나섰다. 서둘러야 대구로 가는 첫 기차를 탈 수 있다. 기차엔 항상 좌석이 없었기 때문에 대구까지 서서 가야만 했다. 그 와중에서도 영어 단어나 물리 공식 등을 적은 작은 수첩을 보면서 공부했다. 1분 1초도 아까웠기 때문이다.

차비가 부족했기 때문에 대구역에서 내려 학교까지 버스를 탈 수 없었고, 40분 거리를 걸어가야만 했다. 그 기차가 첫차였기 때문에 그 이상 빨리 등교하는 것은 불가능했고, 그래서 항상 지각할 수밖에 없었다. 그 당시 지각생은 교문 앞에서 기합을 받았는데, 그래서 나는 하루도 거르지 않고 매일 기합을 받을 수밖에 없었다.

학교 수업이 끝나고 기차를 타고 집에 오면 저녁 6시쯤 되는데, 온 가족이 모두 밭일에 매진할 시간이었다. 밭일이 모두 끝난 다음에야 늦은 저녁을 함께할 수 있었고, 나 역시 밭일을 거들어야 했다. 가족들 모두 일하는 것을 외면한 채 혼자만 저녁을 먼저 먹거나 공부할 수는 없었다. 전기도 들어오지 않았기 때문에 호롱불 아래에서 공부를 해야만 했는데, 지친 가족들을 호롱불 때문에 잠을 설치게 할 수도 없었다. 여러모로 궁리한 끝에 학교 도서관에서 밤늦게까지 공부하고 밤 10시 용산행 군용열차를 타고 집에 돌아오기로 마음먹었다. 전깃불 아래서 마음 편하게 공부할 수 있는데다가, 공부할 수 있는 시간도 확보할 수 있었기 때문이다.

하지만 문제는 저녁밥이었다. 점심 도시락은 어떻게든 겨우 싸 갈 수 있었으나, 저녁 도시락까지 싸 가기는 쉽지 않았다. 때론 점심 도시락조차 싸 가지 못한 적도 종종 있었으니, 저녁 도시락은 엄두조차 내지 못했다. 어머니께서는 집에 일찍 들어와 일하지 않아도 좋으니 혼자 저녁 먹고 공부하라고 하셨지만, 그렇게 할 수는 없었다. 고생하는 온 가족 옆에서 혼자 편하게 앉아 공부할 수는 없었다. 결국 나는 다른 식으로 현실을 긍정하기로 했다. 저녁 먹을 시간조차 아껴서 공부한다는 생각으로 스스로를 위무했다.

저녁때가 되면 도서관의 학생들이 하나 둘씩 사라진다. 집으로 귀가하거나 혹은 저녁을 사 먹기 위해 도서관을 나서고 나면 한적해지는 오후 6시의 도서관은 나 혼자만의 공간이 되었다. 가끔씩 바람 쐬러 운동장에 나가면 텅 빈 운동장과 포플러 나무만이 외로이 서 있을 뿐이었다. 그리고 저 너머로 해가 지고 있었다. 때때로 이 세상에 홀로 있다는 느낌이 들었고, 그럴 때면 내 그림자도 무척이나 길어 보였다. 그렇게 우울과 감상에 빠진 적도 몇 번 있었지만, 다시 제자리로 돌아오는데 그리 오랜 시간은 필요치 않았다. 집으로 돌아오면 곧바로 가난하고 남루한 현실이 살갗에 와 닿았기 때문이다. 사춘기라는 것은 내겐 사치였다.

학교 도서관에서 밤 9시 30분까지 공부하고 대구역으로 향하는 길목에는 요기를 할 만한 음식들이 즐비했다. 특히 경주의 특산물인 황남빵과 비슷한 모양의 국화빵을 파는 작은 가게가 하나 있었는데, 아침 저녁으로 통학하는 그 길목에서는 언제나 구수하고 달콤한 빵 냄새가 진동했다. 하지만 그 빵을 사 먹을 여유가 없었다. 더군다나 그 빵 냄새는 저녁을 굶은 내게는 무척이나 달콤했다. 그 냄새가 뼛속까지 스며들었다고 말해도 조금도 지나치지 않을 것이다. 가끔은 기찻삯으로 그 빵을 사 먹고 집에 들어가지 말까 하는 생각조차 들었다. 하지만 그럴 수는 없었다. 나를 기다리는 가족들이 있었기 때문이었다.

용산행 기차를 타고 왜관역에 10시 40분쯤 도착하면 어김없이 큰형이 자전거를 세워 놓고 나를 기다리고 있었다. 큰형의 자전거를 타고 귀가할 때에야 비로소 오늘 내가 해야 할 일을 모두 마쳤구나 하는 생각이 찾아왔다. 몸은 파김치가 되어 있었지만 집으로 향하는 밤공기는 상쾌했고, 따뜻했고, 다음 날을 희망하게 만들어 주었다.

그러나 공부를 마치고 도서관에서 대구역으로 향하는 발걸음은 정말 쉽지가 않았다. 너무 배가 고파서 잠시 정신을 잃고 쓰러진 적이 몇번 있을 정도로 배고픔을 참기 어려웠다. 플랫폼에서 기차가 들어오기를 기다리다가 너무 배가 고파서 나는 결국 수돗가의 물을 마시기로 했다. 잠시나마 극심한 허기의 고통을 잊을 수 있었다. 나는 습관적으로 수돗물을 마시기 시작했다.

그렇게 매일 수돗물을 마시는 광경을 지켜봤는지, 나와 같은 시각의 기차를 타는 한 아주머니가 어느 날 나에게 말을 걸어왔다. 질문은 간단했다. "왜 그렇게 매일 물을 많이 마셔 대느냐?"는 것이었다. 순간 창피하기도 하고 부끄럽기도 했지만 나는 웃으며 대답했다. "물이 맛있어서요." 하지만 아주머니는 매일 저녁을 굶고 있는지를 내게 물어오셨고, 나는 입가의 물기를 교복 소매로 쓱 훔치며 수줍게 그렇다고 답했다. 일순, 둘 사이에 알 수 없는 먹먹함이 감돌았다. 아주머니의 눈시울이 붉어지며 아주머니는 뒤돌아서셨다. "열심히 살면 반드시 좋은 일이 있을 게야."라고 말하며 뒤돌아섰지만 들썩이는 어깨를 분명히 볼 수 있었다.

아주머니가 저 멀리 시야에서 사라지자, 나는 흐르는 수돗물에 연거푸 세수를 했다. 눈물이 쏟아졌기 때문이다. 한참 동안 세수하면서 나는 스스로를 격려했다. 가난하게 태어났지만, 열심히 공부해서 성공하겠다는 다짐에 이를 악물고 주먹을 말아 쥐었다. 가진 것은 아무것도 없었고, 할 수 있는 것은 그것뿐이라는 것을 나는 잘 알고 있었다. 결국 나는 중학교 1학년 중간고사에서 전교 1등이 되었고, 그때 상으로 받았던 만년필을 지금껏 잘 간직하고 있다. 그리고 전교 1등을 한 그 다음 날부터 선생님들께서 나를 특별히 지각생 기합에서 제외시켜 주셨다. 지금도 그렇게 배려해 주신 선생님들께 늘 감사의 마음을 잊지 않고 있다. 또한 나는 그 5일의 중간고사 시험 기간 동안 새벽 일찍 일어나 몇 시간씩 시험공부를 했는데, 그때마다 어머니께서 마당 장독에 정화수를 떠 놓고 간절히 기도하는 모습을 보게 되었다. 그때의 말로 표현할 수 없는 강한 전율은 아직도 기억에서 지울 수 없다.

그 시절 나는, '할 수 있는 것'과 '해야 할 것' 그리고 '해야만 하는 것'을 잘 알 수밖에 없었다. 그리고 치열하고 지난했던 그 어려움 끝에 얻어지는 결과는 결코 노력을 배신하지 않는다는 것을 배웠다. 그렇게 나의 사춘기는 사춘기 없이 지나갔다.

돌아가는 길이 좋은 길

"나는 열심히 노력하지 않고 정상에 도달한 사람을 본 적이 없습니다.(마가렛 대처)"

하루하루 스스로를 강하게 채찍질하며 이윽고 고등학생이 되었다. 중학생 때는 무작정 열심히 하자는 생각으로 공부해 왔지만, 고등학생이 되자 무엇을 위해 공부해야 하는지, 앞으로 무엇을 해야 하는지 심각하게 고민할 시기가 찾아왔다. 진로에 대한 고민이 시작된 것이다. 그리고 서울대학교 법과대학을 목표로 삼고 그 목표를 이루겠다는 다부진 결심을 하게 되었다. 가난한 사람이든 부자든 노력하는 만큼 성공할 수 있다는 것을 스스로 증명하고 싶었고, 한편으로는 이렇게 가난한 삶을 살 수밖에 없는 사회 현실과 경제적 부조리에 대한 변혁을 꿈꿨기 때문이었다.

고등학교 3학년 가을 무렵, 나의 정신적 버팀목이었던 큰형이 군 제대 전후 갑자기 유명을 달리하였다. 또한 선생님들께서도 합격할 것이라는 기대감을 가지고 오히려 내게 격려의 말을 건넬 정도였지만, 나는 서울대에 보기 좋게 낙방하고 말았다. 이렇게 동시에 두 가지 큰 충격이 내게 다가오자 나는 극도의 혼란에 빠졌다. '나 또한 농투성이로 평생을 살아야 하는구나' 라는 때 이른 절망과 체념, 자포자기에 빠져 봄과 여름, 두 계절을 무의미하게 흘려보냈다. 겨우 정신을 차렸을 땐, 이미 여름이 다 저물어 가고 있었다.

다시 용기를 얻고 정신을 차리게 된 것은 어머니 때문이었다. 늘 새벽 일찍 일어나 정화수를 떠 놓고 자식의 안녕을 기원하시는 어머니의 모습이 갑자기 낯설게 다가왔고, 나를 몽둥이로 후려치는 것 같았다. 여름이 막바지에 다다른 늦여름 새벽의 어느 날이었다. 어머니는 내게 아무것도 원하시지도 나무라시지도 않았다. 그저 어머니는 못난 아들의 방황이 막다른 길목에 다다를 때까지 묵묵히 기다려 주시고 응원해 주신 것이다. 그 어머니의 간절함이 갑자기 내게 절실하게 다가온 것이었다.

뒤늦게 정신 차리고 공부를 다시 시작했지만 두 번째 시험에서도 또 떨어졌다. 처음 낙방했을 때는 모두들 운수 탓이라며 위로해 주었지만, 두 번째로 떨어지고 나니 주변의 사람들이 "지방대라도 좋으니 장학생으로 들어가는 것이 어떻겠느냐?"고 하나둘씩 내게 권유하기 시작했다. "부모님 고생하는 것을 봐서라도 장학생으로 다른 학교라도 빨리 들어가 자리를 잡는 것이 낫지 않겠느냐?"는 설득이었다. 이미 1

년을 허비했기 때문에 마음은 더욱더 급해졌다. 속히 결단을 내려야 했다.

그러나 어머니께서는 또 한 번 기운을 북돋워 주셨다. "다른 사람들이 뭐라고 하든 자신이 원하는 결정을 해야 한다."는 말씀이었다. 어머니의 말씀에 힘을 얻어 나는 "다시 한 번 도전해서 반드시 성공하겠다."는 다짐을 할 수 있었고, 서울대학교를 향한 걸음을 멈추지 않았다. 삼수가 시작된 것이다. 재수할 때는 학원을 다니지 못했지만, 이번에는 학원을 꼭 다녀야 한다는 생각에 학원비 마련을 위해 두 군데에서 가정교사 일을 하였다. 사실 대학생도 아닌 삼수생 신분으로 가정교사를 할 수 있었던 것 자체가 불가능한 일이었기에 무척 고마운 일이었다. 여름이 끝날 무렵 학원비와 하숙비가 마련되자 나는 서울로 상경하여 대성학원에 등록하였고, 시험이 몇 달 남지 않았을 때 나는 아예 독서실에서 살기로 했다.

또다시 합격의 약속 없는 입시 공부에 몰두하게 된 나는 "하루에 세 시간 이상 잠을 자지 않으며, 시험이 끝날 때까지 바닥에 눕지 않겠다."는 나와의 결심을 했다. 이후로 잠은 의자 두세 개를 이어붙이고 잠깐씩만 눈을 붙였다. 바닥에 눕지 않겠다는 자신과의 약속을 지키기 위해서였다. 잠이 부족해 얼굴은 푸석푸석하고 머리는 늘 무거웠고 마음까지도 꺼칠꺼칠한 수험생의 일상을 힘겹게 버텨 가고 있었다.

어느 날, 독서실에서 공부를 하다가 까무룩 잠이 들었는데, 독서실 아주머니가 조용히 흔들어 깨우시더니 빵과 우유를 건네주셨다. "고생을 이겨 내려면 속이라도 든든해야 한다." 며, "밥을 주지 못해 미안하지만 이거라도 먹고 힘내."라는 아주머니의 말씀에 나는 또다시 힘을 낼 수 있었다. 지금도 빵과 우유를 건네주시던 그 아주머니의 얼굴이 생생하다. 작은 선행이었지만 때론 누군가에게 평생의 고마움으로 남을 수 있다는 것을 그때 거기서 배웠다.

그해 겨울, 마침내 서울대학교에 합격할 수 있었다. 두 번의 실패와 세 번째의 도전 끝에 성취한 결과였다. 그 감격과 기쁨은 지금 생각해도 가슴 벅찰 만큼 감동적이고 뜨거웠지만, 무엇보다도 어머니께 그 영광을 가장 먼저 드렸다. 모든 사람들이 나의 선택에 고개를 가로저었을 때도 어머니만은 내 편이 되어 주셨고, 내 선택을 무조건 존중해 주셨다. 서울대 합격은 내 노력에 의한 것이 아니라 어머니의 노력에 의한 것이라고 말해야 옳을 것이다. 서울대 합격 통보를 받아 보니 3분의 2가 등록금 면제였다. 나머지 3분의 1의 등록금은 내 스스로 해결해야 했다. 국립대학이라 사실 큰돈은 아닐 수 있었지만 그 비용 역시 내게는 벅차기만 했다. 궁리 끝에 왜관 낙동의원 최형석 원장 내외분을 찾아가 여름방학 때 자녀의 과외 수업을 해 줄 테니 선불로 등록금 낼 돈을 줄 수 있겠느냐고 말씀드렸더니 흔쾌히 넉넉하게 주셔서 입학할 수 있었다. 정말로 감사드릴 뿐이다.

그리고 얼마 지나지 않아 나의 여동생들은 고등학교를 졸업하자마자 곧바로 취직해서 내 학비를 마련해 주었다. 그와 같은 동생들의 피

땀 어린 희생에 반드시 보답해야 했기 때문에, 나는 사법시험에도 뒤늦게 합격했으나 흥분과 기쁨보다는 그저 담담함을 유지할 수밖에 없었다.

성공했다는 사람들의 경험담을 들어 보면 시련을 견디고 이겨 내는 강인한 의지와 끊임없는 노력을 강조한다. 분명히 맞는 말일 것이다. 하지만 그 못지않게 강조해야 하는 것은 그 인내와 도전을 가능케 했던 동기와 목적이다. 불요불굴의 의지와 인내심을 가능케 하는 이유가 중요한 것이다. 내 작은 성공은 순전히 어머니의 노력에 의한 것이라고 말하고 싶다. 나를 이끌어 주었던 공부의 동력은 내 자신의 출세와 성공에 있지 않았다. 돌이켜 보건대, 내 힘과 의지의 8할은 어머니의 믿음을 저버리지 않겠다는 것에 있었다. 독서실 아주머니도 나에게 있어 또 다른 한 명의 어머니셨다.

뒤이은 사법시험 역시도 나는 단번에 합격하지 못했다. 연거푸 네 번이나 떨어졌고 그때 역시 주변 사람들은 안타까운 눈으로 다른 방향을 모색할 것을 권유했다. "서울대 법대를 나왔으니 괜찮은 월급을 주는 직장에 얼마든지 쉽게 취직할 수 있으니 그쪽을 알아보라."는 것이었다. 그러나 나는 거듭된 실패를 통해 빠른 길이 빨리 도착하는 길은 아니라는 것을 배웠다. 진짜 빠른 길은 돌아가는 길이라는 것, 아니 삶에서 중요한 것은 빠름과 속도가 아니라 거기에 도달하는 과정 그 자체라는 것을 깨달은 것이다. 거듭되는 실패를 통해서 배울 수 있었고 실패를 통해서만 배울 수 있는 것이었다.

우리 선조들도 소년등과(少年登科)라고 하여 젊은 날의 성공을 인생의 불행으로 꼽았다고 한다. 실패와 좌절을 모르는 성공의 위험성을 경험적으로 알았기 때문에 생긴 말일 것이다. 젊은 날에 즐겨 마신 고배 덕택에 이후로도 나는 다시, 또다시 도전했고 포기라는 단어를 내 인생에서 삭제했다. 인생의 성공은 결과에 있는 것이 아니라 거기에 도달하는 과정 그 자체가 모든 것이기 때문이다. 나는 삶과 세상을 좀더 길고 폭넓게 바라볼 수 있었다. 모두 부모님과 가족들 덕분이었다.

후회 없는 선택

사법시험에 합격하고 사법연수를 받았다. 사법연수원을 졸업할 때쯤 경찰이 되어야겠다는 생각이 들었다. 대부분의 연수생들은 판사와 검사의 길을 걷고 싶어 했지만, 나는 그들과 다른 길을 걷고 싶었다. 그렇게 결단이 가능했던 것은 두 가지 이유였다. 하나는 공부하면서 경찰이라는 직업에 대해 매력을 느꼈기 때문이었고, 다른 하나는 법대 교수님의 말씀 때문이었다. 법을 만드는 정치가나 법을 판단하는 판사보다도, 법을 직접 집행하는 경찰이 훌륭해야 국민들이 살기 편해진다고 말씀하셨다.

나는 과감히 경찰(간부)직에 지원하였고, 1985년 대구시 남부경찰서 보안과장으로 임명되었다. 이후 대구 수성경찰서 수사과장과 치안본부 기획과, 서울 관악경찰서 형사과장 등의 직무를 거쳤다. 그리하여 1년 남짓만 있으면 총경으로 승진할 시기에 도달하게 되었는데, 이때 인생의 큰 전환기를 맞이하게 되었다.

그 당시 인근 경찰서의 관할 지역에서 '미장원 강도 사건'이 발생했는데, 이때 담당 경찰관들이 상사에게 신속하게 사건 발생 보고를 하지 않은 문제가 발생했다. 담당 경찰관들은 사건부터 먼저 해결한 다음 그 뒤에 보고해도 늦지 않을 것이라 판단하는 실수를 저질렀다. 하지만 같은 종류의 범행이 연속적으로 발생했고 범인들은 연쇄범이었다. 범인들이 검거되면서 보고되지 않았던 범행들이 진술되자 경찰 지휘 보고 체계에 문제가 제기되었다. 몇몇 경찰관들이 직위 해제되고, 관할 경찰서의 보고를 철저히 하라는 지시가 강조되었다. 그런데 알고 보니 나의 관할에서도 동일한 범행이 발생했고 역시 보고가 제대로 이루어지지 않았다는 것이 밝혀졌다.

범인들의 진술을 통해 또 다른 범죄가 우리 관할 지역에서 저질렀다는 것이 밝혀졌다. 그런데 그 사건 서류의 결재란에 형사과장이었던 나의 사인(sign)이 없었다. 사건 담당을 맡은 형사계장이 파출소로부터 보고받은 사건을 내게 보고하지 않았던 것이다. 하지만 수습하기에는 이미 늦었다. 감찰 조사가 벌써 시작되었다. 조사가 시작되면 누군가는 반드시 그 책임을 져야 했다.

형사계장이 임의로 나에게 보고하지 않았기 때문에 사실 내게는 아무런 잘못이 없었다. 그래서 있는 그대로 계장의 실수임을 토로하면 내게는 아무런 책임도 없고 불이익을 받을 일도 없었다. 하지만 그렇게 할 수 없었다. 형사계장은 나보다 나이가 훨씬 많았는데, 만일 그가 직위 해제를 당하면 그의 가족들의 생계는 누가 책임을 져야 할 것인지에 생각이 이르렀다. 그에게는 대학에 다니는 아들과 딸이 있었다. 그가 경찰을 그만두면 그의 가족들이 곤경에 처하게 될 것이고, 심하면 파탄 지경에 이를 수도 있었다. 그에 비해 나는 나이도 젊고, 변호사라는 직업을 가질 수도 있었다. 그래서 나는 쉽게 결정을 내릴 수 없었다.

끝끝내 나는 경찰의 길을 포기하기로 마음먹었다. 판사나 검사도 하지 못하고, 경찰직에서도 물러나야만 한다는 것이 마음에 걸렸다. 그러나 지금은 이 모든 책임의 화살이 내게로 쏟아지게 되겠지만, 내가 부하 직원 대신 사표를 낸다는 것을 알 만한 사람들은 다 알고 있는 처지였기에, 그들이 끝내는 나의 명예 회복을 위해 증언해 줄 것임을 믿었다. 그래서 나는 형사계장 대신 모든 책임을 지기로 하고, 감찰 조사 때 결재란에 보고받았다는 사인은 없었으나 구두로 보고받음을 있는 그대로 진술하여 결국 내가 대신 책임을 지게 되어 모든 사건이 일단락되었다. 형사계장은 너무나 미안해하며 고개를 들지도 못한 채 내 얼굴을 바라보지도 못했지만, 오히려 나는 형사계장에게 미안했다.

이러한 사정을 잘 알고 있는 경찰서장은 전례 없이 모든 경찰관을 대강당에 집합시켜 주었고, 직위 해제당하는 불명예스러운 경찰임에도 불구하고 기분 좋게 축하와 존경의 박수 속에서 떠날 수 있었다. 경찰 동지이자 부하 직원이었던 그분(형사계장)은 그 후 더욱더 성실하고 책임감 있게 복무하다가 정년퇴직을 했다고 한다. 그로써 고맙게도 그때 나의 선택이 옳았다는 것을 확인시켜 주었다. 그 후 주변에서 무슨 이유로 사표를 내었냐고 물어왔지만 그분의 정년퇴직까지 나는 말을 할 수가 없었다.

지금도 나는 그 선택을 후회하지 않는다. 경찰이라는 직업에 대한 무한한 애착과 자긍심을 가졌었고, 상사와 주위 동료들로부터 각별한 신뢰를 받고 있었지만 그것이 전부는 아니었다. 옳다고 생각되는 일을 실천하려면 때로는 희생이 뒤따르는 법이다. 그리고 그 선택은 과감해야 한다. 물론 그런 선택은 아직도 많이 젊기에 또 다른 기회가 많이 주어질 것이라는 막연한 희망이 있었기 때문에 가능했을 것이다. 하지만 젊음이란 숫자가 아니다. 스스로 기회가 있다고 생각하고 도전하는 사람이 젊은이고, 그 반대가 늙은 사람이다. 그러므로 젊은이들 가운데 늙은이가 있고, 늙었어도 청년이 있다. 그리고 나는 늘 청년으로 살고 싶다. 그래서 그런 마음을 항상 내 스스로에게 주문하고 있다. 그것이 아니라면 나는 진짜 늙은이가 되어 버릴 것이기 때문이다.

그러한 인연 덕택에 나는 1990년대에 대구경찰청 고문 변호사, 경북경찰청 고문 변호사, 대구경찰청 행정심판위원, 경북경찰청 행정심판위원, 재향경우회 대구광역시지부 회장 등으로서 경찰들과 늘 함께해 왔다. 옳다고 생각하는 일에 과감히 자신이 가진 것을 내버릴 줄 아는 자가 진짜 젊은이이고, 이것을 할 수 없는 자가 진짜 늙은이이다. 그래서 나는 아직도 젊어지기 위해 부단히 노력하고 있다.

변호사라는 이름

"빨리 가려면 혼자 가고, 멀리 가려면 함께 가야 한다."

경찰직을 떠나 나는 대구의 한 변호사 사무실에서 변호사라는 또 다른 이름으로 새로운 삶을 시작했다. 대구 시내에서 그 어떤 변호사 사무실보다 항상 가장 먼저 불이 켜졌고 제일 늦게 불이 꺼질 정도로 나는 일에 매진하였다. 그래서 의뢰인들은 항상 우리 사무실을 찾기가 쉬웠다고 말했다. 골목길 구석에 사무실을 차렸음에도 불구하고 항상 늦게까지 불이 켜져 있었기 때문이다.

그러던 가운데 하루는 30대 중반의 여성이 사무실로 찾아와 사건의 변호를 의뢰하였다. 그 사건을 알아보니 그 여성은 10대 여학생들을 접대부로 고용하여 윤락 행위를 시키는 등 불법 유흥업소를 운영하여 수십억 원의 부당 이득을 취한 사람이었다. 심지어는 10대 여학생들이 도망가지 못하도록 감금을 하거나 폭행까지 했는데, 그러다 경찰의 단속에 적발되어 형사 입건된 것이다. 그래서 나는 그 여성에게 자신이 저지른 일과 이 사건에 대해 어떻게 생각하고 있는지 먼저 물어보았다. 그 여성이 자신이 한 일에 대해 어느 정도의 반성을 하고 있는지 알고 싶었기 때문이었다.

그러자 그 여성은 변호사가 쓸데없는 질문을 한다면서 오히려 화를 내며 수임료를 원하는 데로 지불할 테니 구속을 면할 수 있도록 변호나 잘 하라고 짜증 섞인 목소리로 대답했다. 그래서 나는 의뢰를 거절하겠다고 단호하게 잘라 말했다. 그 여성의 범죄에 대한 정당한 죗값이 치러져야 한다고 생각했기 때문이다. 만일 나의 변호로 인해 그 여성의 죗값을 온전히 치루지 않게 되거나 형량이 감해진다면, 저렇게 일말의 반성조차 모르는 사람을 변호한다는 것은 또 다른 범죄라는 생각이 들었다. 더욱이 반성조차 하지 않는다면, 이것은 명백히 또 다른 제2의 범죄라는 생각이 들었다.

내가 변호를 거절하자 그 여성은 고래고래 소리를 지르며 화를 냈다. "대한민국에 변호사가 당신 한 사람밖에 없는 줄 아느냐."고 삿대질하며 "변호사가 돈을 주면 그거나 받고 변호나 열심히 할 일."이라며 도리어 나에게 대들었다. 그러나 나는 더 이상 그 여성과 말을 나누고 싶지 않았다. 그 여성은 변호사를 단순히 돈벌이 장사치로만 봤기 때문이었다. 나는 사건 의뢰를 맡을 수 없다는 말을 다시 한 번 분명히 밝혔고, 그 여성은 욕을 하며 사무실 문을 쾅 닫고 나가 버렸다. 나 역시 참을 수 없는 분노가 밀려왔다. 그날 밤, 나는 스스로 세 가지 원칙을 정해서 무슨 일이 있더라도 이 원칙을 지켜 나가겠다는 굳은 다짐을 했다.

첫째, 올바르지 못한 변호 요청에는 응하지 않겠다.
둘째, 의뢰인과 약정한 착수금과 보수금 이상의 돈은 절대로 받지 않겠다.
셋째, 원칙대로 저렴한 변호사 비용을 받되, 의뢰인의 경제 형편에 따라 비용에 차등을 두고 무료 변론을 과감히 하겠다.

이렇게 세 가지 원칙을 정하여 이를 철저히 지켜 나가겠다는 강한 의지의 표현으로 즉시 글을 쓰고, 표구하여 사무실 벽에 걸어 두었다. 그것은 오랜 시간 내 삶과 경험에서 나온 원칙이었다. 이 원칙에는 나를 만들어 준 모든 고마운 분들, 그리고 나를 키워 준 부모님과 가족들, 선생님과 친구들, 모든 고마운 분들의 사랑과 지혜가 담긴 원칙이자 신념이었다. 그리고 그만큼 아둔한 원칙이랄 수도 있었다. 이따금씩 그 액자를 바라보며 이러한 신념이 흔들리는 일이 생길 때마다 마음을 다잡았다.

하루는 나의 변호로 아들이 보석으로 풀려난 의뢰인이 사례금을 더 주겠다며 사무실을 찾아온 적이 있었다. 나는 단호하게 거절했다. 애초부터 약속한 사례금만 받겠다고 딱 잘라 말했지만, 그 의뢰인은 고맙다는 뜻에서 드리는 것이니 사양 말고 받으라며 돈 봉투를 내밀었다. 그러나 나는 다시 한 번 받을 수 없다고 강조했다. 내 신념 때문에 그럴 수 없다고 거절했다. 나는 자리를 박차고 의뢰인 접대실에서 내 방으로 돌아갔다. 신념이란 작은 부분에서부터 자기 합리화를 통해 무너져 내리는 것이라고 생각했기 때문이었다. 자신이 스스로와 한 약속과 원칙을 지키지 못하면 자신을 부끄럽게 여기게 되며, 스스로에 대한 자부심을 잃은 사람은 그때부터 별 볼 일이 없게 된다. 자기 합리화란 사는 데 편리한 것이지만 모든 악의 뿌리도 그곳에 있다.

경제활동을 하며 돈을 버는 것이 나쁜 일은 아니다. 건강한 노동을 하여 그에 합당한 가치를 평가받아 보수를 받는 것은 정당할 뿐만 아니라 좋은 일이다. 그러나 직업은 단지 생계유지와 자아 성취라는 두 가지를 넘어서 있다. 그런 이유는 모두 개인적인 이유들이다. 직업이란 남을 이롭게 하고, 타자를 돕고 그들과 소통하며 함께 살아가는 삶 그 자체인 것이다. 그런 생각 때문인지, 돈을 받고 일을 해 주는 것만으로 충분하지 않았다. 그래서 궁리 끝에 나는 나름의 해결책을 내놓았다.

먼저 고향에 내려가서 가난하고 힘없는 고향 사람들을 위해 '무료 법률 상담'을 해야겠다는 생각과, 수익의 일정 부분을 장학금으로 기부하여 사회에 환원하기로 마음먹었다. 이미 내게 도움을 주셨던 분들과 항상 내게 도움 주시는 분들에게 내가 갚을 수 있는 길과 방법은 지금으로선 그것이 최소한의 것이라고 생각했기 때문이었다.

그렇게 변호사 초기 시절부터 시작한 무료 변론은 1993년부터는 칠곡군 내 8개 읍내를 찾아다니며 무료 법률 상담으로 이어졌다. 그 일을 더 순조롭게 하기 위해 나중에는 왜관 읍내에 '월요 법률 무료 상담소'를 열었다. 하루에 50명 이상의 의뢰인들이 찾아오는 날도 있을 만큼, 무료 법률 서비스를 마음껏 베풀 수 있었다. 너무 바빠서 점심 끼니는 물론 저녁 끼니도 거르는 것이 부지기수였지만, 정말 행복했다. 대가 없이 그들을 도울 수 있었기 때문이다. 선행을 베풀려거든 도무지 갚을 길이 없는 사람들에게 베풀라고 말했던 사람은 누구였던가. 남을 도울 때 느낄 수 있는 기쁨은 그것을 해 본 사람들만이 아는 비밀이고 이 비밀을 아는 사람들은 그것을 계속해서 그리고 더욱 자주, 더 크게 하는 법이다.

내 학창 시절의 어려움처럼 경제적 이유로 공부를 마음껏 하고 싶어도 하지 못하고 있는 학생들에게 조금이라도 도움이 되고자 장학 사업도 시작했다. 그러나 내게 되돌아올 이익을 바라는 행위가 아닌가 하는 오해를 차단하기 위해 철저히 익명과 비공개로 했다. 매해 적정 금액을 장학 사업에 투자했다. 그러나 나의 '투자'는 되돌아올 이익을 계산할 수 없는 투자다. 그들은 누가 자신을 도왔는지 모르기 때문이다. 그러므로 '투자'라는 말은 적당하지 않다. '전달'이라는 말이 더 적당한 것 같다. 내게 주어진 돈이 조금이라도 있다면 그것은 누군가에게 되돌아가야 할 것이었고, 나는 그저 그 중간의 통로일 뿐이라고 생각한다. 나를 통해 더 필요한 곳으로 그런 도움이 흘러갔으면 좋겠고, 나 역시도 오래 그 일을 할 수 있었으면 좋겠다.

변호사라는 직업은 내게 주변 사람들에 대한 감사함의 표현이 되어 가고 있었다. 아니 내가 고마움을 입은 많은 분들에게 은혜를 갚는 계기와 좋은 자리가 되었다. 그분들에게 직접 되갚을 수 없는 것을 나는 또 다른 누군가에게 그것을 베풀고 싶다. 나 또한 이 자리에 이르기까지 많은 분들의 도움이 없었더라면, 내 신념을 마음껏 펼쳐 가며 행복하게 일하지 못했을 것이다. 그분들의 도움에 보답할 수 있는 길은 내가 할 수 있는 최대한의 것으로 다시 돌려주는 것이리라. 무료 법률 상담이나 장학금 전달은 아주 작은 것이지만 규모의 문제가 아니라 세상은 그런 마음을 자진 사람들이 있어 여전히 아름다울 수 있다고 나는 믿는다. 그럼에도 베풀면 베풀수록 오히려 행복해지는 것은 바로 자신이라는 신기한 역설을 체험으로 확인할 수 있었다.

나의 영원한 후원자들

　사법시험에 합격하고 사법연수원에 들어간 이후로 주위 어른들과 친척들로부터 결혼 압박에 시달려야 했다. 나는 선 자리를 모두 거절했는데, 아직 공부할 것이 많이 남아 있다고 생각했기 때문이다. 하지만 너무 간곡하게 부탁하는 어른들의 말씀에 언제까지 거절만 할 수도 없었다. 그 지경에 이르러, 결국 주위 아는 분을 통해서 선을 보게 되었다.

　그때 선을 보게 된 여성은 부산 사람이었고, 대구의 어떤 중화요리집에서 처음 만나게 되었다. 그 여자의 얼굴을 처음 보는 순간, 그 아름다움에 반해 어떻게든 놓치면 안 되겠다는 생각이 들었다. 그러나 어머니와 가족들을 제외하고는, 여자와 마주하여 식사를 하게 된 상황이 생전 처음인지라 무척 긴장되었다. 긴장을 풀어 보려고 애꿎은 고량주만 들이키게 되었다. 첫 선을 보는 자리에서 술을 마시는 것은 좀처럼 폼이 나는 행동은 아니었을 텐데 긴장을 애써 풀려는 의도로 보였는지 분위기는 나쁘지 않았고, 다음 식사 약속까지 하게 됐다. 그리고 어느 정도 시간이 흐른 뒤 혼사에 관한 이야기로까지 발전했다. 그 여자가 바로 지금 내 든든한 후원자인 아내 정귀란이다.

얼마 뒤, 부모님께 결혼 승낙을 받기 위해 온 가족을 한자리에 모이게 했다. 만난 지는 얼마 되지 않았지만, 내 평생의 반려자가 될 수 있을 거라는 강한 확신이 들기에 부모님께 결혼을 승낙해 줄 것을 말씀 드렸다. 그러나 아버지께서는 너무 이른 것이 아니냐며 결혼에 대해 좀 더 신중하게 생각해 볼 것을 권유하셨다. 아버지의 그러한 만류는 집안 사정이 그다지 좋지 않으니 조금만이라도 형편이 나아질 때까지 결혼을 미루기 위한 아버지 나름의 숙고 끝에 내려진 것으로 보였다.

하지만 어머니는 달랐다. "신혼 살림살이에 보태 줄 것은 하나도 없지만, 아들이 어려운 결단을 했으면 반드시 거기에는 합당한 이유가 있으니 그 결단과 용기에 힘을 실어 주는 것이 부모의 몫이 아니겠냐." 며 오히려 아버지를 채근하셨다. 나를 비롯하여 며느리가 될 여성까지 100% 신뢰하신 것이다. 나는 알고 있었다. 어차피 결혼을 미뤄도 가정 형편이 갑자기 좋아지지는 않을 거라는 것을 잘 알고 있었다. 결혼은 순전히 나의 몫이었다.

하지만 정말 그때 무일푼이었다. 갓 사법연수원에 들어가 사회 초년생으로서의 자리를 준비하던 시기였기 때문에 모아 둔 돈이라고는 전혀 없었다. 그래서 고등학교 동기생이 다니는 대구은행에서 결혼 자금 300만 원을 대출받았다. 그러나 그런 사실을 지금의 아내인 여자, 즉 당시에는 내가 결혼하게 될 여자에게는 비밀에 부쳤다. 자존심 때문이었을 것이다.

이처럼 내가 주도적으로 결혼 준비를 이끌어 갔고 중화요리집에서 만난 지 3개월 만에 결혼식을 올릴 수 있었다. 지금 생각하면 실소가 터져 나올 만큼 무모하고 대책 없는 결혼이었지만, 늘 고마운 평생의 반려자가 지금도 내 곁에 있기에 그 무모함은 차라리 아름다웠다고 말하고 싶다.

그러나 결혼하고 나서 사법연수원의 그 적은 월급에서 대출금을 갚기 위해 매달 10만 원씩 빠져나가는 것을 알게 된 아내가 그 돈의 사용처를 물어 왔다. 그제서야 나는 이실직고했고, 아내는 그 사실을 왜 결혼 후에 와서야 언급하는지에 대해 그 이유를 물었다. 나의 대답은 간단했다. 자존심이 허락하지 않았기 때문이다. 이렇게 자존심 세고 고집 강한 내 곁에서 지금까지 함께해 온 아내에게 나는 이 자리를 빌어서 정말로 고맙고 고맙다는 말을 전하고 싶다. 항상 선택의 순간마다 아내의 의견을 물어 반대하더라도 혹은 묻지도 않고 강하게 밀고 나가는 나를 용인해 주었고 지켜 주었다. 아내에게 어떤 표현으로도 그 고마움을 온전히 다 표현할 수 없을 것이다. 특히 10년 이상 병환으로 누워 계셨던 시어머니를 바쁘다는 핑계로 가 보지도 못한 나를 대신하여 지극 정성으로 간병해 준 아내에게 늘 감사한 마음을 갖고 있음을 또한 고백하고 싶다.

그리고 부모님 이상으로 항상 내게 힘이 되어 주신 장인어른(정성렬)과 장모님(김인숙) 또한 나의 든든한 후원자들이셨다. 특히 장인어른의 근검절약과 삶의 지혜를 늘 곁에서 지켜보며 나의 나침반으로 삼을 정도로 장인어른을 존경하고 있다. 지금은 장모님만 살아 계시지만, 부디 오래오래 건강하게 사셨으면 한다. 또한 큰처형(정귀임)은 선거 때마다 지역구에 직접 와서 숙박을 하며 나를 도왔는데, 이 자리를 통해 감사의 마음을 전하고 싶다.

세 여동생 경애, 영애, 순애를 든든하게 지켜 주고 있는 박정호, 김경호, 정대홍에게도 감사의 마음을 전하고 싶다. 특히 세 여동생이 선거 때마다 만사를 제쳐 두고 나를 도왔는데, 세 여동생이 아니었으면 내가 선거에 당선되지 못했을 것이라는 칭찬의 말들을 주변 사람들로부터 당연하게 들을 수 있을 정도로 그들은 내게 헌신적이었다. 감사의 마음을 세 여동생 가족들에게 함께 전하고 싶다.

형님 내외(이호기, 박현주)도 마찬가지였다. 나는 내가 국회의원을 하는 동안은 지역구에서 장사 및 사업 등을 일절 하지 않을 것을 형님 내외에게 부탁했다. 그래서 현재까지 현대자동차 칠곡 출고센터에 경비원으로 묵묵히 일하고 있는데, 늘 죄송한 마음을 가지고 있음을 고백한다. 가끔 밤늦게 찾아가서 안부를 묻는 불성의한 동생을 부디 용서해 주기를 바랄 뿐이다. 형수님 역시 10년 동안 어머니를 지극 정성으로 간병해 주셨고, 지금은 왜관에서 1시간 정도 떨어진 김천에서 조그만 옷가게를 하고 계시는데, 형수님께도 늘 미안하고 감사드릴 뿐이다.

특히 2011년 올해 가을(2011. 9. 18)에 결혼을 하게 될 아들 이종민은 도이치 증권에 입사해 다니고 있으며 결혼 후 유학 갈 예정이다. 그런데 신부로 맞이하게 될 예비 며느리(Lee Chu)가 미국 교포라 조금은 마음이 편치 않았다. 주 리(Lee Chu)는 텍사스에서 고교 졸업 후 Ivy Leage인 Brown대학교를 졸업하고 나서 The Capital Group에 입사하여 애널리스트로 근무하고 있다. 하지만 텍사스에 있는 대학의 교수인 부친(주종근)은 겸손하고 예의범절을 갖춘 분이었고, 조부는 40년 전 미국 Texas로 이민 오신 분이었다. 그러나 이왕이면 미국이 아닌 한국에서 살면서 한국 며느리를 얻어 행복한 삶을 꾸려 가는 모습을 가까이서 지켜보고 싶었기 때문이다. 하지만 미국이라는 낯선 땅에서 최선을 다해 살아가는 그들의 모습을 긍정하기로 했고, 그들이 머지않아 한국으로 돌아와 한국에서도 역시 아름다운 삶의 향기를 낼 수 있기를 소망한다.

My son, Jongmin, is going to get married this fall.

He is working for Deutsche Securities in Korea and now he plans to study abroad after the wedding. At first I felt a little uncomfortable about the fact that my future daughter-in law, Lee Chu was born and has lived in the U.S.

She is an investment analyst at the Capital Group companies after she graduated from Brown University. Her father(Chong Chu) is a professor in Texas where Lee Chu used to live. He is humble and polite. Her grandfather immigrated to Texas 40 years ago.

I actually wanted to see my son marry a woman who has lived in Korea. However, I changed my mind in a positive way, acknowledging their best efforts in a foreign land, the United States of America. I hope they will live a beautiful and exemplary life in Korea in the near future.

밤에도 하는 선거운동

1993년 김영삼 대통령이 취임한 후, 부패 정치인의 실명이 거론되며 이들의 명단이 공개되었다. 우리 주위에 있는 의원들도 그 명단에 포함되어 있었다. 그 당시 정치계는 물론이고 사회적으로 그 파장이 엄청났다. 일부 국회의원들이 생각지도 못한 부정한 방법으로 자신의 재산을 축적해 온 것이다. 나는 그 모습에서 무언가 크게 잘못되었다는 느낌을 받았고, 내 마음속에서 주체할 수 없는 뜨거운 그 무언가가 강하게 느껴졌다. 무언가 해야 할 일이 내게 주어진 느낌이었다. 나는 결심했다. 변호사라는 직업으로 그랬듯이 국회의원으로서 힘 없고 가난한 사람들에게 정말로 필요한 정치, 깨끗한 정치를 해야겠다고 말이다.

1995년, 가족과 함께 나는 부모님을 찾아갔다. 그리고 칠곡군 왜관읍 석전3리 718번지 집 앞에서 사진을 찍었다. 이 사진은 내가 국회의원을 출마하겠다는 결심을 위해 찍은 사진이었으나, 그 당시에 가족들은 이 사진을 왜 찍었는지 아무도 알지 못했다.

나는 가족들에게 내 의사를 전달했다. 그러나 아버지께서는 훌륭한 사람은 직접 정치를 하지 않는다고 말씀하시면서 내가 앞으로 고생할 것을 무척이나 염려하셨다. 아내도 극구 반대했다. 변호사로서 무료 변론과 무료 법률 상담, 장학 사업으로도 충분히 보람 있다는 주장이었다. 변호사직으로도 그렇게 바쁘고 정신없이 사는데, 국회의원이 되기 위한 선거운동을 어떻게 감당할 수 있겠는지에 대한 걱정이 앞선 것이었다.

그러나 이번에도 어머니(권홍자)께서는 결혼 승낙을 하실 때처럼 내 편을 들어주셨다. 단호하고 나직한 목소리로 "부모로서 아무 도움도 못되는데 용기와 힘을 보태 줘야지 의지를 꺾으면 안 된다."는 말씀과 함께 내 손을 꼭 잡아 주셨다. "일가친척도 없고 문중의 세력을 입을 수도 없지만 혼자 힘으로 해 나가겠다고 하면 최선을 다해 응원하겠다."는 그 말씀에 나는 결정을 내렸다. 국회의원 선거에 나가겠다는 출사표는 그렇게 던져졌다.

하지만 아내는 그 결정에 무척 반대했다. 앞으로의 고생길이 훤히 내다보였기 때문이었을 것이다. 그러나 이번 한 번만 내게 힘이 되어 달라고 아내를 설득했고, 끈질긴 노력 끝에 결국 아내도 승낙해 주었다. 가장 가까운 내 편을 얻은 것이었다. 대신 한 가지 조건이 있었다. 이번 한 번은 도와줄 수 있지만, 이번에 되지 않으면 다시는 도와주지도 않을 것이며, 앞으로 국회의원의 꿈을 깨끗이 포기하라는 것이었다. 나는 그러한 조건에 이의를 제기하지 않았고, 얼마 남지 않은 시간을 최대한 활용해야겠다는 조바심에 서둘러 아내와 선거 준비에 돌입하였다.

선거운동을 시작하기는 했지만 우리에게는 24시간도 부족했다. 낮에는 내가 변호사 일을 해야 했기 때문에 밤늦게 선거운동을 할 수밖에 없었다. 밤늦은 시간에도 염치 불구하고 찾아가다 보니 때로는 일찍 잠자리에 드신 어르신들을 깨워 내복을 입은 그분들과 인사를 나누기도 했고, 인적이 드문 밤거리에 새벽이 맞도록 한 명이라도 더 인사를 나누기 위해 밤을 지새웠던 기억이 아직도 생생하다. 우리가 달빛을 받으며 들어가면 모든 개가 일제히 합창하듯이 짖어 대서 무섭기도 하고 동네 어르신들께 미안하기도 했다. 그러나 아내는 가녀린 몸으로 그 힘든 일정을 소화하면서 단 한 번도 불평을 하거나 힘든 내색을 하지 않았던 것으로 기억된다. 오히려 지친 나에게 기운을 북돋아 주었다. 끝까지 최선을 다하고 싶은 내 심정을 잘 알았기 때문이었을 것이다.

그러나 반대 후보의 방해가 만만치 않았다. 내 아내가 어려 보였는지(당시 37세) 지금의 아내가 두 번째 아내라는 말도 안 되는 유언비어가 나돌았다. 나의 이미지나 선거에서의 승리보다는 아내에게 무척이나 미안한 마음이 들었다. 국회의원 출마에 반대하던 마음을 돌이켜 최선을 다하고 있는 아내에게 고개를 들 면목이 없었다. 하지만 아내는 아무릇지도 않은 듯 오히려 나를 격려했지만, 어찌 여자로서 마음고생이 없었겠는가! 아내의 그 마음고생은 지금도 기억하고 있고 앞으로도 잊지 않을 것이다.

그리고 나는 낙선했다. 여러 가지 이유가 있었겠지만 무엇보다 열정만으로 감당하기에는 여러모로 부족한 점이 없지 않았다. 하지만 낙선의 고배는 내 인생이 언제나 그랬던 것처럼 독이 되지 않고 약이 되었다. 진심으로 국민을 대하는 것이 무엇인지 배우는 계기가 되었고, 끝까지 최선을 다해야 하는 것이 어떤 의미인지 낙선의 경험을 통해 경험할 수 있었다. 그 과정 속에서 우리 가족들은 내게 큰 힘이 되어 주었다. 특히 어머니와 아내, 그리고 형님과 출가한 세 여동생(경애, 영애, 순애)의 헌신은 내게 큰 힘이 되어 주었다. 만약 가족이 없었더라면 나는 이 세상에서 살아갈 힘을 얻지 못했고, 오늘날까지도 살아내지 못했을 것이다.

나는 국회의원 선거에 낙선(落選)하여 다시 변호사로 돌아가야 했지만, 인생에서 낙선한 것은 아니었다.

구호로만 외쳤던 행복

"역경에 처하면 그 누구나 괴롭기 마련이지만,
그곳에서 과거를 반성하면 새로운 희망을 발견하게 된다."

나는 다시 변호사로 돌아갔다. 낙선에 대한 격려가 여기저기서 들려
왔지만 나는 그럴수록 기운이 나지 않았다. 변호사 업무가 돈을 받고
해야 하는 일이라 마음에 기쁨이 거의 없었고, 그래서 별 보람도 느끼
지 못했다.

그럼에도 불구하고 이상하게도 변호를 맡기는 의뢰가 전보다 훨씬
더 늘었다. 이해할 수 없는 일이었다. '낙선되었으니 능력 없는 변호
사다'라는 생각에 의뢰가 뜸해지는 것이 일반 상식인데, 오히려 눈코
뜰 새 없이 더 바빠졌다. 이해를 못하는 것은 아내도 마찬가지였다. 참
으로 고마운 일이었다. 그래서 나는 다시 전처럼 바쁜 업무에 집중하
기 시작했고, 회의와 갈등은 잠시 접어 두기로 하였다.

그러던 1997년 가을 무렵, 갑자기 어머니께서 쓰러졌다는 소식을 받았다. 아버지께서 오래전부터 편찮으셔서 어머니께서 간병을 혼자 해오셨는데, 어머니께서 잠도 제대로 못 주무시고 무리하시다가 쓰러지신 것이다. 자식들 걱정할까 봐 아버지와 어머니는 우리들에게 당신들의 건강 문제를 전혀 알리지 않으셨던 것이다. 아버지께서 아프시다는 것도 놀랐지만, 어머니께서 그로 인해 쓰러지셨다는 것에 더욱 놀란 나는, 당장 모든 업무를 제쳐 두고 병원으로 급히 향했다. 그리고 그 정신적 쇼크는 낙선보다 오히려 더 컸다. 나는 아직 부모님을 떠나보낼 준비가 전혀 되어 있지 않았다. 나에게만 집중했던 내 삶이었기 때문이다.

아버지는 영남대병원 내과에 어머니는 영남대병원 중환자실에 계셨고, 어머니는 의식불명의 상태에 빠지셨다. 나는 상태를 지켜보다가 다시 사무실에 들어왔다. 지난 세월들이 주마등처럼 스쳐갔다. 아버지의 굽은 등과 어머니께서 날 위해 정화수 앞에서 새벽마다 빌던 모습들이 눈앞에 스쳐 지나갔다. 나는 도저히 그분들을 이대로 보낼 수 없었다. 가시더라도 마지막으로 당신의 눈과 나의 눈이 마주쳐 대화를 나누고 작별의 인사를 꼭 해야 한다는 생각이 강하게 들었다. 그리고 나도 그 옛날의 어머니처럼 정화수를 떠놓고 빌어야겠다는 생각에 이제 집에는 들어가지 않고, 병원에서 어머니만 지켜야겠다고 다짐했다.

먼저 침낭부터 구했다. 중환자실에서는 잘 수 없는 노릇이었기 때문에 중환자실 복도에서 자기로 마음먹었다. 아내는 그다지 동의하지 않왔지만, 그렇다고 해서 반대하지도 않았다. 어머니에 대한 내 마음을 너무나도 잘 알기 때문이었을 것이다. 그저 안타까운 시선으로 나를 바라봤을 뿐이다.

　낮에는 사무실에 출근하여 변호사 업무를 돌봤고, 밤에는 중환자실에서 어머니의 경과를 지켜보며 침낭에서 눈을 겨우 붙였다. 이를 본 가족들은 회의를 해서 온 식구들이 교대로 아버지와 어머니를 간병하기로 했고, 나는 그나마 간병의 부담을 줄일 수 있었지만 그래도 집에는 들어가지 않았다. 지금 생각해 보면 그 당시 나의 고집은 이해할 수 없는 억지였지만, 그 당시 생각으로 내가 그렇게라도 하지 않으면 안 되겠다는 이상한 믿음과 함께 내가 그렇게 해야 어머니께서 눈을 뜨실 것 같은 강한 확신이 들었기 때문이다. 그리고 그러한 무모한 믿음은 50여 일 정도 계속되었고 그 무모함 끝에 어머니께서 드디어 눈을 뜨셨다. 기적이 일어난 것이다! 나는 그 기적을 변호사 사무실에서 전화로 들었고, 듣자마자 나는 구두로 갈아 신지도 못한 채 슬리퍼 차림으로 병원에 달려갔다. 어머니가 눈을 뜨시자마자 나를 찾으셨기 때문이 아니라, 내가 어머니를 그토록 찾았기 때문이다! 나는 어머니의 손을 꼭 잡으며 이제 앞으로 어머니 곁에 항상 있겠다고 몇 번이나 반복해서 말했는지 모른다. 그리고 어머니께서는 말없이 고개만 끄덕이며 웃음을 지으셨다.

　그동안 쉼 없이 달려온 내 삶에서 무엇이 가장 소중한지 비로소 깨달았다. 그것은 나의 가족이었고 행복이었던 것이다. '행복'이라는 말을 선거운동의 구호로만 외쳤던 나의 지난날들에 대한 부끄러움과 반성이 물밀듯 밀려왔다. 진짜 행복이 무엇인지, 진짜 삶이 무엇인지 돌아보는 계기가 그때였을 것이다. 어머니가 눈을 떴을 때, 나 역시 눈을 떴다. 이전의 나와 앞으로의 나가 달라질 분기점이 그때였다.

그렇게 어머니가 눈을 뜨신 지 얼마 되지 않아 아버지(이태로)께서는 유명을 달리하셨다. 한평생 힘들고 가난하게 사시면서도 결코 남에게 그 원인을 돌리거나 역정 내지 않으시고, 오히려 당신 스스로에게 모든 책임을 돌리신 아버지. 아버지의 소탈하고 정직한 그 품성이 지금의 내가 서 있게 한 원동력이었다. 환한 달빛 아래서 가족 모두 다함께 호박밭에 물 주면서 웃고 뛰어다녔던 그 시절의 기억은 아버지를 더욱더 그립게 한다. 그 아버지를 따라 나도 당신과 같은 한 아버지가 되어 가고 싶을 뿐이다.

그렇게 아버지가 떠나가시고 거의 10년간 어머니는 거동도 하지 못하셨다. 그래도 가끔 바람을 쐬어 드리려고 어머니를 모시고 어머니가 좋아하시는 팔공산 파계사에 갔다. 자동차로 파계사 입구에 도착하면, 나는 어머니를 등에 업고 높고 먼 계단을 올랐다. 그리고 나의 아내와 아들딸은 업고 있는 어머니를 뒤에서 받치며 계단에 올랐다. 그래서 그 계단은 높고 멀지 않았다. 오히려 낮고 가까웠다. 불당에 올라가면서 우리 가족들은 어머니와 도란도란 이야기를 나눴다. 어머니는 재차 무겁지 않느냐 물어보시며 미안해하셨지만, 나는 하나도 무겁지 않다고 그래서 슬프다고 말하며 어머니를 업은 손을 더욱 굳게 잡았다.

파계사 석성우 주지스님께서 이 광경을 보시고, '효(孝)'를 주제로 한 법문에서 이 광경을 자주 언급하셨다고 하는데, 정말 부끄럽기만 할 따름이다. 왜냐하면 그 순간이 내 삶에 있어 가장 행복한 순간이었기 때문이다. 비록 어머니께서 거동도 못할 정도로 건강이 좋지 않으셨지만, 그로 인해 더욱 어머니와 함께할 수 있었으며, 어머니의 소녀 같은 웃음과 미소를 직접 가까이서 볼 수 있었다. 온 가족이 함께했던 그 순간, 어머니와 함께한 그 순간만큼은 전혀 피로하지 않았고 오히려 즐거웠다. 어머니께서 항상 내게 힘이 되어 주셨듯이 나도 어머니께 힘이 되어 드리고 싶었다. 그것을 지금도 갚을 길이 없어 죄송할 따름이다. 세상의 모든 자식들은 어머니께 아무리 최선을 다해도 여전히 불효자일 것이다. 나 역시 그렇다.

오늘 새벽, 나는 아파트를 떠난다

"가슴은 무슨 일이 있든지 항상 설레어야 한다."

1998년, 국회의원 도전의 꿈이 다시 찾아왔다. 혼신의 힘을 다해 보지도 못하고 한 번 낙선했다고, 나의 꿈을 접어 버리는 것이 과연 제대로 된 결정일까라는 생각이 들기 시작한 것이다. 그런 생각이 불쑥불쑥 찾아와 변호사직에 대한 회의감조차도 밀려들었다. 나는 큰 결단을 다시 내려야 했다. 변호사 일을 하면서 나를 가장 힘들게 했던 것은 변호사 수임료를 둘러싸고 벌여야 하는 논의와 절차였다. 힘들고 어려운 이들에게 힘이 되는 것은 그 자체로 중요한 일이지만, 어쨌든 자본주의 사회에서 무언가를 팔고 사야만 했는데, 그 과정이 직접적인 거래로 다가오는 것이 좀처럼 익숙해지지 않았다.

나는 조심스럽게 눈치를 보며 아내를 설득하기 시작했다. 그러나 아내는 지난번의 맹세를 정확히 지킬 것을 요구하며 내 말을 들어주지 않았다. 엄청나게 고생할 것이 불 보듯 뻔한데 왜 그렇게 사서 고생하느냐 하는 질책과 함께, 변호사로서 이미 보람 있게 살고 있는데 뭐가 그렇게 아쉬운지 오히려 되물었다. 욕심 내지 말라는 것이 아내 주장의 요지였다. 물론 틀린 말은 아니었다. 그러나 나는 이미 결단을 내렸다. 다시 한 번 도전하기로.

1998년 5월 31일 밤 12시. 왜관 집에 들어갔다. 아버지는 돌아가시고 어머니는 형님 집에 계셨기 때문에 때마침 집은 비어 있었다. 그 집은 소작농을 벗어나 우리 가족이 함께했던 첫 집이었고 우리 가족 모두의 정신적 결집체였다. 우리 가족이 웃고 울었으며 생사고락을 함께한 그곳으로 들어온 것이다. 나는 아내에게 다음과 같은 내용의 편지를 써 내려갔다.

나는 당신이 내가 다시 선거를 준비하는 것 너무나도 싫어한다는 것 잘 알고 있지만, 이대로 주저앉는 나의 모습을 당신을 비롯해 가족들에게 보여 주고 싶지 않소. 한 번 결심한 일에 최선을 다해 보지도 못하고 포기하는 것은 내 인생에 있어 용납이 잘 되지 않는다는 것 당신도 잘 알고 있다고 생각하오. 오늘 새벽 나는 대구 아파트를 떠날 것이고, 당신이 이 편지를 볼 때쯤 나는 왜관 시골집에 있을 것이오. 언젠가는 당신이 허락할 것이라 믿소. 2년의 짧은 시간밖에 남지 않았지만 나는 당장 내일부터 선거를 준비할 것이지만, 부디 당신의 건강과 아이의 교육을 잘 부탁하오. 아마 2년 후에나 아파트로 다시 돌아올 것이오.

대략 이런 내용의 편지를 남긴 채 나는 아내 몰래 새벽에 간단한 짐을 싸고 아파트에서 나왔다. 그리고 그날 밤 왜관 집으로 다시 향했다. 이 집을 거점으로 2년 동안 최선을 다하기로 굳게 마음먹고, 인적이 끊긴 지 오래된 집을 깔끔하게 청소하기 시작했다. 그리고 바로 그 다음날 새벽 나는 동네 약수터(홍국사)로 향했다. 첫날부터 나의 의지를 동네 주민들에게 보여 주고 싶었기 때문이다. 예상대로 동네 주민들은 나를 보고 수군거리기 시작했다. 낙선한 내가 2년 만에 다시 고향에 나타난 것에 대해 의아하게 여겼기 때문이다. 며칠 저러다 다시 대구로 올라가겠지 라고 다들 수군거렸다. 그러나 나는 며칠만 그러지 않았다.

매일 새벽 5시마다 약수터에 1리터짜리 물통을 5개 들고 가서 정상에서 떠 온 물을 지고 내려가 읍내에서 만나는 사람들에게 일일이 나눠 주며 인사를 했다. 그렇게 몇 달을 하니까 주민들이 나를 믿어 주기 시작했다. 이제는 지역 주민들과 자연스럽게 인사를 나눌 수 있게 되었고 그 광경은 모두에게 전혀 낯설지 않은 익숙한 일상이 되었다. 대구에 있는 변호사 사무실로 출퇴근하면서 나는 칠곡 군민으로 함께 살아가게 됨을 인정받게 된 것이다.

그러나 다른 불편한 것은 다 참을 수 있었어도 아내와 아이들을 보지 못하는 것은 무척이나 고통스러운 일이었다. 그래서 가끔씩 아이들 학원 마치는 시각인 오후 7시에 학원 앞에서 아이들을 만나 아파트까지 걸어가면서 얼굴을 잠깐씩 보기도 했다. 그러면서 아주 잠깐 아내의 얼굴도 보면서 안부를 묻기도 하였지만, 그것이 전부였다. 나는 아내와 아주 짧은 인사를 나누고 바로 왜관으로 이를 악물고 내려갔다. 그때의 그 절실함은 지금도 생생하다. 그렇게 최선을 다해서 한나라당의 공천을 받을 수 있었고, 마침내 2000년 4월 13일 제16대 국회의원에 당당히 당선되었다!

나의 무기는 나의 주소

"뛰어난 재능만으로는 사람들을 이끌어 갈 수 없다."

하루도 쉬지 않고 약수터를 오르내리며 칠곡군 주민들의 고충에 귀 기울이며 인정을 받아 가기 시작했다. 여전히 왜관읍 집에서 대구 변호사 사무실로 출퇴근해야 했다. 밤늦게까지 처리해야 할 일들이 많았을 때도 대구의 사무실에라도 잠깐 눈을 붙일 수도 있었지만, 아침에 약수터를 가기 위해 늦은 새벽에도 꼭 왜관읍의 집으로 가 잠을 잤다.

특히 '월요 법률 무료 상담소'는 무슨 일이 있어도 거르지 않았다. 일주일의 첫째 날인 월요일에 무료 법률 상담소를 여는 것은 내게 특별한 의미가 있었다. 내 고향 사람들을 돕는 것이 내 삶의 가장 기본이요, 우선이라는 생각에서였고, 그것을 실천하기 위해서였다. 일주일의 첫날을 사람들을 무료로 도우면서 일주일 내내 이익을 바라지 않고 겸손함을 유지하기 위한 나만의 방법이었다. 분명 월요일부터 급하게 처리할 일이 많았지만, 나는 그러지 않았다. 나중에는 의뢰인들이 소문을 통해 그런 내 성향을 파악하고 아예 화요일부터 업무가 진행된다는 것을 알았을 정도다.

1998년 김대중 정부가 출범하고 한나라당은 야당이 되었다. 권력의 구도가 바뀐 것이다. 우리 지역 장○○ 의원을 포함 25여 명의 한나라당 의원이 탈당하여 양지(陽地)를 좇아 민주당으로 입당하였다. 나는 부끄러움을 느꼈다. 슬플 때나 기쁠 때나 함께하는 것이 동지애고 의리라고 생각한다. 정의가 아니었기 때문에 더 굳은 결기(結氣)가 생겼다.

그렇게 칠곡과 대구를 오가면서 16대 국회의원 선거를 준비하던 중, 선거가 한 달도 채 남지 않은 상태에서 나는 엄청난 상대와 맞붙게 되었다. 원래는 나를 포함해 총 3명이 칠곡군에서 접전을 펼치고 있었는데, 갑자기 장○○ 의원(민주당)이 후보 탈퇴를 해서 1:1 대결을 하게 되었다. 그 맞상대는 바로 전 국무총리였던 이수성 후보였다! 그 당시 이수성 후보는 서울대 총장, 국무총리 등 화려한 경력으로 항상 '거물급'이라는 별명으로 불리는 말 그대로 '거물'이었다. 그리하여 칠곡군이라는 작은 지역구에 전국의 이목이 집중되었다. 부담스럽기 그지없는 맞상대였음은 틀림없었다. 장○○ 의원과 이수성 호보가 단일화하는 듯한 모양이 되면서 다윗과 골리앗의 싸움이 되어 버렸다.

게다가 이수성 후보는 내가 대학생 때 그분으로부터 학과 수업을 들었기 때문에, 우리 접전 앞에 '사제 간의 경쟁'이라는 수식구가 붙기도 했다. "제자가 스승의 앞길을 막을 것이냐, 스승이 제자가 10년 닦아 놓은 것을 가로챌 것이냐" 등 자극적인 신문 기사나 뉴스 기사가 나돌기도 했다. 많은 칼럼들이 써지기도 했다. 지금 생각해 보면 별것 아니었으나, 그 당시 이 문제는 매우 심각하게 다뤄졌다.

그렇게 선거는 시작됐다. 나는 밤낮으로 변호사 일과 병행하며 선거 운동을 펼쳐 나갔고, 이수성 후보 측 역시 최선을 다했다. 나는 정말 외롭고 힘든 싸움을 펼쳐 나갈 수밖에 없었다. 내 주변의 사람들이 적극적으로 나를 도와주기는 했지만, '거물급' 이수성 후보에 비하면 모든 면에서 턱없이 부족하고 모자랐기 때문이다. 그래도 뒤처지지 않기 위해, 지금으로서도 이해할 수 없는 열심으로 최선을 다했다.

두 번에 걸쳐 합동 유세를 이수성 후보와 펼쳤는데, 첫 번째 합동 유세에서는 내가 이수성 후보보다 앞서 나간다는 것을 박수 소리로 느꼈다. 그러나 두 번째 합동 유세 때는 이수성 후보에 대한 박수 소리가 더 컸다. 우려했던 것이 직접적으로 가시화되는 순간이었다. 그리고 각 신문사를 비롯한 TV에서 이수성 후보가 나보다 '백중우세' 함을 연일 보도했다. 그럼에도 불구하고 나는 포기할 수 없었다. 아니 포기할 생각이 없었다. 자신의 모든 것을 포기하고 나를 도와준 사람들이 너무나 많았기 때문이었다. 특히 내리는 비를 온몸으로 맞으면서까지 함께 운동해 준 당원들의 노고를 봐서라도 반드시 끝까지 최선을 다해야겠다는 다짐을 얼마나 반복했는지 모른다. 아내 역시 이러한 마음을 잘 알고, 혼신을 다해 선거를 도왔다. 세상 모든 사람이 내 편이라는 생각을 그때 또다시 해 봤다.

이윽고 두 번째 합동 유세의 날이었다. 이미 모든 언론은 이수성 후보의 승리를 장담했고, 이수성 후보 쪽은 승리의 분위기로 들썩였다. 그리고 그날은 나에게 남은 마지막 하루였다. 지금도 그 하루는 잊지 못한다. 나는 그날 항상 유지했던 박력 있고 자신감 넘치는 목소리로 유세를 하지 않았다. 대신 차분하고 나직한 톤으로 나의 마지막 말을 이어 나갔다.

"저는 칠곡군 왜관읍에서 땅 한 평 없는 소작농의 아들로 자란 가난한 사람일 뿐입니다. 저는 아무것도 가진 것이 없습니다. 은행 대출금으로 결혼을 했고, 지금은 대구의 아파트에서 아내와 자식들이 살고 있습니다. 저는 10년 동안 변호사를 하면서 무료 변론, 장학 사업 등을 해 왔지만, 한 번도 저 개인을 위해 돈을 써 본 적이 없었습니다. 아내에게 멋있는 양장 옷 한 벌 사 주지도 못했습니다. 그러나 저는 왜관읍 석전3리 718번지에서 살고 있습니다. 맞습니다. 낡고 오래된 집입니다. 그 집에서 저는 살고 있습니다. 대구의 변호사 사무실로 매일 출퇴근하고 있습니다. 여기가 바로 저의 집이기 때문입니다. 그러나 이수성 후보는 저와 달리 경력도 화려하고 이름 있는 사람입니다. 하지만 그분은 당선되면 보따리 싸서 서울로 올라갈 사람입니다. 이수성 후보의 집은 서울이기 때문입니다. 하지만 저는 당선이 되던, 낙선이 되던 왜관읍 석전3리 718번지에서 변함없이 살 것입니다. 여기가 바로 나의 집이기 때문입니다. 저는 이곳에서 여러분을 위해 살겠습니다."

나는 마지막 연설을 차분하게 마무리했다. 그리고 아내와 아들 종민(고2)과 딸 나리(중2)의 손을 잡고 유권자 앞에서 큰절을 하였다. 천천히 땅에 엎드리며 한동안 일어서지 않았다. 이제 모든 것은 유권자들에게 달린 것이다. 나는 마지막 유세를 마치고 나의 집으로 돌아갔다. 피곤해서 쉬려고 했던 것이 아니라, 이제 모든 준비가 끝났기 때문이다. 대부분의 당원들은 우리의 승리를 쉽사리 예상하지 못했지만, 모두들 차분하게 선거일을 맞이했다. 당선 축하 파티 같은 것은 아예 생각하지도 않았다. 그저 기다렸다.

모두의 예측은 빗나갔다. 막판 역전으로 나는 이수성 후보를 누르고 16대 국회의원으로 당선되었다. 우리는 서로 축하하기보다는 울었다. 기뻐서 울기보다는 그동안의 싸움이 너무 고되고 힘들어서 울었다. 너무나 감사한 일이었다. 모두의 영광이었고, 모두의 승리였다. 나는 나와 함께해 준 사람들과 일일이 포옹과 악수를 하며 감사의 감사를 전했다. 그들 역시 고개를 끄덕이며 축하의 축하를 내게 전해 주었다.

그 선거로부터 11년이 지난 지금, 나는 그때 그 약속을 지키기 위해 왜관읍 석전3리 718번지에 여전히 살고 있다. 서울의 원룸에 혼자 기거하면서, 대구의 집과 왜관의 집을 오가고 있다. 일주일 중 3박 4일은 칠곡, 고령, 성주에서 살고 있는 것이다. 그래서 나의 공적 주소지는 여전히 왜관읍 석전3리 718번지이다. 그리고 사적 주소지 역시 왜관읍 석전3리 718번지이다. 나는 그곳에서 자랐고 또 내 영혼은 언제나 그리로 돌아간다. 내가 다른 곳을 다니고 그곳에 머물지라도 나의 집은 언제나 석전3리 718번지이고 나는 그 집을 위해서 싸우고, 그 집에 도달하기 위해 다른 곳을 경유할 뿐이다. 나는 공직에 물러나더라도 718번지에서 살 것이다.

자식 된 도리

"작은 부자는 부지런한 데 있고, 큰 부자는 보살핌을 발하는데 있다."

16대 국회의원으로 재직하며 국회 보훈특별위원회 간사로 있을 때였다. 보훈 가족들과 정치 간담회를 갖게 되었는데, 그들로부터 충격적인 증언을 듣게 되었다. 6.25전쟁에 참전한 유공자들이 정부로부터 제대로 된 보상조차 받지 못하고 있다는 것이었다. 극빈층 유공자에게만 '생계 보조비' 라는 이름으로 아주 적은 보상을 정부에서 시행하고 있을 뿐이었다. 손자 손녀에게 창피해서 입 밖에 꺼내지도 못할 정도라고 들었다.

일단 명칭부터 바꾸기로 마음먹었다. '참전 용사' 의 '생계 보조비' 가 아니라, '참전 유공자' 의 '참전 명예수당' 으로 명칭을 바꿀 것과, 가난한 극빈층 5%에게만 지급하는 것이 아니라 모든 유공자에게 지급하도록 법안을 제출하였다. 금액의 문제가 아니었다. 명예의 문제였다. 나라를 위해 목숨까지 내놓고 싸운 그들에게 그 정도의 보상은 오히려 부족하고 미흡하다고 생각되었다.

  이러한 법 개정 소식이 널리 알려지자, 베트남 참전 용사들과 6.25전쟁에 참전했던 소년병들에게도 연락이 왔다. 그들 역시 제대로 된 정부의 예우를 받지 못하고 있음을 토로했다. 이에 나는 적극적으로 법안을 제출하기 위해 차근차근 준비해 나갔다. 소년병 및 베트남전 참전 유공자들이 참전 명예수당을 받을 수 있도록 70세 이상에서 65세 이상으로 지급 대상의 나이를 낮추는 법안을 제출하였다. 16대 국회에서 〈참전 군인 등 지원에 관한 법률〉을 개정하여 명칭들을 바꿔 나갔고, 2002년에 이르러 처음으로 월 5만 원의 참전 명예수당을 6.25전쟁 및 베트남전 국가유공자들에게 지급할 수 있게 되었다. 이후 세 차례에 걸쳐 〈참전 명예수당 인상에 관한 청원〉을 국회에 제출하여 2010년 9만 원까지 인상할 수 있게 되었으며, 올해 2011년부터는 월 12만 원 정도 받을 수 있도록 법이 개정될 것이지만, 나는 월 20만 원 선까지 지급될 수 있도록 계속 혼신의 힘을 다할 것이다.

  6.25전쟁 국가유공자들의 평균연령이 80.3세(2010년 기준)라고 한다. 지금 당장 국가의 도리와 국민의 도리를 다하여 그분들을 모신다고 해도 향후 얼마나 지속될 수 있을지 모른다. 지금의 대한민국이 존재할 수 있도록 목숨을 다해 헌신한 '국가의 영웅들'을 모실 수 있는 시간이 우리에게 얼마 남지 않았다는 것이다. 왜 이분들을 아무도 돌

보거나 관심 갖지 않았을까 하는 의문은 차치하더라도, 시급히 법 개정을 서둘러 이분들의 처우 개선에 열과 성을 다해야 한다고 생각한다. 이분들이 바로 우리가 이 땅에 서 있을 수 있도록 우리를 보살펴 주신 부모님과 같기 때문이다. 자식 된 도리로 부모 생전에 효를 다하는 것처럼, 우리가 할 수 있는 일이 바로 그런 일이다.

인류 역사상 가족만큼 오래된 것도 없다. 부모 없이 태어난 사람 역시 없으므로 나를 비롯하여 모든 사람에게는 부모님이 존재한다. 6.25 전쟁 및 베트남전 국가유공자들 또한 우리의 부모님이다. 이 문제는 정치적 쟁점화될 이유가 없으며, 탁상공론의 여부를 가릴 일이 아니라고 생각한다. 당연한 일이기 때문이다. 나는 국회의원 중 유일하게 6.25 국가유공자 명예회원, 베트남 국가유공자 명예회원으로 위촉받은 것을 자랑스럽게 생각한다.

모두가 혜택받는 원산지 표시제

"어려운 이웃과 나눌 줄 아는 사람이 잘 사는 사람이다.(법정)"

나는 또한 17대 국회 의원 발의 제1호 법안으로 〈식육음식점 원산지 표시제〉를 제출했다. 물론 16대 국회에서 나는 세 차례에 걸쳐 〈식품 위생법 일부 개정 법률안〉으로 대표 발의하였으나 모두 상정조차 되지 못하고 폐기되었다. 음식점 점주들이 반발했기 때문이었다. 원산지 표시에 따른 매출 감소를 우려한 음식점 점주들이 일제히 반대에 나서는 큰 소동이 여러 번 있었다. 그러나 17대에 다시 법안으로 제출하여 2005년 12월 1일 약 5년의 시일이 걸려 국회 본회의를 통과할 수 있게 되었다. 당시 박근혜 대표는 정직한 사람이 돈을 버는 사회가 되어야 한다고 말씀해 큰 힘이 되었다.

그 후 점진적으로 법 시행이 이루어졌다. 쇠고기부터 시작한 원산지 표시제도가 배추김치로 확대 시행된 것이다. 2007년 1월, 쇠고기에 한해 연면적 300㎡ 이상의 음식점을 대상으로 처음 시행되었고, 2008년 10월 1일부터는 연면적과 상관없이 모든 음식점에 쇠고기 원산지 표시를 실시하게 되었다. 그리고 12월 22일부터는 농식품부의 지도 단속 강화 지침과 더불어 돼지고기와 닭고기 그리고 배추김치에 대해서도 원산지를 표시하게 되었다. 또한 원산지 표시제도의 실효성을 높이기 위해서 소의 출생부터 판매까지의 과정을 추적할 수 있는 〈쇠고기 이력 추적제〉가 함께 시행되면서 원산지 표시제도가 우리나라에 완전히 정착하게 되었다.

그 배경은 이렇다.

2008년 5월 한미FTA 관련 쇠고기 수입 재개 협상 내용 등에 대한 반대 의사를 표시하기 위하여 광화문 광장에서 국민들의 대규모 촛불집회가 오랜 시간 지속되었다. 특히 쇠고기 협상 문제와 관련해 축산업 종사자들은 국산 축산업의 위기 위식으로 쇠고기 수입을 전면 반대하였고, 소비자들은 광우병에 대한 불안과 의심으로 쇠고기 수입을 반대하였다.

부득이 이명박 정부는 즉시 쇠고기에 이어 돼지고기, 닭고기, 배추김치까지 연면적 제한 없는 원산지 표시제를 전면 실시하겠다고 발표하였다. 이에 따라 축산업 관계자와 소비자 모두의 요구를 충족시킬 수 있게 되었고, 촛불집회가 더욱 확산되는 것을 막을 수 있었다.

결국 〈식육음식점 원산지 표시제〉는 농축산인의 권익 보호뿐만 아니라 모든 국민들의 건강을 지키기 위한 고심의 고심 끝에 나온 결단이었다. 더욱이 원산지를 속여 파는 일이 근절될 때, 보호받는 것은 농축산인, 소비자, 그리고 음식점 점주까지 모두에게 혜택이 돌아간다. 정직한 노동의 대가와 그에 따른 합리적인 소비가 원활하게 이뤄질 수 있기 때문이다.

이 제도는 가장 먼저 우리 농축산인들을 살리기 위한 최후의 정책이라고 봐도 무방할 것이다. 점점 자유무역의 시대로 치닫고 있는 지금, 우리 농축산물이 경쟁력을 얻기 위해 이러한 제도가 절실히 필요했다. 우리 국민들이 안심하고 믿고 먹을 수 있는 사회, 정직한 노동의 가치가 인정되는 사회 등을 위한 법 제정이 요청되는 이 시대에서 내가 맡은 책임이자 의무가 이러한 법을 만드는 일이라고 생각한다.

농민(여성) 권익을 위해 끈질기게─
여성 농민의 해방

"권위는 힘으로 지키려고 하면 무너지고, 낮추려고 할 때 지켜진다."

2004년 어느 농가를 방문할 일이 있었다. 늦은 밤에 찾아갈 수 없어 일정상의 이유로 이른 아침에 농가를 찾아갔는데, 30대 중반쯤으로 보이는 여성분이 우리를 맞이했으나 이상하게도 우리에게 얼굴을 보여주지 않으려고 했다. 얼굴에 기미가 많았기 때문이다. 알아보니, 나이든 여성들은 더욱 심각했다. 얼굴의 문제뿐만 아니었다. 고령, 성주, 칠곡의 보건소와 병원들에 현재 입원해 있거나 치료받고 있는 여성들을 대상으로 확인해 본 결과, 상당수가 비닐하우스 노동에 따른 심각한 후유증을 앓고 있었다. 비닐하우스 속에서 오랜 시간 노동을 해야 했기 때문이었다. 특히 비닐하우스의 덮개를 아침저녁으로 벗기고 덮어야 하는데, 그 작업만 하루 평균 4시간이 걸린다는 증언에 무척이나 마음이 아팠다.

따라서 여성들이 비닐하우스에서 최대한 노동을 적게 할 수 있도록 궁리한 끝에, 자동으로 비닐하우스 덮개가 개폐되는 자동화 시스템을 도입해야겠다고 마음먹었다. 덮개 개폐에 따른 노동 시간만 줄인다면, 그 시간을 휴식과 함께 각자의 가정에 충실할 수 있다는 것을 깨달았다. '비닐하우스로부터의 여성 해방'인 것이다. 나는 농수산부 등의 부처와 합의하여 2005년부터 지금까지 비닐하우스 자동개폐기를 점차적으로 농가에 앞장서 보급하고 있다. 2011년 말까지 고령, 성주, 칠곡의 대다수 농가에 자동개폐기 보급이 완료될 것이다. 이것은 여성 농민의 해방이라 할 수 있을 것이다.

나의 고향이자 지역구인 고령, 성주, 칠곡은 참외나 딸기 등의 특화 농업이 활성화되어 있는 지역이다. 특히 성주 참외는 전국 생산량의 70~80%를 차지할 정도로 생산 규모는 물론 그 품질도 우수하다. 그러나 지난 2010년 참외 출하가 한창이어야 하는 3월 한 농가에서 도움의 요청이 있었다. 농민들과 대화를 나눠 보니 장기간 지속된 저온 및 강우로 일조량이 부족해 피해가 막대하다는 것이다. 잦은 강우와 저온, 일조량 부족 등으로 인해 본격적인 출하기를 맞은 참외, 수박, 딸기 등이 생육 부진, 생산량 감소 및 품질 저하, 물찬 참외(발효과) 및 병해충 발생 증가 등으로 농가의 피해가 기하학적으로 확산되고 있었던 것이다.

그대로 지켜볼 수 없었다. 고심 끝에 농가의 실태를 정부에 알리고 상황에 따른 지원을 요청하기로 결정했다. 2010년 3월 25일 장태평 농식품부 장관을 지역에 모셔서 피해 농민의 애환을 직접 보고 듣고 피해 현장을 방문하여 실태를 파악하는 자리를 마련했다. 그리고 같은 해 3월 26일, 국회 본청에서 열린 한나라당 주요 당직자회의에 참석하여 이 같은 실태를 알리고 국회와 정부가 할 수 있는 모든 조치를 취해 줄 것을 요청했고 당내의 동의를 이끌 수 있었다.

정부의 신속한 지원으로 농가 피해를 최소화해야 하며, 일조량 부족 등으로 인한 농작물 피해를 농업재해로 인정해야 할 것을 제안했다. 현행 '농어법재해대책법' 에서는 이상 기온으로 인한 일조량 부족 피해의 경우 농업재해 항목에 포함되어 있지 않기 때문이었다. 또한 참외, 딸기 등도 농작물 재해보험 대상 품목에 포함시킬 것을 제안했다. 2010년 4월 20일, 드디어 정부의 대대적인 지원이 시작되었다. 일조량 부족으로 피해를 입은 참외, 수박, 딸기 등의 재배 농가 전국 3만 64곳에 3,467억 원의 국비 지원이 최초로 이루어진 것이다. 그래서 전 농가에 1백만 원씩 지급되었다.

환경과 기후에 영향을 많이 받는 농업, 축산업 등은 뜻하지 않는 피해를 받기도 하고 또 어떤 때에는 소득 증대를 가져오기도 한다. 그렇기 때문에 농축산인은 이런 예측 불능의 기복을 감당하기 쉽지 않다. 그러나 나는 대부분의 농축산인들이 영세하기 때문만은 아니라고 생각한다. 이들에 대한 적극적인 정부의 지원 부족이 그 원인이라고 생각한다. 이들이 생산하고 있는 재화는 단순히 자본주의 사회에서 통용되는 물건으로서의 가치가 아니다. 생명의 문제이다. 한 나라의 근간

이 되는 기본 사업이며, 우리의 정신과 문화까지 닿아 있는 가치로서의 재화라 할 수 있다. 따라서 이들의 지원은 경제 논리를 떠나 한 나라의 백년대계를 위한 장기적이고 체계적인 논의가 필요하다.

공천을 바로 잡아 주서서 대단히 고맙습니다

지난 2007년 8월 한나라당 대통령 후보 경선이 있었는데, 나는 그 당시 박근혜 대표의 경상북도 선거대책본부장이었다. 내 지역구와 상관없이 경상북도 전역을 두루 다니면서 박근혜 대표의 경선을 도왔기 때문에, 박근혜 대표가 경선에서 꼭 승리하기를 간절히 기대하고 소망했다. 그러나 박근혜 대표가 경선에서 패하게 되었고, 그 허탈감과 허전함을 극복하는데 꽤 오랜 시간이 소요되었다.

그리고 어느 정도 시간이 경과되면서 다시 마음을 추슬러 18대 총선을 준비했다. 2008년 2월 경 총선 공천을 한나라당에 신청하여, 주○○ 전 의원과 경쟁하는 구도가 되었다. 그러나 주○○ 전 의원은 당헌 당규에 의한 배제 사유가 문제되어 사실상 나 홀로 공천 후보로 남게 되었다. 누가 보더라도 내가 공천받게 될 것이라고 믿어 의심치 않았다.

그런데 총선 19일 전 3월 19일 저녁 7시 50분 경 동료 의원들과 저녁

식사를 하는 도중, 내가 공천에 떨어졌다는 YTN 뉴스 자막이 흘러나왔다. 며칠 전부터 공천 결과가 순차적으로 발표되고 있었는데 이상하게 우리 지역구는 이유도 없는데 발표가 되지 않아 의아하게 생각하던 차에 엉뚱한 사람이 공천자로 발표된 것이다. 공천자로 발표된 사람은 공천 신청도 하지 않은 사람이어서 모두들 의아했다.

그 다음 날, 곧바로 기자회견을 가졌다. 한 나라의 법을 만드는 입법부의 국회의원을 선출하는 공천에, 공천 신청도 하지 않은 사람이 공천되었다는 것은, '변칙' 과 '반칙' 이며 이는 민주주의의 기반을 무너뜨리는 것이나 다름없다고 나의 소견을 분명히 밝혔다. 공천 심사를 통해 언론과 국민들이 후보로서 능력과 자질이 합당한지에 대한 평가가 전혀 이뤄지지 않고, 말 그대로 '새치기' 로 공천을 받은 것이다. 따라서 나는 무소속으로 국회의원에 출마할 것을 선언했다. 내가 당선되어야겠다는 개인적 욕심보다는 잘못된 공천, 잘못된 절차를 바로 잡아야 한다는 집념과 의지가 강하게 나를 사로잡았기 때문이다. 비단 나뿐만이 아니었다. 모든 당원들과 나를 믿고 따르는 모든 사람들이 '분기탱천' 하여 끝까지 투쟁할 것을 선언하고 선포하였다.

무소속으로 출마하여 차라리 투쟁에 가까운 선거운동을 총선 당일까지 쉬지 않았는데, 여성 당원들이 우산도 없이 비를 모조리 맞아 가며 선거운동을 하는 것을 보고 눈시울이 붉어졌다. 이제 당선의 문제는 나만의 문제가 아니었다. 당선의 문제는 모두의 문제였고, 모두의 집념이었으며, 모두의 절박함이었다.

하지만 출구 조사에서 나는 상대방 후보에게 한참이나 밀렸다. 그 조사를 지켜보던 순간, 나를 믿고 한나라당에서 탈당한 군·도의원들의 얼굴이 주마등처럼 스쳐 지나갔다. 그들의 장래에 대한 걱정에 말로 형용할 수 없는 미안함이 출구 조사 발표 후부터 끝 간 데 없이 마음에 번져 갔다.

이윽고 저녁 8시부터 개표가 시작되었다. 그러나 개표 격차가 너무 벌어져 2등의 개표 결과조차 생략된 개표 현황이 중계되었다. 그리고 1등만 보이는 개표 현황에 나의 이름은 없었다. 나와 함께했던 당원들은 모두 전화기를 꺼 버린 채 절과 교회와 산으로 흩어졌고 나 혼자 남게 되었다. 이에 반해 상대 후보 진영의 사무실 근처에 수많은 차들이 늘어섰고, 당선 축하 파티를 준비하는 발길이 분주하다는 소식을 전해 들었다. 농협 하나로마트에서 각종 음식과 술 등을 실어 나르는 상대 진영의 들뜬 상황을 당원에게 보고받으며 아무 말 없이 개표 현황을 바라보던 그때, 정적 속에서 째깍이던 시계 초침 소리는 아직도 잊지 못한다.

그러나 저녁 9시가 넘어 개표 현황에 나의 이름이 2등으로 올라갔고, 10시가 넘자 전세가 역전되었다! 11시가 넘으면서 나와 상대 후보 사이에는 이제 뒤집을 수 없을 정도의 격차가 났고, 눈이 퉁퉁 부은 당원들이 우여곡절 끝에 연락을 받고 하나둘씩 모여들었다. 그렇게 나는 제18대 국회의원에 당선된 것이다! 축하 파티를 준비하지도 않은 우리 사무실 앞에 당선을 축하하기 위해 차들이 모여들기 시작했다. 반면 상대 진영 사무실 근처에 모여든 차들이 거리에서 흔적도 없이 사라졌다는 상황 또한 전해 들었다.

다음 날 아침 7시, 나는 왜관읍 우방사거리에 나가 비 오는 궂은 날씨에도 불구하고, 나는 비를 맞아 가며 유권자들에게 무릎을 꿇고 큰절을 올렸다. 오래 고개를 들지 못했다. 그리고 내 머리 위에 다음과 같은 글귀를 적은 플래카드를 내걸었다.

"잘못된 공천을 바로잡아 주셔서 대단히 고맙습니다."
"박근혜 대표님을 끝까지 지키겠습니다."

그 해 7월에 나는 한나라당에 다시 복당(復黨)하였다. 아니, 복당이아니라 유권자들의 승리였다. '사필귀정'이라는 단어가 그 어떤 단어보다 이 상황에 적실해 보였다. 나의 당선, 그것은 유권자들의 깨어 있는 정신이었고 선택이었으며, 그 정신이 민주주의 정신이라 말한다 해도 지나치지 않을 것이다. 나는 앞으로도 성실 · 정직 · 신뢰 · 정의가 승리하는 사회를 만들기 위해 온몸을 던질 것이다. 복당 후 여의포럼을 통해 정책 공부를 하고 따뜻한 정을 나누고 있다. "유기준 의원 정말 고생 많이 하고 있습니다."

도전하는 '다음'

"정치란 가난한 사람의 눈에서 눈물을 닦아 주는 것이다.(네루)"

나는 16대에서 18대까지 국회의원으로 길을 걸어오면서, 대부분 소외받고 힘 없는 국민들을 위한 정치를 꿈꿔 왔고 이를 실현하기 위해 고군분투해 왔다. 내가 그들보다 우월하기 때문이 아니다. 오히려 나는 그분들과 같거나, 그분들보다 낮은 위치에 있다. 나 역시 소작농의 아들로 어렵고 힘겨웠던 시간들을 그 누구보다 잘 알기 때문이다.

지역구에 다니면서 주민 또는 당원들과 정책 간담회를 마치고 나서 식사할 때 애로사항이 많았다. 식사 비용을 어떻게 처리하느냐의 문제가 그것인데, 선거법상 유권자에게 밥을 사는 것이 금지되어 있기 때문이다. 그렇다고 잘 아는 처지의 사람에게 비용을 대신 지불하라고 말할 수도 없는 노릇이다. 국회의원 활동을 하려면 지역구민들과의 자리를 갖지 않을 수도 없는 일이다. 그래서 나는 비용이 저렴한 식당에 가서 각자 분담하는 것으로 원칙을 세우고, 가급적 5,000원 이내의 비용이 드는 곳만 골라 함께 식사했다. 술 없이 물로만 건배사를 제의하곤 했다. 이런 뜻을 이해해 주고 즐거이 '물 건배'로 항상 함께해 주신 당원들을 비롯한 모든 고마운 분들께 이 자리를 빌려 감사의 뜻을 전하고 싶다.

국회의원이 되기 전 변호사라는 직업으로도 그랬듯이, 국회의원으로서 힘 없고 가난한 사람들에게 정말로 필요한 정치를 하는 것이 나의 소명이라 고백하고 싶다. 그것은 나와 아버지와 어머니, 그리고 아내를 비롯한 가족들과의 약속이며, 나를 믿고 따라 준 모든 이들의 은혜에 보답하는 방법이라고 생각한다. 나는 그 방법 외에 그 모든 분들에게 은혜 갚는 더 좋은 방법을 알지 못한다.

땅 한 평 없는 소작농의 아들로서 대(大) 문중에서 태어나지도 못했지만 나에게는 언제나 강력한 힘과 동기가 되어 주는 가족들이 있었기에 이 자리까지 올 수 있었다. 흔들리고 지칠 때마다, 중요한 결정의 순간마다 가족들은 나를 지지해 줬고 나의 결정을 존중해 줬으며 나의 선택이 후회하지 않을 선택이 될 수 있도록 항상 함께해 준 정말 평생의 그 무엇으로도 보답할 방법이 없는 인연들이다. 나의 가족들이 없었더라면 이인기라는, '나'라는 사람 또한 이 세상에 설 수 없음을 이 자리를 빌어 고백하고자 한다.

15대 낙선, 16대 국회의원 선거를 비롯해 17대, 18대에 이르는 지금까지 함께해준 당원들과 여러 고마운 분들에게 어떻게 해야 그분들의 은혜에 모자람 없이 보답할 수 있을지 의문이다. 정확히 말해 그분들의 은혜에 보답할 수도, 보답할 길도 없다. 다만 내가 할 수 있는 것은, 그들이 나를 믿어 주고 나를 지지해 주셨기 때문에, 나는 그들의 믿음을 저버리지 않도록 항상 긴장해야 할 것이다. 내게 국회의원으로서 주어진 책임과 의무가 바로 그것일 것이다.

힘 없고 가난하지만 정직하게 살아가는 그들이 삶을 살아가는 데 있어서 억울한 일이 있거나 불편한 점이 있다면, 그것의 원인은 내 직무 유기 혹은 직무방관에서 비롯된 것이라고 말할 수 있다. 앞으로도 계속 서민들의 편에 서서, 가진 자들에게 나는 악역을 자처할 것이다. 그 배역이 내게 주어진 책임과 의무이며, 내게 도움 주신 모든 분들께 내가 할 수 있는 최선의 보답이 될 것이다.

그래서 나는 박근혜 대표를 믿는다. 원칙과 신뢰를 우선시하며 사생활 또한 깨끗한 박근혜 대표에게 이 나라 이 땅에 새 희망을 가져올 것이라 기대한다. 내가 악역을 자처할 수 있는 것은, 모두다 박근혜 대표와 함께할 수 있기 때문에 가능한 것이다. 박근혜 대표 역시 힘 없고 가난한 자의 편이기 때문이다.

또한 이모님들과 숙모님 내외, 그리고 12년 동안 내게 따뜻한 밥을 지어 주신 국회 지하식당 아주머니들, 국회 체력단련장 종사자 등에게도 고마운 마음을 전하고 싶다. 이상일 종친회장님을 비롯한 후원인들에게도 너무 오랫동안 신세를 지고 있는 것 같아 항상 죄송한 마음을 지울 수 없었지만, 이 자리를 빌어 감사의 감사를 드리고 싶다.

등산을 한다는 것은 정상에 올라갔기 때문에 의미가 있는 것이 아니라, 정상을 향해 올라갔기 때문에 의미가 있는 것이라고 생각한다. 성공이나 실패라는 결과의 문제보다는, 어떤 과정을 거쳐 왔는지가 더 중요하다. 참된 가치라는 것은 바로 그곳에서 생성될 것이며, 그 가치가 도전 정신이라고 말할 수 있는데 나 역시 이러한 정신을 추구하고 싶고, 앞으로도 지향하고 싶다. 그 가치를 위해 지금까지, 그리고 앞으로도 굽 높고 딱딱한 구두를 등산화처럼 신으며 내게 주어진 삶에 최선을 다하고자 한다. 늘 허리 숙여 신발끈을 묶는 마음으로 그렇게 살고 싶다.

제2부

멀리 함께 가는 길

지구환경의원연맹을 설립하다

GLOBE 지구환경의원연맹(GLOBE International: Global Legislators Organization)

GLOBE 지구환경의원연맹(GLOBE International: Global Legislators Organization)는 1989년 환경문제 관련 정부와 의회 간 정책 일치 도모를 목표로 미국, 일본, 러시아, 유럽 의회 간의 협의체로 출범하였다. 이후 2005년 Tony Blair 영국 총리의 주도로 G8(미국, 일본, 캐나다, 독일, 영국, 프랑스, 이탈리아, 러시아)+G5(브라질, 중국, 인도, 멕시코, 남아공)로 회원국을 확대하게 되었고, 2009년에는 주요 경제국(한국, 호주, 인도네시아)들이 회원국으로 참여하게 되어 현재 총 16개국의 회원국으로 이루어져 있다.

현재 G8 국가, 브라질, 멕시코, 한국 등이 국가위원회를 운영 중이며, 이들 16개 국가 지국 위원장은 GLOBE 이사회 이사로 활동 중이다.

GLOBE 의원포럼은 최근 매년 2회 개최되고 있으며, 산하에는 3개의 국제정책위원회를 구성하고 있다. 3개의 국제정책위원회는 ①토지 이용 · 생태계 국제위원회 ②기후변화 · 에너지 안보 국제위원회 ③경제 · 인구 국제위원회로 구성되어진다.

한국 지구환경의원연맹(GLOBE Korea) 개요

한국 지구환경의원연맹(GLOBE Korea) 구성

- 정회원 : 국회의원 55인

  이인기(회장), 유기준 · 우제창 · 김낙성(부회장, 3명), 이종혁 · 박선영(간사, 2명), 김재윤(총무), 이경재 · 김성곤 · 원희룡 · 정두언 · 배은희 · 이두아 · 이학재 · 이한성 · 정옥임 · 조원진(이사, 10명), 홍사덕 · 김영진 · 김충조 · 이인제 · 김무성 · 정의화 · 이해봉 · 홍준표 · 황우여 · 송훈석 · 장광근 · 정병국 · 강길부 · 김춘진 · 박주선 · 신상진 · 이시종 · 정희수 · 조경태 · 조승수 · 황진하 · 강석호 · 김동성 · 김소남 · 김용구 · 박대해 · 박민식 · 박선숙 · 박은수 · 백재현 · 안효대 · 이진복 · 이찬열 · 이춘식 · 전혜숙 · 정수성 · 진성호 · 박영아 (회원, 38명)

- 준회원 : 산업계, 학계, 연구위원단 등 기타 회원 40여 명

설립 연혁

- 제20차 GLOBE 코펜하겐 의원포럼(2009. 10. 24~25)에 본 의원이 참석하여 환경 · 기후 관련 대한민국 국회 입법안 발표

- 코펜하겐 의원포럼 이후 본 의원은 GLOBE 의원포럼 참여 기반 마련을 위해 「GLOBE 의원포럼 한국위원회」 설립 추진

- 2009. 11. 26. 「한국 지구환경의원연맹(GLOBE Korea)」 창립 총회에서 본 의원은 초대 회장으로 추대되었으며, 유기준 의원, 우제창 의원, 김낙성 의원이 부회장으로 선임되었음

- GLOBE 한국위원회 설립으로 대한민국은 지구환경의원연맹(GLOBE International) 공식 회원국으로 가입되었으며, 현재 본 의원은 각국 GLOBE 위원회 위원장이 이사로 참여하는 이사회의 멤버로 활동 중임

제21차 GLOBE 베이징 의원포럼

- '제21차 GLOBE 베이징 의원포럼'은 중국 전인대 환경보호·자원보존 위원회와 GLOBE 지구환경의원연맹의 공동 주관 하에 2010년 11월 5일부터 7일까지 3일간 중국 텐진에서 개최되었음
- 2010년 11월 6일부터 7일까지 중국 텐진 Renaissance Hotel에서 개최된 제21차 GLOBE 베이징 의원포럼에는 총 12개국, 약 50여 명 의원이 참여하여 주요 현안에 대해 심도 있게 논의하였음
  - 대한민국 대표단은 주요국 의회와의 활발한 교류를 통해 기후변화 관련 다자 외교 채널을 확보하여, 범 의회 차원의 향후 기후변화 관련 논의에 우리 국회의 주도적 역할을 확보하였음

베이징 회의 발언문 전문

저탄소 녹색 성장 기본법 개관

존경하는 왕 광타오(Wang Guangtao) 의원님, Lord Deben 의원님, 그리고 각국 대표 여러분! 저는 Globe Korea 회장을 맡고 있는 이인기 의원입니다.

Globe Korea의 회장으로서 성공적인 포럼 개최를 위하여 오랜 시간 동안 많은 준비와 노력을 아끼지 않으신 중국 의회 관계자분들과 후앙 싱궈(Huang Xingguo) 텐진 시장님께 감사의 말씀을 드립니다. 또한 중국 텐진에서 열린 Globe 베이징 의원포럼에 참석하고, 대한민국 국회를 대표하여 한국의 기후 관련 법안 및 입법과정을 각국 대표단 여러분께 발표할 수 있는 기회를 갖게 된 것을 매우 기쁘게 생각합니다.

저는 이 자리에서 '저탄소 녹색 성장 기본법'으로 대표되는 '대한민

국의 기후변화 대응 방안 및 국회의 역할'에 대해서 여러분들과 의견을 나누고자 합니다.

우선 저탄소 녹색 성장 기본법의 개요에 대해 간략히 설명을 드리고, 동법의 입법 연혁, 주요 쟁점사항 및 원안 수정 내용, 마지막으로 동 법안을 통과시키기 위한 국회의 역할 순으로 설명을 드리겠습니다.

대한민국은 유엔기후변화협약이 발효된 1994년 이후 지구온난화 방지를 위한 국제적 노력에 기여함과 동시에 새로운 국가 발전 패러다임을 구축하기 위해 다양한 노력을 기울여 왔습니다. 이와 같은 많은 고민과 노력의 결과로 지난 2008년 대통령께서 녹색 성장과 청정에너지 관련 산업을 국가 발전의 새로운 축으로 선포하게 되었습니다.

대통령과 국무총리를 비롯한 많은 사람의 관심과 지원에 힘입어 2010년 1월 대한민국 국회는 ①기후 친화 산업을 신성장 동력으로 육성 ②녹색생활 구현을 통한 국민의 삶의 질 제고와 환경 개선 ③기후변화 대처를 위한 국제사회 노력 선도를 목적으로 하는 포괄적인 법률인 '저탄소 녹색 성장 기본법'을 제정하였습니다.

동법은 ①신성장 동력으로 녹색기술 및 산업 진흥 ②기후변화 및 에너지 대책을 유기적으로 연결 ③환경친화적인 과세 방향 제시 ④온실가스 배출 및 에너지 생산에 관한 통계 작성 및 기업의 녹색 경영 발전을 위한 기반 제공 ⑤온실가스 배출 저감 및 에너지 절약을 위한 에너지 목표관리제 도입 등을 주요 내용으로 하고 있습니다.

동법의 입법 연혁에 대해 간략히 설명을 드리겠습니다. 2008년 이전

2010. 2. 24. GLOBE(지구환경의원연맹) 집행부 한국 방문

2009. 11. 26. 한국 지구환경의원연맹 창립 총회

이미 4차례의 기후변화 입법 시도가 무산된 경험을 갖고 있는 대한민국은 기후변화와 관련한 포괄적인 법률 입법을 위해 오랜 시간 동안 다양한 노력을 기울여 왔습니다.

2008년 초 이명박 정부는 국가 최우선 과제로 기후변화 정책 수립을 채택하였으며, 저탄소 녹색 성장을 향후 60년의 국가 비전으로 선포하였습니다. 그 결과 2008년 9월 대한민국 국회는 기후변화특별위원회를 설치하였으며, 2009년 1월에는 대통령 직속 녹색 성장위원회가 설치되었습니다.

2009년 2월 국회에 제출된 저탄소 녹색 성장 기본법은 11개월에 걸친 공청회, 간담회, 소위원회 심사 등을 거쳐 2009년 12월 국회를 통과하였으며, 2010년 4월 동 법안이 발효되었습니다.

법안을 심사하고 통과시키는 데에 있어 주요 쟁점 및 수정이 되었던 사항에 대해서 설명을 드리겠습니다.

첫째, 원자력발전 산업 육성과 관련된 내용입니다. 동법의 원안에는 원자력산업이 녹색 산업에 포함되어 있었으나, 신재생에너지 산업이 아닌 원자력산업이 녹색 산업 인가를 둘러싼 찬반 토론 끝에 최종안에는 관련 내용이 삭제되었습니다.

둘째, 총량제한 배출권 거래제 도입과 관련된 내용입니다. 원안에는 총량제한 배출권 거래제 도입이 규정되었으나 감시, 행정 및 거래 비용이 크고 시장의 불확실성에 따른 위험 비용이 발생할 수 있다는 우려로 다른 형태의 배출권 거래제에 대해 추가 검토·도입할 수 있는 법적 근거를 남겨 두었습니다.

2009. 12. 17. 덴마크 코펜하겐에서 열린 COP15차 기후변화당사국총회 본회의장에서

2010. 1. 13. 저탄소 녹색성장기본법 서명식(청와대)

셋째, 자동차 온실가스 배출 규제와 관련된 내용입니다. 원안에는 에너지소비효율 기준이 없이 승용차에 대한 온실가스 배출 허용 기준안만이 포함되었으나, 에너지소비효율 기준이 국민에게 더욱 친숙할 뿐 아니라 온실가스 배출 기준과 동일한 중요성을 가진다는 반론으로 두 가지 기준 모두 도입하기로 하였습니다.

마지막으로, 환경 정책을 총괄하는 환경부와 에너지 정책을 담당하는 지식경제부 사이에 온실가스 배출 허용 기준 관장을 둘러싼 논란이 발생하였습니다. 여러 논의 끝에 환경부가 온실가스 배출 관리 감독 및 조율 기능을 담당하며, 지식경제부 및 기타 3개 부처가 4개의 배출 부분을 각각 담당하기로 결론을 지었습니다.

국회는 저탄소 녹색 성장 기본법의 심사 및 통과에 있어 주도적인 역할을 담당하였습니다.

첫째로, 2008년 국회 기후변화특별위원회 구성을 통하여 의원 발의 기후 관련 법안, 정부 제출 관련 법안을 주도적으로 검토하였으며, 각각의 법률안의 내용을 통합한 '저탄소 녹색 성장 기본법'을 발의하였습니다.

둘째로, 정부 부처간 이해관계를 조정하고, 법안 도입으로 인해 타격을 입을 수 있는 관련 산업계의 공동 건의사항을 접수하는 등 법안 관련 이해 당사자들 간의 의견 수렴 및 조율에 많은 노력을 기울였습니다. 특히 동법 도입에 따라 발생하는 규제, 녹색 성장과 관련한 금융·조세 인센티브 방안에 대한 심도 있는 논의를 실시하였습니다.

마지막으로 GLOBE Korea를 설립하여 다양한 주제의 세미나를 개최함으로써 환경, 기후 문제 등 동 법안 심사와 관련한 의원들의 이해의 폭을 확대하고, 동시에 기후변화 대응을 위한 국제적 노력에 참여하고자 하였습니다.

기후변화 대응과 관련한 대한민국의 입법 사례는 이상과 같습니다. 올해 멕시코시티에서 예정된 제16차 기후변화협약 당사국 총회에서 2020년 감축 목표에 대한 합의가 이루어질 가능성이 있고, 국가별 감축량 할당이 주요 쟁점으로 부상할 것으로 생각하고 있습니다. 대한민국 국회는 온실가스 감축과 관련한 국제사회의 이러한 노력에 동참하고 기후변화 대응 및 녹색 성장이 정부의 국정 우선 과제로 지속적으로 추진될 수 있도록 최선을 다할 것입니다. 어제부터 이어진 회의에서 기후변화 대응과 관련한 다양한 방안 및 입법 경험들이 심도 있게 논의되어 향후 GLOBE 의원포럼이 기후변화 문제 해결을 선도할 수 있는 실질적인 회의체로 더욱더 발전할 수 있기를 희망해 봅니다. 감사합니다.

여수 EXPO 유치 성공의 감격
― 영 · 호남 화합의 가교

영남권 국회의원으로서 또 한나라당 국회의원으로서 사실 호남권에 대해 익숙하진 못했다. 처음 여수에 대해 접하게 된 것은 세계 박람회 때문이었다. 여수 인근 지역은 수려한 자연환경을 바탕으로 하는 관광 자원 등에도 불구하고 경제 발전은 타 지역에 비해 상대적으로 낙후된 지역으로 볼 수 있다. 이러한 여건을 개선하기 위하여 여수시와 시민들은 2010년 세계박람회 유치 실패 직후인 2002년 12월 14일 「2012년 세계박람회 범시민추진위원회」를 구성하고 세계박람회 유치 재도전 의지를 밝혔다.

그 아름다운 도전에 많은 관심을 갖게 되었고 익숙하지 않은 지역의 일이었지만 도전의 과정에 역할을 해야겠다고 마음먹었다.

일찍이 우리 선조는 해양 개척의 진취적인 삶을 살아왔고 백제와 신라, 가야의 문화유산을 통해서도 바다를 통한 해외 교류의 자취를 살펴볼 수 있다. 그 전통을 이어받아 현재 우리는 세계 최대 조선 강국, 세계 8위의 해운 대국으로 거듭날 수 있었고 이러한 요소들은 세계박

2006. 9. 13. 국회 2012 여수세계박람회 유치 특별위원회 여수 시찰

2007. 4. 9. BIE(세계박람회기구) 실사단 환영 리셉션

람회 유치에 저력이 될 것이라 믿었다.

하지만 2003년 1월 12일 광주광역시가 광산업박람회 개최를 건의함으로써 두 지역이 경쟁하는 양상을 띠게 되었다. 이에 정부는 지역 간 합의를 통해 단일화할 것을 주문하였고 결국 여수로 최종 결정되었다. 이미 한 번의 실패를 경험했기 때문에 더욱 철저한 준비가 필요했다.

여수세계박람회는 「the living ocean and coast : diversity of resources and sustainable activities, 살아 있는 바다 숨쉬는 연안 : 풍부한 자원 보전과 미래 지향적 활동」이라는 주제로 전라남도 여수시 신항 지역에서 2012년 5월 12일~8월 12일 총 3개월 동안 개최되는 세계박람회이다. 이번 세계박람회 개최로 88올림픽, 2002월드컵과 함께 경제·사회·문화 등 여러 면에서 국격을 상승시키는 계기가 될 것이다. 약 12조 2천억 원의 생산 유발 효과와 약 5조 7천 억 원의 부가가치 발생 및 약 7만 9천 명의 고용창출 효과가 기대된다.

구분	88년 서울올림픽	93년 대전엑스포	2002년 월드컵	2012년 여수엑스포
개최기간	16일	3개월	1개월	3개월
관람객	290만 명	1,400만 명	350만 명	800만 명
생산유발 효과	4조 7천억 원	3조 1천억 원	11조 5천억 원	12조 2천억 원
부가가치 효과	1조 8천억 원	1조 3천억 원	6조 7천억 원	5조 7천억 원
고용유발 효과	34만 명	21만 명	35만 명	7만 9천 명

전남 지역은 생산 5조 1,532억 원(전국 대비 42.1%), 부가가치 2조 4,267억 원(42.4%), 고용 3만 3,788명(42.9%)의 파급효과가 발생될 것으로 추정된다.

생산액 기준으로 지역 외 파급효과를 보면 수도권 2조 2,439억 원(전국 대비 18.3%), 동남권 1조 6,863억 원(13.8%), 충청권 8,780억 원 (7.2%) 등의 경제적 파급효과가 유발될 것으로 기대된다.

수도권은 호남권을 제외한 권역 중에서 경제적 파급효과가 가장 크게 나타나는데, 이는 수도권이 호남권과 공간적으로 분리되어 있지만 호남권을 포함한 각 권역의 생산에 있어 수도권과의 연관 관계가 높은 데 기인한 것이다. 이러한 결과는 2012 여수세계박람회가 전남뿐 아니라 연계된 여타 지역에도 긍정적인 경제적 파급효과를 발생시키므로, 국가 경제적 사업으로 그 위상이 정립될 것이다.

하지만 이런 세계적인 박람회가 그저 한순간에 유치된 것은 아니다. 여수시와 시민은 물론 정부와 국회의 끊임없는 노력이 있었다.

2012 여수세계박람회 유치를 위해 정부는 국무조정실을 중심으로 유치 활동 전반을 지원하고 필요한 정책을 마련하는 등 정부 차원의 종합적인 지원 체계를 구축하였다.

국회 내에서는 여수세계박람회 유치를 지원하기 위하여 특별위원회를 구성하였다. 2005년 4월 6일 김성곤 의원 주관으로 국회 유치특별위원회 준비 모임을 개최함으로써 본격적인 논의를 시작하여 2005년 5월 24일 여야 의원 22명의 서명을 받아 국회 특위구성 결의안을 국회 운영위원회에 제출하였다. 국회 내에서 다양한 논의를 거쳐 2006년 3월 2일에 특위위원장은 한나라당 정의화 의원이 맡고 나는 한나라당 간사로 선임되었다. 2006년 8월부터 유치 확정시까지 특위위원장을 맡게 되었다. 한나라당 의원임에도 불구하고 지역 균형 발전과 상대적 낙후 지역인 서남해안 발전을 위해 열심히 일하라는 뜻으로 알고 더욱 큰 책임감과 포부를 갖게 되었다.

일자	주요 일정
'06. 8. 21	• 국회 『2012여수세계박람회 유치특별위원회』 개최 - 안건 : 위원장(이인기) 및 간사 선출, 박람회 유치추진상황 보고 - 참석 : 위원장(이인기 위원) 등 9명
'06. 9. 13	• 국회 2012 여수세계박람회 유치특별위원회 위원 여수 방문 - 내용 : 박람회 개최 예정지 등을 방문하여 유치추진상황 점검 - 참석 : 위원장(이인기 위원) 등 9명
'06. 11. 8	• 국회 박람회 유치특별위원회 세미나 - 장소 : 국회도서관 회의실 - 해양수산부 장관 축사, 유치위원장 격려사, 유치위 사무총장 기조연설, 패널 토의 등
'06. 12. 1	• 제4차 국회 박람회 유치특별위원회 개최 - 장소 : 국회 농림해양수산위원회 회의장 - 참석 : 해양수산부 장관, 외교통상부 장관, 건설교통부 장관, 기획예산처 장관
'07. 3. 5	• 제5차 국회 2012 여수세계박람회 특별위원회 - 장소 국회농해위 회의실(본관 501호) - 안건 : 2012 여수세계박람회 유치추진 현황 및 향후계획 보고
'07. 4. 27	• 제6차 국회 2012 여수세계박람회 특별위원회 - 장소 : 국회농해위 회의실(본관 501호) - 안건 : BIE 실사결과 및 향후계획 보고 - 참석 : 해양수산부 차관, 유치위원회 부위원장, 사무총장 등
'07. 6. 26	• 제7차 국회 여수세계박람회 유치특별위원회 - 장소 : 국회 농해위 회의실(본관 501호) - 안건 : 제141차 BIE 총회 결과 및 향후계획 보고 - 참석 : 해양수산부 장관, 유치위원회 부위원장, 사무총장 등
'07. 10. 8	• 제 8차 국회 여수세계박람회 유치특별위원회 - 장소 : 국회 농해위 회의실(본관 501호) - 안건 : 여수세계박람회 유치추진상황 보고 - 참석 : 해양수산부 장관, 유치위원회 부위원장, 사무총장 등

위원장이 된 이후 국회 유치특별위원회 차원에서 유치관련 각급 조직의 업무 추진 현황을 보고받고 제도적인 보완을 하는 한편 직접 유치 활동에 나섰다. 유치특별위원회는 총 8차에 걸쳐 회의를 가졌고 각 회의마다 유치 활동 진행 상황을 점검하였다.

2006년 9월 13일, 세계박람회 개최지인 여수를 직접 방문하였다. 따뜻한 환영으로 위원회를 맞아 주는 여수 시민들은 고배를 마신 경험이 있는 만큼 더욱 강한 의지를 보였다.

여수엑스포 유치 활동은 국내 국외가 따로 없었다.

유치 활동에 더욱 박차를 가하기 위해 2007년 1월, 국회 유치특별위원회 위원을 남미, 유럽, 중동, 중앙아시아, 북미 등에 파견하여 유치 활동을 적극적으로 펼치도록 하였다. 본인 또한 2007년 1월 15일부터 24일까지 유럽지역의 영국, 산마리노, 그리스에 협조를 구하고 바쁜 일정에 나섰다.

2007년 4월 23일부터 27일까지는 세계를 무대로 본격적인 유치 활동에 뛰어들었다.

동유럽의 슬로바키아와 체코를 방문하였다. 명예유치위원장 정몽구 현대차그룹 회장은 자회사의 유럽공장 준·기공식보다 여수세계박람회 유치 홍보에 더욱 열정을 쏟아붓는 등 뜨거운 열정을 보여 주어 많은 감동을 받았다.

4월 24일 슬로바키아 피초 수상과의 만찬에서 여수세계박람회 유치 지지 요청과 폭넓은 협력 방안을 논의했고 25일에는 체코의 현대자동차 기공식에 참석하여 체코 수상, 부수상, 하원의장, 주요 부처 장관들과 유치 활동에 대해 홍보했다.

이날 주요 인사들로부터 한국과 동유럽의 상호 협력 관계를 다시 한번 확인하고 여수세계박람회 유치를 통해 우호 관계를 더욱 돈독하게 하고 상생의 길로 가자고 제안했다.

2007년 11월 21일, 막바지 유치 활동을 위해 프랑스 파리로 떠났다. 142차 개최지 결정 총회 참석 대표단에는 한덕수 국무총리, 강무현 해양수산부 장관, 조중표 외교통상부 제1차관, 박준영 전남도지사 등 든든한 분들이 포진되어 있어서 한결 마음이 놓였다.

국제적인 행사인 만큼 치열한 경쟁이 예상되었다. 개최지 투표권은 BIE 회원국의 대표들이 행사하기 때문에 그동안 방문 외교로 우호적인 관계를 맺어 온 정치인들이 나서서 외교전을 펼쳐야 했다.

PT 발표 하루 전, 프랑스 파리 메리디앙 에트왈 호텔 프레스룸에서 정부 대표단 기자회견을 가졌는데 당시 강무현 해양수산부 장관, 김재철 유치위원장, 박준영 전남지사, 오현섭 여수시장 등이 함께 참석하였다. 한치 앞도 내다볼 수 없는 치열한 유치전의 상황이었지만 희망을 잃지 않았고 총회에서 실시하게 될 PT를 준비했다.

그동안 BIE 사무총장 초청 만찬과 세 차례에 걸친 여수 현지 시찰, 「2012여수세계박람회지원특별법」 발의, 정책토론회 개최 등의 경험에서 볼 때 여수 유치의 가능성을 조심스레 점칠 수 있었다.

기간	사절 단장	지역	방문 국가
'07. 1. 10~21	국회 특위 정의화 의원 외 2	중동	UAE, 카타르, 이스라엘(3)
'07. 1. 10~21	국회 특위 김재경 의원 외 2	미주	브라질, 아르헨티나, 우루과이(3)
'07. 1. 15~24	국회 특위 이인기 의원 외 1	유럽	영국, 산마리노, 그리스(3)
'07. 1. 22~31	국회 특위 주승용 의원 외 2	유럽	카자흐스탄, 우즈백, 몽골(3)
'07. 1. 22~2. 4	국회 농해수위 권오을 위원장 외 7	미주	캐나다, 페루(2)
'07. 8. 22~30	국회 특위 이인기 위원 외 4	유럽	독일, 스위스, 루마니아(3개국)

해외만큼이나 국내에서의 유치전도 중요했다. 여수세계박람회 유치를 위한 행사에 잇따라 참석하여 시민들을 독려할 필요성이 있었다. 2007년 1월 7일 개최된 여수엑스포마라톤대회는 특히 기억에 남는다. 4,000여 명의 국내외 마라토너들이 참가하였고 추운 날씨에도 불구하고 많은 시민들이 나와 유치를 기원하였고 시내 곳곳의 홍보물은 여수 시민의 염원을 고스란히 담고 있었다.

2007년 1월 31일 「2012 EXPO 시민 한마음 유치 결의대회」는 이윤복 세계박람회 정부유치위원회 사무총장과 주승용 의원, 김영록 전라남도 행정부지사 등 박람회 관련 기관 및 단체 인사 등 시민 3천여 명이 참석하였다.

이러한 유치에 대한 열정과 노력이 잠시 주춤했던 때도 있었다.
2007년 4월, 한나라당은 대통령 경선의 과정에서 이명박·박근혜 후보의 경쟁이 치열했고 당내의 의견 또한 분분할 수밖에 없었다. 당시 당의 갈등이 영향을 미쳤던 것인지 당시의 한나라당 원내대표는 나에게 '여수엑스포유치특위' 위원장 자리를 내놓으라고 했다.
영호남을 넘어 화합의 큰 뜻으로 유치 활동에 나섰던 나로서는 당내

2007. 4. 24. 여수 EXPO 유치 대표단 슬로바키아 기아차 공장 시찰 - 여수 EXPO 유치 대표단이 24일 (현지시간) 슬로바키아 기아차 공장 준공식 참석 후 내부를 시찰하고 있다. 왼쪽부터 김병준 정책기획위원장, 정몽구 현대 · 기아차 회장, 이인기 국회 여수세계박람회 유치특별위원회 위원장, 로베르토 피초 수상

2007. 11. 27. 2012 여수세계박람회 유치 성공 후 파리 팔레 드 콩그레 BIE 총회장에서

2007. 11. 28. 2012 여수세계박람회 유치 성공 후 귀국 기자회견(인천국제공항 기자회견실)

의 이해관계가 결부되어 있는 이러한 제안을 받아들일 수 없었다.

지금 생각해 보면 박근혜 후보를 도왔던 내가 아닌, 이명박 후보를 돕는 누군가에게 그 자리를 주려고 했던 것이 아닌가 생각된다.

그러한 부당한 제안이 몇 차례 더 이어졌지만 그러한 사정을 알게 된 박근혜 대표님과 김무성 의원께서 고령·성주·칠곡 유권자의 명예와 자존심을 지키기 위해서는 물러나서는 안 된다고 밀어 주어 버티었다.

이런저런 일들이 있긴 했지만 진심을 담은 혼이 깃든 노력은 결코 배반 하는 법이 없다.

2007년 11월 27일 2012 여수세계박람회 유치가 확정되었다.

사흘 후 유치를 자축하는 유치 성공 보고대회가 열렸다. 그때 여수 시내에서 카퍼레이드가 벌어져 동승하라 했으나 사양했다.

몇 차례 방문을 해서 그런지 어느덧 친숙해진 여수 시내를 순회하면서 한없는 뿌듯함을 느꼈다. 특히 2만여 명의 시민들이 환호성과 함께 태극기, 여수세계박람회 심볼이 새겨진 깃발, 만국기 등을 흔들며 환영을 아끼지 않았다. 그 무엇에 앞서 여수 시민의 배려와 사랑이 깊이 새겨진 여수시 명예시민증을 받았던 그 순간의 감동은 지금도 잊을 수 없다.

무엇을 바랬던 것이 아니라 단지 영호남의 화합과 사명감, 그리고 열정으로 임했던 유치 활동이었는데 여수시는 엑스포 유치 활동에 감사하다며 감사패를 건네주었다.

아직도 내 집무실 책장에는 명예시민증과 감사패가 나란히 놓여져 있다.

국제적인 행사인 만큼 유치가 전부는 아니다. 유치 확정부터는 유치 활동 두 배 세 배의 철저한 준비를 해야 한다. 지난 2002년 월드컵 때와 같이 정부 차원의 전폭적인 재정 지원과 온 국민의 관심이 수반되어야 한다. 이에 유치 발표 이후에도 여수 명예시민으로서 2010년 12월, 국회 본회의 5분 발언을 통해 정부 차원의 재정 지원과 국민의 관심을 호소하기도 하였다.

지금은 유치특위 위원장 임기가 끝이 났지만 애정을 많이 쏟은 유치 활동이었던 만큼 앞으로도 관심과 책임감을 갖고 지켜볼 것이다.

'광주학생의 날' 명칭 변경에 관한 결의안을 국회에 제출하여 학생 독립운동기념일로 승격시켰고 이후 이날의 기념행사는 정부 주관의 행사로 치러지게 되었다.

그 후 광주일고 총동창회로부터 맹형규, 양형일 의원과 함께 감사패를 받았던 일도 보람으로 느끼고 있다.

3전4기 끝에 이룬 '원산지 표시제도'

식육음식점 원산지 표시제는 농축산인의 권익 보호뿐만 아니라 모든 국민들의 건강을 지키기 위해 고심 끝에 만든 제도이다.

하지만 식품을 조리·판매하는 영업자로 하여금 식품에 수입한 식육이 포함되어 있는 경우에 그 수입육의 원산지를 표시하게 하는 것을 골자로 하는 이 제도는 그 취지와는 달리 어렵게 도입되었다.

지난 16대 국회에서 무려 3차례에 걸쳐 「식품위생법 일부 개정 법률안」을 대표 발의하였으나 3차례 모두 상정조차 되지 못하고 폐기되었다.

당시 법안 처리에 다소 어려움이 따랐던 것은 음식점 점주들의 반발이 영향을 미쳤기 때문이었다. 원산지 표시에 따른 매출 감소를 우려한 음식점 점주들은 일제히 반대에 나섰고 다른 의원들을 찾아가 전방위적으로 반대 의사를 타진하였다.

또한 고령·성주·칠곡 지역에서 낙선 운동을 벌이겠다는 얘기까지 있었다.

2005. 6. 7. 국회 의원회관 대회의실에서 이인기 의원이 주최한 '육류 음식점 원산지 표시제' 도입을 위한 입법공청회에 한나라당 박근혜 대표를 비롯 여·야 정책위 의장, 강기갑 의원 등이 참석했고 전국에서 축산업 관계자 800여 명이 장내를 가득 메워 높은 관심을 나타냈다.

2008. 8. 5. 국회에서 열린 한우 시식회에서

하지만 이런저런 이유로 공공을 위한 정책을 포기한다는 것은 옳지 않았다.

17대 국회의원으로 당선된 후 이 제도 도입을 해야 하는 것이 나의 신성한 사명이라 결심하고 그 뜻을 세우기 위해 개원 첫날 밤새 줄을 서서 17대 의원 발의 1호 법안으로 다시 제출하였다.

2005년 6월 7일 식육원산지 표시제 입법을 위한 공청회시 전국 한우, 양돈, 양계 축산인 들이 정말 구름 같이 몰려 대회의실은 물론 국회 잔디밭까지 인산인해를 이루었다. 가슴에 꼭 이루어야겠다는 불타는 욕망이 일어났다.

남호경 한우협회 회장님의 농민을 위한 열정에 이 자리를 빌어 감사와 존경을 표한다.

당시 박근혜 대표께서 축사시 정직한 사람이 돈을 벌어야 정의로운 사회가 되는 것 아닌가 라고 하셨는데 결국 그렇게 되었다.

2005년 12월 1일 5년여 만에 국회 본회의를 통과하였다.

그 후 점진적인 시행이 이루어진다. 쇠고기부터 시작한 원산지 표시 제도가 배추김치로 확대 시행되기까지…….

2007년 1월, 쇠고기에 한해 연면적 300m² 이상의 음식점을 대상으로 처음 시행되었고 2008년 10월 1일부터는 연면적과 상관없이 모든 음식점에 쇠고기 원산지 표시를 실시하게 되었다. 또한 이런 원산지 표시제도의 실효성을 높이기 위해서 소의 출생부터 판매까지의 과정을 추적할 수 있는 '쇠고기 이력 추적제'가 함께 시행되면서 원산지 표시

제도는 우리나라에 정착되게 된다.

이 제도의 도입으로 외국산 육류와 농산물이 국산으로 둔갑되어 판매되는 문제가 대체적으로 사라지면서 우리 축산 농가의 소득 중대는 물론 소비자의 안전과 권리를 보장받을 수 있게 되었다. 또한 FTA의 여파로 다소 위축되어 있던 우리 농가로서는 경쟁력을 갖추는 계기가 되었다.

한우농민들로부터 2008년 광우병 파동 시 이명박 대통령께서 육류 원산지 표시를 전면 실시하겠다고 발표하여 그 파동이 가라앉았다.

또 수입 쇠고기에 맞서 한우 가격이 이 정도 버틸 수 있는 것은 본 의원의 원산지 표시제 덕택이다 라는 말을 들을 때 큰 보람을 느낀다.

---

*그동안 입법 과정에 있어 힘을 함께 모아 주신 남호경 한우협회회장, 전영한, 이춘언, 전문출, 여호경, 구진모, 백완기, 배영태, 이상용, 장재성, 이달효, 윤석호 회장님을 비롯한 전국에 계신 모든 축산 농민들에게 깊이 감사드립니다.

원산지 표시제가 성공적으로 도입될 수 있었던 것은 여러분의 적극적인 도움이 있었기에 가능했습니다.

일조량 부족으로 인한 농작물 피해 농가에
희망으로 거듭나다

나의 고향이자 지역구인 고령·성주·칠곡 지역은 참외, 수박, 딸기 등의 농업이 활성화되어 있는 지역으로 성주 참외는 전국 생산량의 70~80%를 차지할 정도로 생산 규모와 품질이 우수하다.

때문에 농민들과 대화를 할 수 있는 간담회를 자주 갖고 농가의 현안과 어려움에 귀를 기울여야 한다.

환경과 기후에 영향을 많이 받는 농업은 때에 따라 뜻하지 않는 피해를 받기도 하고 또 어떤 때에는 풍년이 들어 소득 증대에 보탬이 되기도 하는데 소작농들은 이런 기복을 감당해 낼 수 있는 능력이 없어서 한 해 농사를 망친다는 것은 엄청난 좌절과 슬픔을 불러오는 일이다.

농민의 아들로 태어나서 그런지 향이 짙고 탐스럽게 영근 참외를 보고 있노라면 본능적으로 알 수 없는 행복과 기쁨을 느끼고 그렇지 못한 농작물을 볼 때면 내 자신의 일인 것처럼 가슴이 답답해져 온다.

지난 2010년은 유독 나와 농민들의 좌절과 눈물 그리고 희망이 교차했던 해로 기억된다. 참외 출하가 한창이어야 하는 3월, 지역 농가에서 도움의 요청이 있었다.

근심을 안고 지역을 찾아 농민들을 만나 대화를 나눠 보니 장기간 지속되는 저온 및 강우로 일조량이 부족해 그 피해가 재해 수준이라는 것이었다.

해마다 오르는 자녀의 대학 등록금에 허리가 휠 지경인데 작황이 저조한 해에는 밤에 잠도 제대로 이루지 못한다는 농민들의 탄식은 남의 일이 아니다.

그해 3월 중순까지 일조시간은 523시간으로 평년보다 121시간 적었고 특히 2월 이후에는 흐린 날이 더욱 많았으며, 강수량도 전국 평균 218.0mm를 기록, 평년보다 79mm가 많았고 비 온 날도 36일로 전년보다 10일이나 많았다.

특히 경북 지역의 경우 도내 참외, 수박, 딸기 등 시설작물 재배면적은 9,133ha로 이중 90.4%인 8,260ha가 저온과 일조량 부족에 따른 피해를 입었다. 때문에 시설농가 주변에는 기형이나 생육 부진으로 버려진 참외, 수박 등이 넘쳐나는 상황이었다.

잦은 강우와 저온, 일조량 부족 등으로 인해 본격적인 출하기를 맞은 참외, 수박, 딸기 등 시설작물의 생육 부진, 생산량 감소 및 품질 저하, 물찬 참외(발효과) 및 병해충 발생 증가 등으로 농가의 피해가 확산되고 있었다.

더욱이 4월 날씨 전망 역시 밝지 않아 이상기후로 인한 피해와 이에 따른 농촌 사회의 동요는 당분간 지속될 전망이었다.

그대로 지켜볼 수는 없는 일이었다. 고심의 며칠을 보낸 후 농가의 실태를 정부에 알리고 상황에 따른 지원을 요청하기로 결정을 내렸다.

2010. 3. 27. 일조량 부족으로 인한 농작물 피해에 관한 정책간담회

2010. 3. 12. 성주 농산물 공판장 개장

2010년 3월 25일 장태평 농림부 장관을 지역에 모셔서 피해 농민의 애환을 직접 보고 들을 수 있도록 피해 현장을 방문하여 실태를 파악하는 자리를 마련하였다.

정부를 설득하고 나선 다음 날인 26일, 국회 본청에서 열린 한나라당 주요 당직자회의에 참석하여 이 같은 실태를 알리고 국회와 정부가 할 수 있는 모든 조치를 취해 줄 것을 요청했고 당내의 동의를 이끌 수 있었다.

다음 날인 27일 토요일, 농민들은 주말이 따로 없다. 경북도청 담당 직원과 3개 군의 농협조합장 등을 소집하여 또 한 번의 간담회를 가졌다.

31일, 국회 본회의 5분 발언에 나섰다. 그 주요 내용은 다음과 같다.

정부의 신속한 지원으로 농가 피해를 최소화해야 한다.

기상청에 따르면, 2010년 3월 중순까지 일조시간은 523시간으로 평년보다 121시간 적었고 특히 2월 이후에는 흐린 날이 더욱 많았으며, 강수량도 전국 평균 218.0㎜를 기록, 평년보다 79㎜가 많았고 비 온 날도 36일로 전년보다 10일이나 많았다.

경북 지역의 경우 참외, 수박, 딸기 등 시설 작물 재배면적 9,133ha 가운데 90.4%인 8,260ha가 일조량 부족에 따른 피해를 입었다.

▶ 특히 전국 참외 생산량의 71%를 차지하고 있는 성주군의 경우,
• 3월 31일 현재까지 발생한 물찬 참외만도 571톤(전년 대비 733% 증가)
• 성주 참외 전체 매출은 전년 대비 673억 원 감소

2005. 1. 25. 참외 세미나 "이제는 마케팅이다"

2008. 11. 14. 청보리 재배현장

▶ 참외를 특화작물로 육성하고 있는 칠곡군(전국 참외 생산량의 8%차지)의 경우,

• 3월 출하량이 93톤 예상(전년 124톤 대비 25% 정도 출하 감소)

• 칠곡 참외 전체 매출은 전년 대비 95억 원 감소

▶ 고령군의 수박과 딸기의 경우,

• 최고 소득원인 수박의 경우 수박 자체가 달리지 않고 있으며, 그나마 달린 수박은 거의 기형과로, 현재 수박 모종을 다 뽑아내고 있다.

• 고령 수박의 연소득 300억 원 감소

• 고령 딸기의 전체 매출은 전년 대비 100억 원 이상 감소되는 등 지역 농가 및 지역 경제에 큰 타격이 있을 것으로 우려된다.

일조량 부족 등으로 인한 농작물 피해를 농업 재해로 인정해야 한다. 현행 「농어업재해대책법」에서는, '농업 재해'를 한해 · 수해 · 풍해 · 냉해 · 우박 · 서리 · 조해 · 설해 · 동해 · 병충해 기타 농업재해대책심의위원회가 인정하는 자연현상으로 발생되는 피해로 규정, 농작물 피해를 지원할 수 있도록 되어 있다. 하지만 이상기온으로 인한 일조량 부족 피해의 경우 농업 재해 항목에 포함되어 있지 않다.

참외, 딸기 등도 농작물 재해보험 대상 품목에 포함해야 한다.

현행 「농어업재해보험법」 시행령에 따르면, 재해보험 대상 농작물은 사과, 배, 포도, 복숭아, 감귤, 감, 밤, 참다래, 자두, 감자, 콩, 고추, 양파, 수박, 벼, 고구마, 옥수수, 마늘, 매실 및 벼 등 20품목으로 규정하고 있다. 자연재해가 자주 발생하고 피해 규모가 대형화되어 농가

2009. 4. 28. 국회 의원회관 로비에서 열린 성주·칠곡 참외 시식회

2006. 12. 21. 농어업 회생을 위한 국회의원 모임-불교TV 협약식

경영불안의 주요인이 되고 있으나 농작물 재해보험제도는 대상 농작물과 재해의 유형이 한정되어 재해보험 대상 외 작물 재배 농가는 보험가입 의사가 있어도 가입할 수 없고 기후변화에 따른 여러 가지 종류의 재해가 발행하고 있음에도 이에 대비할 수가 없다.

4월 5일, 정부와 정당 그리고 국회에서 할 수 있는 일은 모두 하였다고 판단했고 마지막으로 농어업재해대책법 일부 개정안을 대표 발의하였다.

당시의 「농어업재해대책법」은 농업 재해를 한해·수해·풍해·냉해·우박·서리·조해·설해·동해·병충해 기타 농어업재해대책심의원원회가 인정하는 자연현상으로 발생되는 피해로 규정하고 있었다.

하지만 참외, 수박, 딸기 등 시설 과채류의 저온과 일조량 부족은 농업 재해의 예시 목록에 빠져 있어 정부의 신속한 지원이 이뤄지지 않고 있는 실정이었다.

따라서 저온과 일조량 부족에 따른 농작물 피해를 농업 재해의 대상에 포함시켜서 농가의 재해 대응 능력을 제고하고 현실적이고 실효성 있는 재해 피해 지원 여건을 마련하도록 규정하는 내용을 담은 개정안이었다.

4월 20일, 드디어 정부의 대대적인 지원이 시작되었다. 일조량 부족으로 피해를 입은 참외, 수박, 딸기 등의 재배 농가 전국 3만 64곳에 3,467억 원의 국비 지원이 최초로 이루어진 것이다.

고령 · 성주 · 칠곡 지역 피해 보상 현황

구 분	피해 면적	총 지원액
고령군	1,051ha	18억 6천 1백만 원(국비 13억 2백만 원)
성주군	2,875ha	60억 3천 6백만 원(국비 42억 2천 5백만 원)
칠곡군	498ha	8억 7천 4백만 원(국비 6억 1천 2백만 원)

▶ 경북 총 피해 면적 4,669ha 중 고령 · 성주 · 칠곡의 피해 면적 4,424ha(94.8%)

▶ 경북 총 지원액 93억 9천 2백만 원 중 고령 · 성주 · 칠곡의 총 지원액은 87억 7천 1백만 원(93.4%)

소정의 성과가 있고 나서 해가 바뀐 2011년 2월 18일 농어업재해대책법 일부 개정 법률안이 국회 본회의를 통과했다.

그동안의 모든 노력들이 결실을 맺는 순간이었다. 법안이 통과되면서 농업 재해의 범위에 "일조량 부족, 유해 야생동물" 추가되어 이로 인한 피해 시 즉각적인 피해 보상이 가능하게 된 것이다.

약 1년에 걸친 또 한 번의 사투였다. 하지만 그 모든 노력들이 우리 농민들의 희망으로 거듭날 수 있다는 것에 무한한 보람을 느낀다.

▶ '10. 03. 22, '고령 · 성주 · 칠곡군 농협, 축협, 산림조합장들과의 간담회' 개최
▶ '10. 03. 25, 장태평 농림부 장관과 함께 성주 · 고령군 시설 작물 재배 농가 방문
▶ '10. 03. 26, 한나라당 주요 당직자 회의 참석(정부 차원의 피해 대책 마련 촉구)
▶ '10. 03. 27, '일조량 부족, 참외 · 수박 · 딸기 등 피해에 관한 정책간담회' 개최
▶ '10. 03. 31, 일조량 부족으로 인한 참외 등 농가 피해 대책 촉구 국회 5분 자유 발언
▶ '10. 04. 05, 「농어업재해대책법 일부 개정 법률안」 대표 발의 등
▶ '11. 02. 18, 「농어업재해대책법 일부 개정 법률안」 국회 본회의 통과

6.25, 베트남 참전 유공자 분들과 함께하다

    2011년은 6.25전쟁이 발발한 지 61주년, 베트남 참전 47주년을 맞는 해이다. 국가와 민족의 안위를 지키고자 목숨을 아끼지 않고 조국 수호 전선에 기꺼이 나섰던 6.25 참전 유공자, 정부의 파병 결정과 국회의 파병 동의안 가결에 의해 국가의 명을 받고 이역만리 베트남 전쟁에 파병되었던 참전 유공자…….

    그분들을 떠올리면 고개가 절로 숙여진다. 하지만 그분들에 대한 우리 국민들의 존경심과는 동떨어진 보훈제도는 그 희생정신과 애국정신에 미치지 못했던 것 또한 사실이다.

    물론 과거와 비교하면 많이 개선되었다고도 볼 수 있지만 그분들의 연세나 여생을 생각하면 아직도 효를 다하지 못한 자식의 마음처럼 항상 가슴 한편에 멍울로 남는다.

    참전 유공자 처우에 대한 제도상의 문제를 개선하고자 발 벗고 나선 것도 어느덧 10년째다. '01년 당시 고령으로 생계 곤란을 겪고 있는 참전 유공자분들의 노후 생활 안정에 도움을 주기 위한 생계 지원 제도가 마련되어 있었으나, 그 지원 정도가 미약하여 근본 취지를 무색하게 했다.

　'참전 군인 등 지원에 관한 법률 일부 개정 법률안'을 대표 발의한 것이 그 첫걸음이었다.

　개정안은 지급 대상을 70세 이상의 참전 군인 등으로 확대하는 내용과 참전 군인 등에 대하여 복리증진 및 명예선양 등 각종 예우를 행하여 국민 애국정신의 고취를 목적으로 하고 있으므로 그 제명을 "참전 군인 등 예우 및 지원에 관한 법률"로 하여 참전 군인 등에 대한 예우를 명백히 하고 '생계 지원'이라는 명목은 명예에 누가 될 여지가 있기에 이를 '참전 명예수당'으로 변경하여 참전 군인의 영예로운 정신을 기리기 위함이었다.

　이 일부 개정 법률안은 그해 12월, 국회 본회의에서 통과되어 '02년 10월부터 종전 후 처음으로 월 5만 원의 참전 명예수당이 지급되게 되었다. 그 다음 회 지급대상 연령을 70세에서 65세로 낮추어 소년병과 베트남전에 참전한 분들에게 5년 일찍 수당을 받도록 하였다.

　2005년 4월 '국가유공자 등 예우 및 지원에 관한법률 일부 개정 법률안'을 발의하였다. 법안은 참전 유공자의 명칭을 국가유공자로 변경하여 예우를 행함으로써 이분들의 권익을 보호하고 명예 회복을 도모하도록 하였다.

　당시 6·25전쟁 참전 유공자 대부분의 연령이 70세 이상의 고령인 점을 감안하면 이들이 조국 수호를 위해 공헌한 데 대하여 명예만이라도 인정받기를 간절히 원하고 있었으며 이분들의 명예를 위해서는 국가유공자로 규정하는 것이 매우 시급한 실정이었다.

　2008년 2월 26일 6.25 참전유공자가 국가유공자로 승격되었고, 2009

년 3월 7일에는 대한민국 6.25참전유공자회로부터 그간의 공을 인정받아 명예회원으로 위촉되었고, 2011년 4월 28일에는 베트남 참전유공 명예회원으로까지 위촉되었다. 대한민국 국회의원 중 유일하게 양쪽 명예회원으로 위촉된 것이다.

2010년 6월 국회 본회의 5분 발언을 통해 명예 수당 인상과 실질적인 보훈 혜택을 주장하였다.

5분 발언 전문

대한민국의 자유를 지키기 위해 목숨을 걸고 나라를 지킨 6.25 참전 유공자들이 어떻게 지내고 있는지 아십니까!

금년은 6.25전쟁 발발(勃發) 60년이 되는 해입니다.

북한이 소련제 탱크 등을 앞세워 대한민국을 기습 남침(南侵)한 6.25 전쟁은 대한민국 국민 37만여 명이 목숨을 잃었고, 38만 7,000여 명이 북에 납치됐거나 행방을 알 수 없습니다.

한국군 13만 7,000여 명, 유엔군 4만여 명이 전사했으며, 한국군·유엔군 4만여 명이 포로로 붙잡히거나 실종되었습니다.

김일성 집단의 6·25 남침(南侵)은 우리 대한민국을 잿더미로 만들었습니다.

1953년 휴전 직후 대한민국의 1인당 국민소득은 67달러였으나 현재 2만 달러로 57년 전보다 288배 가까이 올랐습니다.

국민 대다수는 6.25 참전 용사들의 헌신과 희생이 이루어 낸 성과라고 생각할 것입니다.

2009. 3. 26. 6.25 참전유공자 안보 결의대회(명예회원 위촉)

2009. 7. 21. 참전 명예수당 인상에 관한 청원서 제출

국가는 6.25전쟁에 참전한 분들에 대해 근 50년 동안 아무런 관심을 보이지 않았습니다.

그분들의 희생이 없었더라면 오늘날 대한민국의 영광과 번영, 그리고 월드컵 승리가 있을 수 있었겠습니까!

현재 정부는 참전 유공자들에게 월 9만 원의 참전 명예수당을 지급하고 있습니다.

본 의원이 지난 16대 국회에서 '참전 군인 등 지원에 관한 법률'을 개정하여 참전 용사를 참전 유공자로, 생계보조비를 참전 명예수당으로 명칭을 바꾸었고, 종전 후 50여 년이 지난 2002년에 이르러서야 처음으로 월 5만 원의 참전 명예수당을 지급하게 되었습니다.

이후 세 차례에 걸쳐 '참전 명예수당 인상에 관한 청원'을 국회에 제출하여 최초 5만 원→6만 원→8만 원→9만 원으로 인상하였습니다.

최근 발표된 한국보훈복지의료공단 보훈교육원의 자료에 의하면 6.25전쟁 참전 유공자들의 월평균 소득이 37만 116원으로 올해 1인 가구 최저생계비 50만 4,344원에도 훨씬 못 미치고 있습니다.

또한, 6.25전쟁 발발(勃發) 60주년을 맞는 지금 평균 연령 80.3세에 접어든 참전 유공자 87%가 생활고에 시달리고 있으며, 참전 유공자의 44.6%는 주요 수입원이 '자녀가 주는 용돈'이라고 합니다.

극빈층으로 떨어진 유공자들은 아침은 거르고 점심 · 저녁은 무료급식소에서 해결하는 사례도 빈번히 발생하고 있습니다.

얼마 전 80대 참전 유공자 어른은 태극무공훈장을 가슴에 자랑스럽게 달고 한 행사장에 갔다가 젊은이들이 "얼마나 많은 사람을 죽였으면 저런 훈장을 받았겠느냐"고 수군거리는 소리를 들은 후 평소엔 훈

2011. 4. 28. 베트남참전유공자전우회 정기총회에서 명예회원으로 위촉된 후 채명신 장군(오른쪽)과 함께

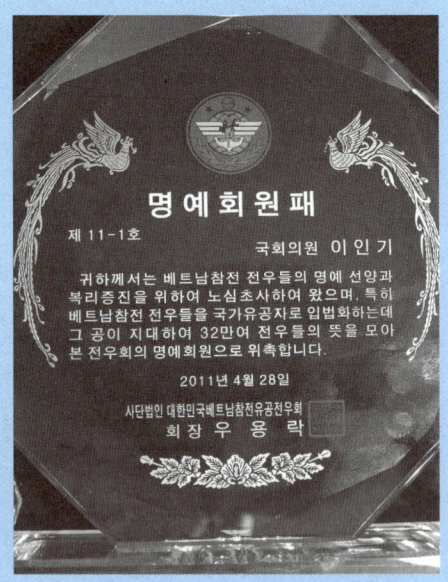

장을 달고 다니지 않는다고 합니다.

몸이 아파도 배가 고파도 자식들에게 아쉬운 소리하기 싫어 밥을 굶으며 그냥 살아가신다고 합니다.

6.25 참전 유공자들은 본인이 경제적으로 가난하기 때문에 자녀 교육을 제대로 시키지 못하여 빈곤의 대물림 현상도 일어나고 있습니다.

이처럼 6.25 참전 유공자들은 가난과 굶주림의 고통을 받고 사회로부터 냉대를 받고 있습니다.

지금 남은 유공자는 20만 명도 채 되지 않습니다. 해마다 정부와 사회의 무관심과 홀대 속에서 나라를 지킨 '영웅'들은 몇 천 명씩 사라지고 있습니다.

대한민국이 이분들의 참전 수당을 현실화하고 지친 몸을 눕힐 요양 시설조차 마련해 주지 못한다면 나라로써 최소한의 임무를 하지 못하는 것 아니겠습니까.

지금이라도 늦지 않았습니다.

6.25 및 베트남전쟁 참전 유공자에 대한 수당을 적어도 매월 20만 원 정도로 인상해 주어야 합니다.

사시면 얼마나 사시겠습니까!

'08년 2월 26일 '국가유공자 예우 및 지원에 관한 법률'이 국회를 통과하여 6.25 참전 유공자를 국가유공자로 예우하도록 하였습니다.

그러나 형식적으로만 이루어지고 있을 뿐 내용면에선 실질적인 혜택을 받지 못하고 있습니다.

이 부분도 국가유공자로 복지·요양·저금리 대출 등 실질적 혜택을 받을 수 있도록 금년 내에 법안 개정이 이루어져야 합니다.

이제 국가는 6.25 및 베트남 참전 유공자들이 나라를 지키기 위해 목숨을 바쳐 전쟁에 참가했다는 자부심을 가질 수 있도록 이분들에 대한 예우를 실질적으로 해 주어야 합니다.

경청해 주셔서 감사합니다.

7월 21일에는 국회에 '참전 명예수당 인상에 관한 청원서 제출' 소개 의원으로 또 한 번 나섰다.

'참전 명예수당 인상에 관한 청원'은 네 번째 청원으로 5만 원→6만 원→8만 원→9만 원으로 인상할 수 있었던 원동력이 될 수 있었기에 다시 한 번 정성을 다 쏟았던 청원으로 기억한다.

또한 10월 11일에는 '6.25 참전 유공자 참전 명예수당 인상 촉구 결의안'을 대표 발의하여 참전 명예수당의 인상을 주장하였다.

이후 11월 16에는 여·동료 의원들과 더불어 '참전 명예수당 인상 여·야 공동성명서'를 발표하였다.

공동성명 전문

2010년은 6.25전쟁이 발발한 지 60년이 되는 해이며, 베트남 참전 46주년이다.

국가와 민족의 안위를 지키고자 목숨을 아끼지 않고 조국 수호 전선에 기꺼이 나섰던 6.25 참전 유공자에 공헌하고 헌신한 데 대한 응분의 예우와 지원이라는 취지에 턱없이 부족한 월 9만 원의 참전 명예수당을 지급받고 있다.

베트남 참전 전우들은 40여 년 전 정부의 파병 결정과 국회의 파병

동의안 가결에 의해 국가의 명을 받고 1964년 9월부터 1973년 3월까지 약 8년 7개월여 동안 32만여 명이 베트남 전쟁에 파병되었고, 이역만 리 낯선 땅에서 자유를 지키다 4,960명의 전사자와 2만여 명의 부상자 가 발생하는 등 세계 평화와 자유 수호를 위해 머나먼 타국에서 피 흘 리며 싸웠다.

지난 2001. 12. 21에는 '참전 군인 등 지원에 관한 법률'을 개정하여 법명을 '참전 유공자 예우에 관한 법률'로 변경하고, '참전 군인'을 '참전 유공자'로, '생계 보조비'를 '참전 명예수당'으로 명칭을 변경 하는 등 참전 유공자에 대한 예우를 개선한 바 있다.

이 개정 법률에 따라 지난 2002. 10. 15부터는 70세 이상의 참전 유공 자 전원에게 월 5만 원의 참전 명예수당이 지급되었으며, 2003년 4월 '참전 유공자 예우에 관한 법률'이 재개정되어 2004년 1월부터는 참 전 명예수당 지급 대상이 65세 이상으로 낮춰지고 수당 지급액이 월 6 만 원으로 상향되었다.

또한 2003년과 2006년, 2008년 세 번의 청원을 통해 참전 명예수당 이 각각 7만 원, 8만 원, 현재의 9만 원으로 상향되었다.

최초 월 5만 원이던 참전 명예수당이 현재 9만 원으로 인상되었으나, 현시점의 물가, 참전 유공자의 생활수준(월 평균 소득 37만 원) 등을 감 안해 볼 때 형식적인 수준에 불과하며, 이는 대한민국을 지켜낸 국가적 영웅에 대한 처우로 보기에는 매우 열악할 뿐만 아니라 G20를 유치하는 선진 대한민국의 보훈제도라고 하기에도 부끄러운 일이 아닐 수 없다.

무엇보다 6.25 참전 유공자들의 평균 연령은 80.3세로 건강상태 여 명기간 등을 고려해 볼 때 지금 당장 국가의 도리와 국민의 도리를 다

2010. 9. 8. 베트남 참전 유공자 참전 명예수당 인상에 관한 청원서 제출

2008. 7. 22. 6.25 · 베트남(고엽제) 유공자 지원을 위한 입법공청회

하여 그분들을 모신다 하더라도 향후 얼마 동안 지속될 수 있을지 누구도 보장할 수 없다.

지금의 대한민국과 대한국민이 있게 해 준 국가의 '영웅'을 모실 수 있는 시기가 그리 많이 남아 있지 않다.

그분들에 대한 처우 개선을 열과 성을 다해 행하는 것은 자식 된 도리로 부모의 생전에 효를 다하는 것과 같은 일이다. 훗날 내 부모를 여읜 후에야 땅을 치고 후회하는 시대적 과오를 범하여서는 안 된다.

이에 우리는 뜻을 모아 6.25와 베트남 참전 유공자들에게 참전 명예수당을 20만 원 이상 인상을 2011년도 예산에 적극 반영해 줄 것과 베트남 참전 유공자들의 국가유공자 대우를 정부에 강력히 촉구하는 바이다.

2010년 11월 16일

국회의원 이인기 외 32명 일동

2011년, 소정의 금액이지만 참전 명예수당은 월 9만 원→12만 원으로, 무공 영예수당은 월 15만 원→18만 원으로 인상되었다.

지난 02년 10월, 전쟁이 끝난 지 50년 만에 처음 명예수당 지급이 결정되는 순간부터 지금까지… 한결같은 마음으로 법률을 개정하고, 때로는 수차례 청원서를 제출하여 정부를 설득해 왔다.

하지만 현재 평균 연령이 80.3세에 이르는 어르신들을 떠올리면 아직도 아쉬움과 죄송스러운 마음만이 남을 뿐이다.

지난 11년 3월 11일에는 베트남 참전 유공자를 국가유공자로 인정하는 법률안이 또 한 번 통과되었다.

대한민국 국회 개헌 이래 6.25와 베트남참전유공자회 모두의 명예회원으로 위촉된 유일한 국회의원이 되는 영광을 얻게 되었다.

하지만 이것이 끝이 아니다. 아직도 개선이 필요한 보훈제도가 많이 있다.

항상 한결같은 마음으로 끝까지 최선을 다하겠다.

▶ '참전 군인 등 지원에 관한 법률' 대표 발의('01. 6. 22)
　02.10부터 70세 이상 참전 유공자에 참전 명예수당(월 5만 원) 최초 지급
▶ '참전 유공자 예우에 관한 법률 개정 법률안' 대표 발의('03. 3. 5)
　참전 명예수당 지급 대상을 70세 이상에서 65세 이상으로 변경(월 6만 원)
▶ '국가유공자 등 예우 및 지원에 관한 법률 일부 개정 법률안' 대표 발의('05. 04. 14)
　참전 유공자의 명칭을 국가유공자로의 변경('08. 02. 26 본회의 의결)
▶ '참전 군인 명예수당 인상에 관한 청원' 3회에 걸쳐 국회 제출
　(03. 5. 29, 06. 6. 20, 08. 7. 23), 월 6만 원에서 월 9만 원으로 인상
▶ 2008. 7. 22. '6.25, 베트남(고엽제) 유공자 지원을 위한 입법공청회'
　국회 대회의실
▶ '국가유공자 등 예우 및 지원에 관한 법률 일부 개정 법률안' 대표 발의('08. 09. 16)
　실질적인 국가유공자 혜택을 부여(현재 계류 중)
▶ 2009. 3. 7. '대한민국 6.25 참전유공자회' 명예회원 위촉
▶ 2009. 9. 16. 국회 본회의 5분 발언
▶ 2010. 6. 28. 국회 본회의 5분 발언
▶ 2010. 7. 21. '참전 명예수당 인상에 관한 청원서(4회째) 제출
▶ 2009. 9. 9. 대구지방보훈청에서 경북지역 보훈단체와의 간담회
▶ 2010. 10. 11. '6.25 참전 유공자 참전 명예수당 인상 촉구 결의안' 대표 발의
▶ 2010. 11. 16. '참전 명예수당 인상 여 · 야 공동성명서' 발표
▶ 2011. 12. '참전 명예수당' 월 9만 원→월 12만 원, 무공 영예수당은 월 15만 원→18만 원 인상 결정
▶ 2011. 3. 11. '국가유공자 등 예우 및 지원에 관한 법률'(베트남 참전 유공자를 국가유공자로 승격) 국회 본회의 통과
▶ 2009. 3. 7. 대한민국 6.25참전유공자회 명예회원 위촉
　2011. 4. 28 대한민국 베트남참전유공자회 명예회원 위촉

* 10여 년의 시간 동안 참전 유공자 여러분의 예우와 지원에 관해 끊임없는 노력을 해 오는 동안 도움을 주신 분들에게 감사드립니다.

6.25참전유공자회 이현시, 김성관, 백운학, 조임묵, 권영로, 박호근, 장태복 회장님과 박희모 중앙회장님

우용락 베트남참전유공자회 중앙회장 및 김두한, 이기철, 배효율, 회장님

이형규 고엽제전우회 총회장, 강인호 고엽제전우회 중앙회장, 전춘광, 윤한우, 박철규, 박일수, 박종대, 회장님을 비롯한 모든 참전 유공자들에게 깊이 감사드리며 유공자들의 권익 신장과 공법단체 설립 등을 위해 공헌해 주고 계신데 대해 깊은 존경을 표합니다.

호국 평화공원을 호국 정신의 중심인 칠곡으로

낙동강 호국 평화공원

6.25전쟁은 1950년 6월 25일부터 1953년 7월 27일까지 3년이 넘는 기간 동안 한반도에서 발발한 전쟁으로 한국군 사망자만 99만 명, 민간인 사망자 220만 명, 20만여 명의 미망인과 10만여 명의 전쟁고아를 발생시켰으며 1천만이 넘는 이산가족의 비극을 불러온 민족의 뼈아픈 역사이다.

6월 25일 새벽 한 시에 시작된 북한군의 기습적인 남침은 7월 말에 이르러 낙동강을 도하하기에 이른다.

북한군은 대구와 부산을 잇는 우리 국군의 대동맥을 끊으려 끊임없이 침투를 시도하였고 이에 미8군 사령관 워커 장군은 북한군의 공격에 대한 최후의 방어선으로서, 낙동강과 그 상류 동북부의 산간지역을 잇는 자연 지형을 이용한 방어선을 구축하여 이를 사수하게 된다. 이 방어선은 '워커라인' 이라고도 불린다.

8월 4일 새벽 1시 당시의 낙동강 방어선은 남북 160km, 동서 80km

의 타원형을 이루었는데, 낙동강 일대의 방어는 주로 미군이, 동북부 산악지대의 방어는 우리 국군이 담당하였다.

한편, 북한군은 수안보(水安堡)에 전선사령부를 두고, 미군 정면에 제1군단, 국군 정면에 제2군단을 배치하여 이른바 '8월 공세와 '9월 공세의 두 번에 걸친 대대적인 공격을 감행해 왔다.

낙동강 방어선 전투는 전쟁을 조기 종식하여 남한 점령을 앞당기겠다는 의지로 전 병력을 집중하였던 북한군의 전력이 약화됨에 따라 아군의 인천상륙작전 성공을 불러오는 기회가 되기도 했다.

낙동강 전투는 남한과 북한이 사생을 걸었던 격전이자 우리로서는 전세를 역전시킨 역사적으로도 매우 중요한 전투 중 하나로 손꼽힌다. 그만큼 많은 국군과 민간인이 희생되었다.

경상북도 칠곡군 석적읍 중지리 자고산 일대는 6.25전쟁 당시 낙동강전선을 끝까지 지켜냈던 호국의 뜻과 정신 그리고 역사가 고스란히 베어 있는 역사의 현장이다.

바로 이 일대 7만 3천 평 부지에 525억 원의 예산을 들여 '낙동강 호국 평화공원' 이 조성된다.

조성 계획

> 위　　치 : 칠곡군 석적읍 중지리 왜관지구전적기념관 일원
> 사 업 량 : 부지면적 A=240천㎡ (7만 3천 평)
> 사 업 비 : 525억 원
> 예산구분 : 분권 교부세 98억 원, 민간 보조 362억 원, 보상 65억 원(군비)
> 사업기간 : 2010~2013(4년)

연도별 사업비 계속사업비(계속사업비)

(단위 : 백만 원)

구분	합 계	2010년	2011년	2012년	2013년
계	52,500	3,132	7,346	24,188	17,834
국비	23,000	1,832	1,736	10,515	8,917
도비	11,500	900	868	5,274	4,458
군비	18,000	400	4,742	8,399	4,459

보상비 65억 원 확보 계획 : 2011년 확보 34억 원, 추가 확보 31억 원

주요 시설

▶ 호국기념관 : 지상 3층 7,000㎡
- 전시관 : 낙동강 방어선 전투 집중 전시(왜관~영천~영덕)
- 체험관 : 낙동강 전투 체험관, 어린이 평화 체험관
- 영상관 : 4D입체영상관(70석) - 시네마 겸용
- 교육 및 수련시설 : 세미나실(100명), 숙소(70명)
- 카페테리아 : 120석

▶ 호국광장
- 추모상징 조형물 1식, 참전국 깃발, 벽천, 계류, 야외무대 등
  ⇒ 추모, 휴게공간, 행사장으로 사용

▶ 야외 체험장
- 다목적 체험실(400㎡) : 체험실, 화장실 등
- 야외 캠핑 체험장 : 군막사 캠핑장, 가족 캠핑장 ⇒ 텐트촌
- 야외 전투 체험장, 서바이벌 게임장
- 다목적 운동장 1개소

▶ 자고산 전망대(한미 우정의 공원) - 미군, 미국인 관광객 유치
- 전망대 : 2층 200㎡, 낙동강 방어선 전투 현황도, 학살사진 등
- 외부 공간 : 미군 42명 학살 형상화 조형물

▶ 문화 갤러리 : 610㎡
- 기존 왜관지구전적기념관 리모델링 ⇒ 상설 및 기획전시

하지만 이 사업이 처음부터 순조롭게 진행된 것은 아니다. 2011년 예산심사 과정에서 뜻하지 않은 무산 위기에 놓이게 되었다.

지난 2010년 11월 16일 국회 정무위원회 예산심사소위원회의 2011

년 국가보훈처 예산 심사과정에서 2011년 낙동강 호국 평화공원 조성 사업 예산이 전액 삭감되는 일이 벌어졌다.

당시 '국회 정무위원회 예산결산소위원장'을 비롯한 위원들은 "특정인의 정치적 행보를 돕는 국가 예산이 이용되어서는 안 된다"며 예산 전액을 삭감하겠다는 입장을 고수하였다.

이는 낙동강 호국 평화공원 조성 사업과 관련하여 정부의 모 차관의 공이 컸다는 지난 6월 25일자 경북지방 언론의 보도가 있었고 국가 예산이 특정인의 정치적 수단으로 이용되는 것을 좌시할 수 없다는 이유에서였다.

그동안 본인을 비롯한 칠곡군 그리고 경상북도가 함께 전방위로 노력해 왔던 과정들이 한순간에 무너지는 순간에 봉착한 것이었다.

그저 단순한 개발이나 유치 사업이 아니었다. 낙동강 호국 평화공원 조성은 약 12만여 명 칠곡 군민의 염원이었고 나라를 지키기 위해 희생되었던 순국선열 및 참전 유공자의 혼백과 같은 고귀한 무엇이었기에 지켜볼 수만은 없었다.

당장 정무위원회 예산심사소위원회를 방문하여 예산의 필요성과 취지를 설명하며 설득에 전념하였고 얼어붙은 소위원회 위원들의 마음을 풀기 위해 최선을 다했다.

2010년 11월 24일, 최선을 다한 노력이 결실을 맺었다. 국회 정무위원회 전체 회의를 통해 기사회생으로 내년도 예산에 2억 5천만 원을 반영시켰다.

관련 기사

'칠곡 낙동강 호국 평화공원 예정대로 조성'

이인기 의원 예산 확보 활약 2010-11-30 영남일보

칠곡 낙동강 호국 평화공원 조성 사업이 무산될 위기에서 극적으로 벗어났다. 당초 이 사업은 내년도 예산과 관련, 국비 지원액이 한 푼도 반영되지 않을 것으로 보여 추진이 불투명했다.

국회의 해당 상임위인 정무위 소속 민주당 의원들은 이 사업을 칠곡 출신인 박영준 지식경제부 2차관이 신경 쓰고 있다는 이유로 '왕 차관 사업'으로 규정, 예산 반영 불가 입장을 굽히지 않았다.

하지만 칠곡이 지역구인 한나라당 이인기 의원(고령-성주-칠곡·사진)이 여러 경로를 통해 관련 예산 책정을 강하게 촉구한 끝에 이 사업의 설계비가 정부안(2억 5천 800만 원)대로 국회 예산결산특별위원회에 상정되는 것으로 마무리됐다.

이에 따라 칠곡에는 예정대로 전국 최대 규모의 호국 평화공원이 조성될 것으로 보인다.

호국 평화공원이 조성되면 칠곡은 명실상부한 '전쟁과 평화의 고장'으로 자리매김하면서 국제적인 관광명소가 될 것으로 보인다.

농어촌 지역 의료 서비스 마지막 보루인 보건진료원의 애환

1978년 12월 알마아타선언과 1980년 12월 「농어촌 보건 의료를 위한 특별조치법」 실시됨에 따라 전국의 의료 취약 지역에 보건진료소가 설치되어 무의촌 해소와 함께 의료 소외 계층을 대상으로 의료를 제공하는 일차 보건 의료 제도가 시행되었다. 그동안 정부는 사회 환경의 변화에 대응하여 다양한 정책의 변화를 통해 보건 의료를 꾸준히 진화시켜 왔다.

현재 약 1,900여 명의 별정직 보건진료원이 근무 중이며, 이는 전체 지방 별정직의 53%가 넘는 비율이다. 보건진료원은 지방 별정직, 지방 간호직, 지방 보건직, 전문 계약직, 임시직 등으로 배치되며, 평균연령은 47세, 평균 근무 경력은 19년 3개월이며 99% 이상이 전문대졸 이상의 학력을 소유하고 있다.

이들은 '농어촌 등 보건 의료를 위한 특별법'에 지정받은 의료 취약

2010. 9. 14. 별정직 보건진료원 일반직화를 위한 공청회

2010. 11. 3. 보건진료원 회장단과 함께

지역 안에 배치된 의사가 없고 앞으로도 의사가 배치되기 곤란할 것으로 예상되는 지역에 대통령령에 따라 보건진료소를 두고 별정직으로 한 명씩 배치되어 경미한 의료행위를 할 수 있도록 하고 있다.

현재 여러 농어촌 지역 보건기관 가운데 보건진료소의 주민 만족도가 가장 높게 나타난다. 보건진료소는 주민과 밀착된 보건 의료 서비스를 제공할 뿐 아니라 단순 진료만이 아닌 포괄적인 건강 문제에 대한 상담을 시행하고 있으며 무엇보다 보건진료소의 운영에 지역사회의 주민 참여를 보장하는 보건 행정이 주민들의 마음을 얻고 있는 것이다.

그럼에도 불구하고 그동안 보건 의료 정책의 초점이 지나치게 대도시에 편중되어 농어촌 지역의 보건 환경의 변화는 상대적으로 크게 뒤떨어져 있다. 농어촌 지역의 낮은 소득, 심각한 고령화, 인구 감소, 대중교통 운행 감소와 공공시설의 도시 집중화 등의 문제는 도농 간의 사회 문화 격차를 더욱 악화시키고 있다. 그동안 보건지소와 보건진료소가 보건 의료를 일정 부분 책임지고 의료의 불평등을 해소하는 역할을 해 왔지만 보건진료원들의 직급 구조가 30년 전과 마찬가지로 개선되지 않고 여전히 별정직 신분으로 각종 불이익을 당하고 있다. 한편 최근까지 보건진료원이 결혼하더라도 업무의 성격상 진료소에서 신혼생활은 물론 오랫동안 살림을 꾸려가야 했으니 보건진료원들의 고충을 모두 설명하는 것은 어려울 것이다.

이런 부분들만 보더라도 보건지소 및 보건진료소 기능의 재평가와 직급 구조의 개선에 대해 중앙정부 차원의 지원이 필요하고 이를 촉구해야 할 필요성이 있다고 판단하여 보건진료원과의 간담회를 시작하게 되었다.

2009년 7월 10일 성주군청 2층 회의실에서 고령 · 성주 · 칠곡 보건진료원과 「별정직 보건진료원 '일반직화' 어떻게 할 것인가」라는 주제로 첫 간담회를 가졌다. 지역 보건진료원 분들의 말씀을 들어 보니 보건진료원이 별정직으로 보건진료소에 고정되지 않고 보건소 및 보건지소와 순회 근무가 원활하도록 하고 신분의 안정을 위해 일반직으로 전환되어야 하고 이를 앞당기기 위해서는 정부 차원의 적극적인 지원이 필요했다.

실제로 별정직 보건진료원은 임용 시에 기본적으로 간호사 면허가 있어야 하고 보건교사 52.6%, 사회복지사 17.5%, 가정전문간호사 3.8%, 노인전문간호사 16.8% 등의 자격 또한 보유하고 있다. 또 24주간에 걸쳐 체계적인 특별교육을 이수한 후 발령이 나기 때문에 타 보건 인력과 견주어 볼 때도 전문성에 손색이 없고 매년 3일 동안 실시하는 보수 교육을 의무화하고 있으므로 주민의 건강과 관련한 지식을 수시로 보충함으로써 의료 서비스의 질을 향상시키고 있다.

하지만 이러한 사실을 제대로 헤아린다거나 개선이 필요한 사항을 지적하는 사람은 없었다.

좀 더 많은 분들의 의견을 듣기 위해 2009년 7월 13일 보건진료원 시 · 도 회장과의 간담회를 개최했다. 이날, 전국 회장단과 함께 뜻을 모았고 이러한 사항들을 전국적으로 알리기 위해 국회에서 토론회를 개최하고 전문가와 관계 공무원 그리고 동료 국회의원들의 의견을 모아야 했다. 그래서 2009년 9월 15일 국회에서 「별정직 보건진료원의 '일반직화'를 위한 여·야 합동토론회」를 여야 의원인 양승조·백원우·이애주·이명수 의원과 함께 합동공청회를 개최하게 되었다. 이날 공청회에 참석한 동료 의원들과 정부 관계자는 생각보다 더 큰 관심을 보였고 그동안 드러나지 않았던 문제점이 언론에 나오게 되면서 '일반직화'를 위한 물꼬를 틀 수 있게 되었다.

2009년 경기도, 충북, 전남, 국감시 도지사에게 질의응답을 통해 보건진료원 일반직 전환의 필요성에 대해 설명했다.

2010년 1월 6일에는 고령·성주·칠곡 보건진료원들과의 간담회 당시 지역의 보건진료원 분들과 생수 한 잔으로 건배를 하며 앞으로 일반직 전환 방안을 모색하고 그동안의 애로사항을 청취하는 시간을 갖기도 하였다.

2010년 2월 24일, 여의도 63빌딩에서 열린 「전국보건진료원워크숍」에 초대되어 축사를 하는 자리에서 보건진료원들의 고충을 위로하고 첫 토론회 이후 일반직화 추진 상황에 대해 설명해 드렸다. 어려운 상황에서도 사명감을 다하는 보건진료원들의 그 정신은 귀감이 되었다. 이날 워크숍에서는 공공 보건 조직의 활성화를 위해서는 생산성이 높은 보건진료원의 활동을 농어촌 지역에 국한시키지 말고 도시 지역으로도 확대하자는 제안이 있었다.

더욱이 칠곡군은 도농 복합지역이라 더욱 관심이 갔던 부분이고 최근에 도시 지역 저소득층의 어려움과 건강 문제가 큰 이슈로 대두되고 있는 시점에서 보건진료원을 도시 지역에 추가로 배치하여 의료 복지를 실현하자는 제안은 신선했다.

보건진료원은 그 기능과 역할에 대해 무궁무진한 가능성을 지니고 있다. 우리나라의 노인 인구 비율이 점점 늘어나고 있는 상황에서 보건진료원의 주 대상 인구가 노인층이라는 것은 국가의 실버 제도를 보완한다고 보아도 과언이 아닐 것이다. 뿐만 아니라 노인 건강 관리를 수행하고 있는 보건진료원은 노인 장기요양보험제도와 상호작용하여 노인 요양과 건강 관리를 위한 시설이 설치될 경우 소정의 추가 교육만 받은 후 요양관리사(Care Manager)로 활동할 수 있는 자격 또한 갖추어져 있다.

이러한 업무의 영역과 더불어 농어촌에 계신 어르신들에게는 아들, 딸, 며느리, 자식의 역할까지 대신하고 있고 노환과 임종 등의 불안한 상황에서 정신적인 의지가 되고 있다.

사회에서 유사한 역할을 하고 있는 일반 보건 및 복지시설 인력이 모두 정규직인데 비해 의료와 복지국가 제도의 수행원으로서의 역할을 하고 있는 보건진료원은 별정직의 신분이기 때문에 많은 제약이 따른다.

우리 정부는 높은 경제력을 바탕으로 선진국을 자부하고 있음에도 이러한 부분에서 미흡함이 드러난다.

2010년 행정안전부 국정감사 당시에 지적하였듯이 지난 30년간 성공적으로 시행되었던 보건진료원 제도는 경제성장과 사회발전에 크게 기여해 왔고 이들을 일반직으로 전환하는 것은 농어촌 주민의 건강권을 보장하는 것이다.

2011년 들어서는 행정안전부 등 정부가 일반직 전환을 위한 절차를 밟고 있다. 대통령 업무보고에 반영되었고 보건진료원 일반직 전환에 따른 인사 업무 처리 지침의 제정으로 지방 공무원 임용령 등에 보건 진료직이 신설되어 개정 작업이 진행 중이며 머지않아 보건진료원 중에서도 사무관 직급이 배출될 것이다. 이 책이 출간된 후에는 법적 절차가 완성되어 일반직화가 될 것이다. 2011년 10월 3일 보건진료원이 한자리에 모두 모이는 30주년 행사는 축제의 장이 되었으면 한다.

대한민국의 나이팅게일! 보건진료원의 앞날에 번영이 함께하길 바란다.

---

* 신현주 중앙회장, 정해임, 김점순, 신경열, 류애영 회장님을 비롯한 전국에 계시는 보건진소장님들 앞으로도 가난하고 외로운 농민과 이웃에게 딸, 며느리와 같은 벗이 되어 주시기를 부탁드립니다.

자율방범대 기본법 제정을 위해

자율방범대 연혁

방범원 제도의 시발은 '53년 11월 당시 공비 토벌로 인한 치안 공백을 보완하기 위하여 里·洞 단위 「住民夜警制」가 발족되어 주민들이 윤번제로 방범 순찰을 하게 된 것이 그 기원이다.

한편 '63년 5월 19일에는 「방범위원회 운영요강(치안국 지시)」에 의거, 유급 방범원 제도를 도입 후, '72년 지·파출소 단위에는 방범위원회를 구성하였고 경찰서 단위에는 방범협의회를 구성하였는데, 당시 경찰은 유급 방범원을 감독하고, 방범협의회는 방범위원회를 감독하였으며, 방범위원회는 방범비의 징수 및 지출을 담당하였다.

이와 같이 주민들에게 방범비를 징수하는 것은 법적 근거 없는 준조세라는 문제가 제기되어 '89년 3월 1일 정부에서는 방범비 징수를 폐지하고 방범원 신분을 지방고용직 공무원으로 전환하면서 충원을 동결하여, 자연 감소되면서 폐지되었다.

연도별 전국 방범원 현황

연 도	운영관서			방범원 수
	시·군·구	경찰서	지·파출소	
1992	128	122	1,542	6,005
1991	124	117	1,502	6,400
1990	122	111	1,495	6,765
1989	123	105	1,435	7,259

방범원 제도는 방범원이 준경찰력으로 활용되어 치안 능력 제고에 기여한 반면에, 주민의 '자율 방범 활동' 이라는 원래의 취지를 벗어나 공식적 사회 통제 체제로 변형되면서 방범원들의 의식 · 행태, 채용 · 예산 부서와 운용 부서가 다른 점 등이 문제점으로 대두됨

유급 방범원 제도가 폐지된 다음 해인 '90년 10월 13일 「범죄와의 전쟁」 선포 이후 자율방범 조직이 체계화되었으며, '98년 4월 22일 지방청별로 「자율방범대 운영규칙」을 제정하고 경찰서별로 '자율방범연합대' 를 구성 · 운영하였으나, '00년 6월 8일 부패 방지 종합 대책에 따른 「경찰협력단체 정비계획」에 따라 경찰서 '자율방범연합대' 를 폐지하고 파출소 단위로 자율방범대를 운영하였다.

그리고 파출소 단위로 운영되던 자율방범대는 '03년 10월 「지역경찰제」시행 이후, 읍 · 면 · 동 단위로 조직 · 운영되고 있다.

자율방범대 필요성

최근 선진 각국은 국민들의 일상생활을 안전하게 보호하기 위하여 민간 치안협력단체를 비롯한 국가 내 모든 자원을 총동원하고 있다. 또한 국민들은 지금까지와는 달리 치안 정책이나 경찰 활동에 직접 참여하고자 하는 욕구가 늘어나고 있다.

이처럼 국민들의 치안 수요가 다양해지면서 경찰을 비롯한 공적인 치안 조직만으로는 범죄에 효율적으로 대응하기에 한계가 있다.

2010. 7. 15. 이날 오전 10시 대구경찰청 대강당에서 대구자율방범대 연합회와 대구지방경찰청 간 "아동 성범죄 예방 활동 협약식"을 가진 직후 인근 초등학교 일대에서 순찰 활동을 하고 있는 이인기 의원

2010. 7. 15. 이날 오후 4시 안동경찰서 대강당에서 경북자율방범대 연합회와 경북지방경찰청 간 "아동 성범죄 예방 활동 협약식"을 가진 직후 안동 서부초등학교 일대에서 순찰 활동을 하고 있는 이인기 의원

따라서 경찰력에만 의존한 기존의 치안 정책을 지역사회 협력 치안으로 전환하고, 경찰의 치안 서비스 활동에 국민들이 함께 참여함으로써 경찰 서비스를 공동 생산할 필요성에 대한 인식이 확대되고 있다.

자율방범대 현황

자율방범대는 '10년 기준으로 전국 3,856개 조직에 101,228명이 활동(조직 평균 25명, 읍·면·동 평균 1.1개, 지구대·파출소 평균 2개)하고 있다.

운영 현황

연도	조직	인원	형사범 합동검거실적				보호조치		범죄신고	
		총계	강력범	절도	폭력	기타	횟수	인원		
2010	3,856	101,223	767	5	34	144	584	5,051	6,608	6,299
2009	3,867	106,070	2,106	4	79	325	1,698	4,482	5,452	8,851
2008	3,861	102,551	3,183	1	72	633	2,477	4,373	5,274	9,444

자율방범대에 대한 예산지원은 지방자치단체의 재정 여건 등에 따라 편차가 심하여 각별한 애정과 관심을 가지고 경찰청, 행정안전부, 시·도 및 지방경찰청 국정감사 때마다 예산 지원 증액의 필요성을 강조한 결과, '08년 지방비 지원액이 110억 원에서 '09년에는 160억 원으로 대폭 증액되었으며, '10년에도 140억 원을 자율방범대 운영비로 지원하게 한 바 있다.

또한, 전국 10만여 명의 자율방범대원 사기 진작을 위한 적극적인 노력으로 '11년 자율방범대 간담회비 예산으로 2천만 원을 신규 편성하게 되었다.

지자체 예산 지원 및 근무 중 사상자 현황

연도	예산 등		차량보유 현황		근무 중 사상자 현황				
	지원받는 조직수	지원액 (원)	조직수	보유 차량	소계	사망	상해	교통 사고	기타
2010	3,672	140억	1,771	1,772	6	0	1	2	3
2009	3,833	160억	2,453	2,454	1	0	1	0	0
2008	3,823	110억	2,162	1,819	6	0	3	2	1

'09년 9월 30일 경찰청에서 경찰청장과 한국자율방범중앙회 임원진 간담회를 주관하여 자율방범대 법제화 등 건의사항을 청취하였고, 같은 해 11월 22일 한국자율방범중앙회에서 주최하는 전국자율방범대 체육대회에 참석하는 등 자율방범대 활성화를 위해 노력하였다.

포상 현황

연도	포상				범죄신고보상금 지급		간담회 개최 횟수	
	소계	경찰청장	지방청장	경찰서장	횟수	금액(원)	횟수	인원수
2010	3,535	14	427	3,094	19	351만원	9,086	158,378
2009	4,267	28	357	3,882	49	1,155만원	9,686	275,352
2008	3,928	13	331	3,584	55	1,510만원	11,985	153,807

또한 아동 성범죄 예방을 위해 '10년 7월 12일 영등포경찰서에서 경찰청 차장, 한국자율방범중앙회장이 '아동 성범죄 예방 활동 협약'을 체결, 야간에 주로 활동하는 자율방범대가 하굣길 방범 활동을 강화하여 「지역사회 범죄 안전 지킴이」로 자리매김하게 되었다.

자율방범대법 입법 과정

제17대 국회에서 '자율방범대법' 관련 법안을 발의하였으나 국회

회기 종료로 자동 폐기되었으며, 제18대 국회들어 '09년 4월 6일 본 의원 등 4명의 의원이 '자율방범대법' 관련 법안을 대표 발의하였다.

발의된 법안은 '09년 4월 20일 행안위 전체 회의에 상정되었고, 4월 21일 「자율방범대법 제정을 위한 여·야 합동 공청회」를 주관하였다.

경찰청에서는 지속적이고 적극적인 노력으로 '10년 하반기부터 법제정의 필요성에 대하여 긍정적인 검토를 시작하게 되었다.

그 후 '11년 2월 27일 여·야 정책위의장이 자율방범대법 제정안을 제298회 임시국회에서 처리키로 합의하였고, 3월 8일 행안위 법안심사소위에서 4월 초 행정안전위원회 주관 공청회를 개최하기로 결정하였다.

이어 4월 13일 행안위 주관 「자율방범대 관련 법안에 대한 공청회」를 거쳐 4월 15일 행안위 법안심사소위를 통과하여, 4월 18일 행안위 전체회의에서 경찰청 의견을 행안위 대안으로 채택하여 가결되었으며, 현재 법사위에 계류 중이다. 이 법안은 곧 국회 본회의를 통과할 것이다.

함께 호흡하고 경험하며

나에게 체험이란…

백문불여일견(百聞不如一見)! 국회의원은 주민을 대표하는 사람이다. 대표라는 것은 주민의 의견을 누구보다도 잘 알아야 한다. 정신없이 빠르게 흘러가는 의정 활동 시간 중에서 시간을 쪼개고 잠자는 시간을 아껴 가며 서민들의 고충을 직접 체험해 보기로 하였다.

경찰 체험

▶ 2010년 9월 29일 서울 동대문경찰서 수사 형사 체험 편…

2010년 9월 29일, 서울 동대문경찰서에서 강력계 형사팀의 일원으로 「24시간 수사 형사 체험」에 나섰다.

이 체험이 있기 전인 8월 6일, 경북 칠곡경찰서에서 수사 형사들의 애로사항을 직접 듣기 위해 '대구·경북지역 수사 형사들과의 간담회' 자리에서 접하게 된 수사 형사의 고충은 생각보다 심각했고 나를 그 현장으로 이끌었던 계기가 되었다.

체험 당일 직접 유치장을 둘러보고 체험을 하는 등 형사 당직팀 근무를 하면서 민생 치안 최일선에 있는 전국 100,500명의 수사 형사들의 애로사항을 몸소 깨달았고 개선의 필요성을 느끼게 되는 계기가 되었다.

▶ 2011년 1월 4일 경북 칠곡경찰서 관할 파출소 · 지구대 체험 편…

신묘년 새해를 맞은 1월 4일, 새 마음 새 뜻으로 한해의 의정 활동과 지역 살림을 계획하는 취지로 칠곡 지역 지구대 근무에 나섰다.

낮게 나는 새가 구석구석을 볼 수 있듯, 지구대 근무는 지역 주민과 더욱 가까이에서 호흡하고 그들의 삶을 직접 챙길 수 있다는 점에서 더욱 의미가 있는 것이다.

비록 24시간이라는 정해진 시간 동안의 체험이었지만 칠곡경찰서 관할 파출소 · 지구대를 한 곳이라도 더 찾아 대원을 격려하고 작은 도움이라도 되기 위해 이곳저곳을 종횡무진하였고 24시간 동안의 근무를 하는 동안 만나 뵌 주민들과의 대화를 통해 한 해 동안의 의정 활동에 대한 청사진을 마련하는 기회가 되기도 하였다.

▶ 2011년 6월 1일, 국회 행정안전위원장 취임 후 첫 행보 당곡지구
　　대 체험 편…

2011년 6월 1일, 국회 본회의에서 동료 의원들의 표결로 오후 3시 경 국회 행정안전위원회 위원장으로 선출되었다.

감사하는 마음과 동시에 느끼게 된 무거운 책임감은 당일 저녁 관악

2011. 6. 1. 이인기 신임 국회 행정안전위원장이 서울 관악경찰서 당곡지구대에서 경찰관들과 함께 야
간 도보 순찰을 하고 있다

2010. 9. 29 서울 동대문경찰서 수사 형사 체험

경찰서 당곡지구대로 나를 이끌었다.

 그곳은 서울, 뿐만 아니라 대한민국에서 주취자 신고 등이 가장 많은
곳이기 때문에 더욱 분주하고 험하기로 소문난 지구대였다.

 국회 행정안전위원장으로서 주취자들의 욕설과 폭행 등으로 인해
위협받고 있는 공권력과 경찰관들을 보며 가슴 아팠다.

 경찰 체험 근무를 할 때마다 근무를 마치고 경찰서에서 나오는 아침
은 기분이 상쾌하고 희망이 넘쳤다.

 경찰관들은 어려운 상황 속에서도 우선 정신적으로 건강했고 나라
를 위한 봉사 · 희생 정신이 투철했기 때문이었다.

 경찰 처우 개선을 위한 직급 구조 개편 방안으로 '경찰공무원법 일
부 개정 법률안' 을 대표 발의하였고 2011년 5월 26일, 국회 의원회관
소회의실에서 '경찰 처우 개선을 위한 직급 구조 개편 방안은' 이라는
주제로 토론회를 개최하였다.

 또한 2011년 6월 17일 국회 의원회관 대회의실에서 '수사 현실의 법
제화 입법공청회' 를 개최하였다.

• 경찰공무원법 일부 개정 법률안 (2011-6 현재 국회 행정안전위원
  회 계류 중)

제안일자 : 2010-5-17
주요내용 : 경찰공무원의 경장 계급을 폐지함에 따라 순경을 경사로 근속 임용하고자
할 때에는 해당계급 7년 이상 근속자로, 경사를 경위로 근속 임용하고자 할 때에는 해
당계급 8년 이상 근속자로, 성과가 우수한 12년 이상 근속경위까지 경감으로 근속 승
진 할 수 있도록 근속승진 대상을 확대함

* 직위를 걸고 진두지휘하는 조현오 경찰청장, 구재태 경우회장, 이대원, 김옥동, 박정완, 김 태, 박무웅, 박노갑 회장님과 전국에 계신 모든 경우회원, 허준영 전 경찰청장(철도공사 사장), 김석기 전 청장(오사카 총영사) 등에게 깊이 감사드리며 앞으로도 수사 현실의 법제화 등 경찰의 권익 신장을 위해 함께 노력해 주실 것을 부탁드립니다. 뜻은 이루어집니다.

환경미화원 체험

매일 이른 새벽이면 운동복을 간편하게 차려 입고 운동에 나선다.

그때마다 어김없이 깨끗하게 청소되어 있는 거리 구석구석을 보며 사람들이 한창 잠에 빠져 있을 무렵 누구보다 먼저 일어나 열심히 청소하셨을 그분들에 대한 고마움을 느낀다.

▶ 2005년 8월 9일, 칠곡군 환경미화원 체험 편…

2005년 8월 9일 새벽 3시, 평소보다 조금 일찍 일어나 칠곡군 거리로 나섰다. 비가 오나 눈이 오나 주민들이 모두 잠자리에 든 시간에 일어나서 일하시는 환경미화원들과 함께 이곳저곳 바쁘게 다니며 구슬땀을 흘렸다.

새벽 작업이 끝날 무렵 그분들과 둘러앉아 식사를 하는데 참 그야말로 밥맛이 꿀맛이라는 말을 실감할 수 있었다.

가난하게 살아가지만 불평없이 만족하며 열심히 일하는 환경미화원을 보면서 많은 것을 배웠다.

▶ 2009년 7월 30일, 고령군 · 성주군 환경미화원 체험 편…

2009년 7월 30일, 지난 칠곡군 환경미화원 체험 활동에서 받은 감명이 가슴에 짠하게 남아서 그때 그 마음으로 또 한 번 체험 활동에 나섰다.

이번에는 새벽이 아닌 낮 시간대 근무였는데 한여름의 햇빛은 만만 치 않은 방해꾼이었다.

늘 그래왔듯 어려운 상황에서도 용기와 희망을 잃지 않고 우리 지역을 깨끗하게 해 주시는 환경미화원께서 한여름의 햇빛 따위는 아무것도 아니라는 말씀에 괜스레 머쓱해졌다.

이날의 머쓱함은 이뿐만이 아니었다. 청소차에 함께 탑승한 환경미화원들은 "도대체 국회의원들이 뭘 하고 있느냐. 정치가 국민을 불안하게 한다." "제발 여 · 야 간에 다투지 말고 오순도순 양보해 가며 국민들 마음 좀 편안하게 해 달라.", "밑바닥 서민들의 삶을 직접 느낄수 있도록 무더운 날씨에도 고통을 함께 나누는 이런 의정 활동이 필요하다."고 말씀하셨다.

국민들이 정치권에 대해 크게 실망하고 답답해하며 정치를 걱정하고 있는 현실을 신랄하고 호되게 전해 주신 것이다.

갈등과 대립을 극복하고 화합을 위해 노력하겠다고 말씀드렸지만 가난하게 살면서도 불평 불만 없이 묵묵히 살아가는 환경미화원들에게 참으로 죄송스럽고 부끄러웠던 날로 기억된다.

소방관 체험

▶ 2011년 1월 17일, 고령군·성주군·칠곡군 일일 소방관 체험 편…

2011년 1월 17일 고령군·성주군·칠곡군 소방서를 찾아 일일 소방관 근무를 하였다.

소방관의 노고는 국민 모두가 알고 있는 공공연한 사실이고 열악한 근무환경에 대한 개선과 지원의 필요성은 절실하다.

평소에도 소방관들의 처우와 근무 환경에 대해 개선의 필요성을 느끼고 있었지만 현장을 찾아 직접 접한 그들의 고충은 이루 말할 수가 없었다.

국민들을 위해 어떠한 위험 요소에도 게의치 않고 인명 구조 활동, 재산 보호 활동은 물론 고드름 제거, 벌통 제거, 동물 구조 등의 사사로운 업무까지 모두 해결해야 하는 그들의 애로는 더 이상 방관 할 문제가 아니라고 생각하여 적극적으로 입법, 제도 개선, 예산 확보에 나서게 되었다.

▶ 2011년 6월 8일, 서울 광진소방서 체험 편…

국회 행정안전위원장으로 취임한 후 6월 8일 15시 서울 광진소방서를 찾았다. 이곳은 관내 소속의 소방관 두 명이 2010년 12월 3일 수상 구조 활동을 하다가 안타깝게도 물살에 휩쓸려 사망하는 바람에 아직도 그 상처가 채 가시지 않은 소방서였다.

먼저 우리의 소중한 생명들을 앗아간 그 현장을 직접 찾아 마음속으로 엄숙하게 조의를 표하고 수상 구조선을 타고 한강을 돌며 수상 구조 활동의 고달픔을 이해하고 깨달았다.

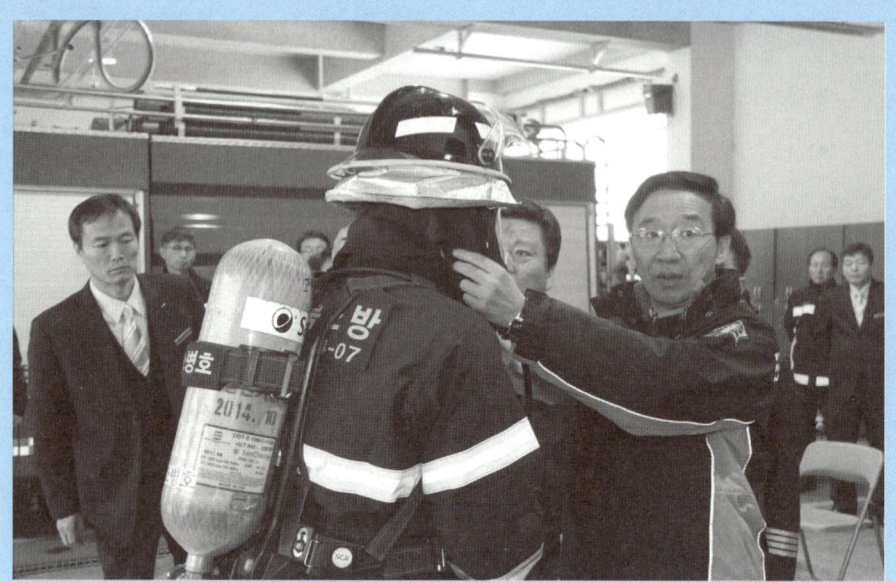

2011. 1. 17. 경북 고령 소방서 일일 체험

2011. 1. 17. 경북 칠곡 소방서 일일 체험

▶ 소방 관련 대토론회 개최 편…

2011년 3월 8일, "소방공무원 처우 개선 및 노후 장비 개선을 위한 대토론회", 4월 19일 "소방 조직·인력 선진화 토론회"를 국회에서 개최하였다.

두 차례의 토론회를 통해 소방관들의 고충과 노고를 알릴 수 있었고 동료 국회의원들 또한 문제에 대한 공감대를 느낄 수 있는 좋은 계기가 되었다.

▶ 소방 발전을 위한 입법 활동

• 소방 기본법 일부 개정 법률안 (2011-4-29 국회 본회의 통과)

제안 일자 : 2010-4-21
주요 내용 : 정당한 사유 없이 화재 진압 및 인명 구조, 구급, 재해, 재난, 그 밖의 위급한 상황 등 소방 활동을 방해한 자는 5년 이하의 징역 또는 3천만 원 이하의 벌금에 처하도록 함.

• 도로교통법 일부 개정 법률안 (2011-4-29 국회 본회의 통과)

제안 일자 : 2010-4-15
주요 내용 : 소방 차량 우선 통행 위반 행위를 한 차량 소유주에게 50만 원 이하의 과태료를 부과하도록 하여 처벌의 실효성을 높이고자 함.

• 소방 기본법 일부 개정 법률안 (2011-6-13 현재, 국회 행정안전위원회 계류 중)

제안 일자 : 2010-5-12
주요내용 : 상습적으로 단순 구급 요청을 하는 경우에는 과태료를 부과하도록 함으로써 구급대의 원활한 구급 업무 수행을 보장하려는 것임.

▶ 의용소방대와 법률 제정 편…

소방의 인력 부족을 채워 국민의 인명과 재산을 보호하는 또 하나의 숨은 일꾼이 있다. 바로 전국 3,433개, 96,292명의 의용소방대원들이 그들인데 이분들의 활동을 법률로써 보장하기 위해서는 기본법이 마련되어야 한다고 판단하고 이를 위해 노력하고 있다.

2009년 2월 25일 국회에서 전국 의용소방대연합회와의 정책간담회, 2009년 6월 9일 "의용소방대법 제정을 위한 여·야 합동공청회"를 개최하였다.

또한 간담회와 공청회를 통해 지역사회를 위해 화재 진압 등 자원봉사에 힘쓰고 있는 의용소방대원을 위해 자원봉사의 가치와 정신이 훼손되지 않는 범위에서 법률안을 마련해야겠다고 다짐했다.

다짐을 실천에 옮겨 2009년 9월 9일, 「의용소방대 설치 및 운영에 관한 법률」안을 대표 발의를 했고 이후 2010년 8월 13일 "경북의용소방대와의 정책간담회"도 가졌다.

법안을 발의하는 것으로 나의 역할을 다했다고 생각하지 않는다. 앞으로도 끊임없는 관심과 상호 소통으로 의용소방대원들과 함께할 것이며 위 법률이 제정될 수 있도록 계속 노력해 나갈 것이다.

앞으로도 위험 직무 순직 및 공상자 처우 개선(국립묘지 안장 등), 지방 소방정까지 대우 공무원, 119 구조 구급 활동비 야간 출동 간식비 지급 등을 위해 계속 노력하겠습니다.

---

*소방 인력의 부족을 투철한 봉사 정신과 애민 정신으로 채워 주시

는 박재만 중앙회장, 최대군, 유만수, 서봉덕, 석무호, 조성규, 방종수, 김세균, 이경수 회장님을 비롯한 전국에 계신 모든 의용소방대원들에게 깊은 감사의 말씀을 전합니다.

앞으로도 우리들이 함께 이루어야 할 입법 등의 과정에 힘을 모아 주실 것을 당부 드립니다.

칠곡군 지역 자활센터

경제난은 실업난으로 직결된다. 몇 해 전부터 사회적 문제가 되고 있는 실업난을 해결하기 위해 지금 이 순간에도 정부와 정치권에서 최선의 노력을 다하고 있다.

지역 자활센터는 주로 기초생활보장수급자 및 차상위 계층이 이 프로그램에 참여하여 현장에서의 경험을 통한 기술 능력 향상으로 취업·창업의 꿈을 키우기 위해 정부와 지방정부의 지원으로 운영되고 있다.

▶ 2010년 7월 30일, 칠곡군 지역 자활센터 체험 편…

2010년 7월 30일, 자활센터 참여자(실업자, 구직자)들과 함께하기 위해 칠곡군 지역 자활센터를 찾았다.

이곳에서 시행하고 있는 프로그램 중 독거노인 집수리, 염소 사육 일일 체험에 나서기로 마음을 먹고 지붕 위에 올라 망치질을 하고 손수레를 끌며 흑염소에게 풀을 먹였다.

이날 일일 2만 1천~3만 2천 원의 자활 급여를 받으며, 월 평균 60여만 원으로 가족 생계를 이끌어 가면서도 자녀 교육에 대한 걱정이 많으시다는 한 가장, 월세 15만 원의 단칸방에서 중학교 2학년 딸, 아들과 함께 살고 있다는 한 아버지의 하소연을 접하며 가슴으로 눈물을 흘렸다. 여담이지만 지금은 복지가의 도움으로 단칸방에서 조금 더 나은 환경으로 이사를 했다고 한다.

앞으로도 이분들에게 도움이 될 수 있는 올바른 정책을 마련하기 위해 고민하고 노력해 나갈 것이다.

택시 기사 일일 체험

지역 주민들을 만나는 것은 쉬우면서도 어려운 일이다. 혹시나 국회의원이라는 신분 때문에 어려워 할 수도, 혹은 오해할 수도 있기 때문이다.

그 누구보다도 주민들을 섬기고자 그리고 함께 호흡하고자 고민하던 중 좋은 생각이 떠올랐다.

직접 택시를 몰면서 주민 분들의 발이 되는 것이었다.

특히 지역구인 고령군 · 성주군 · 칠곡군의 읍 · 면 · 리를 가리지 않고 발로 걷고 뛰어다녔던 터라 어느 누구보다 길 찾기에 자신 있었다.

당장 실천에 옮겨 주민들이 믿고 안심하고 탈 수 있도록 적성검사와 신체검사를 받고 2005년 9월 '택시 운전 자격시험' 을 취득하여 택시 운행을 하기 위한 만반의 준비를 마쳤다.

• 택시 운전기사 체험 일정

- 2007년 1월 4일 칠곡군

- 2009년 1월 3일 성주 · 고령군

- 2010년 1월 6일 칠곡군

- 2010년 7월 26일 칠곡군

- 2010년 8월 7일 성주군

- 2010년 8월 12일 고령군

▶ 직접 택시 운전을 하며…

추운 겨울, 내 생애 첫 택시 운전대를 잡았던 그때, 예상했던 대로 극심한 불황에 시달리고 있는 택시 기사 분들의 어려움을 현장에서 들을 수 있었다. 특히 2010년 7월 26일의 택시 기사 체험 때는, 오전 8시부터 밤 11시까지 15시간 동안 운행을 했지만 회사에 의무적으로 납입해야 하는 사납금을 채우지 못해 부족한 3만 5천 원을 사비로 납부해야 했다. 이런 일은 비일비재한 일이라고 하니 이것 하나만 보더라도 기사들의 고충을 충분히 실감할 수 있었다.

뿐만 아니라 한 시간 이상을 기다려야 손님을 태울 수 있었던 때도 있었다.

택시 운전기사들의 월 소득은 60~110만 원 수준이라고 한다. 이 돈으로는 최소한의 삶을 살기도 어렵고 사납금을 사비로 채우는 일도 빈번하다는 하소연은 나로 하여금 가슴을 답답하게 했다.

택시의 공급 과잉 등 택시업계의 불황을 해소할 수 있도록 하는 정책 마련이 시급한 상황이었다.

▶ 택시운송사업 발전을 위한 입법 활동

- 여객자동차 운수사업법 일부 개정 법률안 (2009-4-30 국회 본회의 통과)

제안 일자 : 2008-12-5
주요 내용 : 가. 불특정 다수인의 여객을 운송하는 택시운송사업을 대중교통수단에 포함시키고, 택시운송사업용으로 사용되고 있는 택시의 대 · 폐차, 영업 수익 감소로 더이상 택시 영업을 지속하기가 곤란하여 택시운송사업을 폐지, 택시의 서비스 향상을 위한 시설 · 장비의 확충 · 개선 등의 경우 국가나 지방자치단체의 재정 지원을 받을 수 있도록 함.
나. 자동차 매연 증가 등으로 인한 지구온난화, 환경오염을 줄이고, 현재 택시 대부분이 중형 · 모범택시라는 점을 감안하여 기본요금이 싸고 기름도 적게 소요되는 소형 택시를 개발 및 보급하고자 함.

- 조세특례제한법 일부 개정 법률안 공동 발의(2010-12-8 국회 본회의 통과)

제안 일자 : 2010-9-2
주요 내용 : 택시운송사업용 차량에 연료로 사용되는 석유가스 중 부탄을 사용하는 경우 개별소비세 및 교육세 면제 기한을 2014년 4월 30일까지로 함.

대표 발의한 「대중교통의 육성 및 이용 촉진에 관한 법률 일부 개정 법률안」은 「여객자동차 운수사업법」으로 통합되어 2009년 4월 30일 국회 본회의를 통과하였다.

이 법안의 통과로 시·도지사는 택시 공급 계획을 수립하고, 계획 초과로 인한 감차 부분에 대한 비용을 일부 지원할 수 있게 되어, 택시업계와 택시 운전기사 분들의 어려움이 일정 부분 해소될 수 있었다.

또한 「조세특례제한법 일부 개정 법률안」을 공동 발의하여 택시의 주원료인 LPG에 대한 세금을 면제받도록 하였다.

이러한 부분들은 바로 현장을 직접 찾아 몸소 체험하고 그분들의 목소리에 귀 기울였기에 가능할 수 있었던 것이라 생각된다.

보육 교사 체험

우리나라는 OECD 국가 중 출산율 1.15명으로 최하위이다. 출산율을 높여야 한다.

출산장려금 지급 등과 같은 일시적인 대처 방안으로는 저출산 문제를 근본적으로 해결하는 데에 한계가 있으므로 저출산 문제를 해결하기 위해서는 국가와 사회가 보육·유아교육에 적극적으로 관심을 갖고 나서야 한다.

보육 정책을 많이 개발하고 시행하는 것이 중장기적으로 볼 때 지속 가능한 대책이라 할 수 있다.

▶ 보육 교사 체험 편…

우리나라 보육의 현주소는 어린이집 등의 시설에서 찾을 수 있을 것

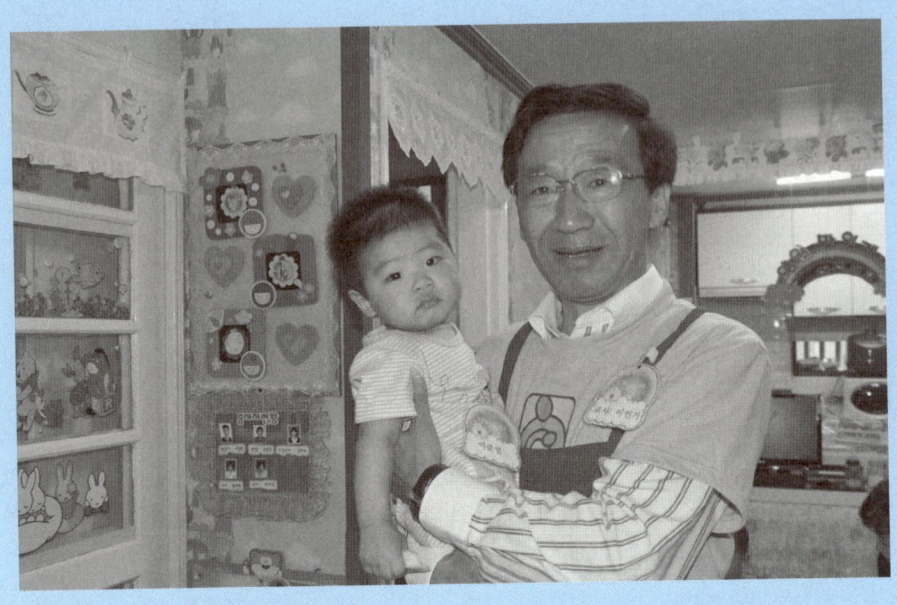

이다. 어린이집을 직접 찾아 직접 경험하지 않고 근본적인 문제를 찾아 대안을 마련한다는 데는 한계가 있다는 생각에 어린이집을 직접 찾아 나섰다.

특히 2010년 9월 10일 문화가정 어린이집 체험에서 6개월 된 영아를 직접 안고 성공적으로 잠을 재운 일은 아직도 잊혀지지 않는 아름다운 기억이다.

보육 교사 체험 일정

- 2010년 9월 10일 칠곡군
  - 천재 어린이집, 문화 어린이집, 칠곡 어린이집

- 2010년 10월 6일 칠곡군 석적읍
  - 아인창의성 어린이집, 햇님 어린이집, 동화 어린이집, 리라유치원

- 2010년 10월 6일 성주군
  - 벽진 어린이집, 성주 어린이집, 통큰 어린이집, 무궁화 어린이집, 천사 어린이집, 단국동화 어린이집

- 2010년 10월 13일 칠곡군 북삼읍
  - 한국 어린이집, 꿈나무 어린이집, 솔로몬 어린이집, 삐아제 어린이집, 꼬마둥지 어린이집, 꿈꾸는 어린이집, 화성꿈터 어린이집

- 2010년 10월 13일 칠곡군 왜관읍
  - 상록 어린이집, 솔지 어린이집, 소망 어린이집, 예향 어린이집, 동그라미 어린이집, 무지개 어린이집, 이원 어린이집, 누리 어린이집, 삼성 어린이집, 칠곡 어린이집

- 2010년 12월 1일 칠곡군 약목면
  - 한울림 어린이집, 한나래 어린이집, 해맑은 어린이집, 오성 어린이집, 삼주강변 어린이집, 꿈나라 어린이집, 햇병아리 어린이집, 신영유치원

- 2011년 2월 1일 고령군 다산면
  - 다산 어린이집, 새싹 어린이집, 가야 어린이집, 참사랑 어린이집, 코디아이스쿨 어린이집, 에덴 어린이집, 행복한 어린이집, 상곡 어린이집, 예원 어린이집

앞으로도 틈틈이 지역 내 어린이집, 유치원을 모두 방문할 것이다.

여러 어린이집을 다니며 직접 일일 보육 교사 체험을 하는 동안 교사 분들과 많은 이야기를 나눌 수 있었는데 그분들이 말하는 고충은 생각했던 것 보다 컸다.

보육 교사들은 하루 12시간 이상을 일하고 연차휴가도 거의 쓸 수가 없다. 거기다 영유아반을 함께 운영하고 있는 어린이집 같은 경우는 영아들의 배변 또한 책임을 져야 하기 때문에 식사 도중에 기저귀를 가는 모습 또한 적지 않게 볼 수 있었다.

게다가 박봉의 월급은 교사들의 이직율을 증가시키고 있었다.

▶ 정책 토론회 개최…

보육 선진화 실현을 위해 '보육 선진화를 위한 방안 연구' 라는 큰 주제로 세차례에 걸쳐 연속 토론회를 국회에서 개최했다.

- 2010년 9월 13일 "보육 선진화를 위한 규제 개혁 방향은?",
- 2010년 11월 3일 "무상 보육 · 유아교육 어떻게 할 것인가"
- 2010년 12월 16일 "보육 교사 처우 개선 및 시설 지원 방안"

이라는 주제로 보육 교사, 학계 전문가, 그리고 공무원들이 한자리에 모여 머리를 맞대었다.

보육과 유아교육이 선진화되어야 저출산 문제가 해소되고 사회의 안정을 가져올 수 있다는 생각이 더욱 확고해졌다.

2011년 6월 11일, 경북 보육인 한마음 포항 대회에 참석하여 축하 인사를 드리는 자리에서 세 가지를 말씀드렸다.

첫째, 보육 관련 법규를 규제 일변도에서 개방 자율로 바꿔야 한다.

둘째, 공공형 보육 시설에 대한 지원과 함께 민간어린이집 시설 개선도 지원해야 한다.

셋째, 보육 교사들이 자부심을 가질 수 있도록 처우를 개선해야 한다.

이 세 가지는 보육 발전, 나아가 저출산 문제 극복을 위해 반드시 이뤄져야 하는 사항들이다. 이 사항들이 이루어질 때까지 노력할 것이다.

＊지금 이 순간에도 보육 발전을 위해 밤낮 가리지 않고 노력하고 계시는 정운화 경북회장, 김혜숙, 이진권, 김학순, 류경수 회장님을 비롯한 전국에 계신 모든 보육 교사 가족에게 깊이 감사드립니다.

자율방범대 체험

경찰의 행정력에는 한계가 따르며 이러한 한계를 보완하는 것이 바로 자율방범대이다.

자율방범대원들은 순수 자비로 순찰차를 구입하고 기름 값과 야식 등 운영비를 충당하고 있었다.

어려운 경제 상황과 각종 위험 속에서도 용기와 희망을 잃지 않고 지역 발전과 주민들의 치안을 위해 밤늦도록 고생하는 자율방범대원들이 보람과 긍지를 가지고 지속적인 방범 활동을 할 수 있도록 최소한의 법적 근거를 마련해야 했다.

▶ 2009년 4월 17일 18일, 성주 · 칠곡군 일대 방범 활동

2009년 4월 6일, 「자율방범대 설치 및 운영에 관한 법률안」을 대표 발의한 것을 시작으로 그들의 노고를 직접 경험하고자 2009년 4월 17일과 18일 양일간 성주 · 칠곡군 일대의 순찰 활동에 나섰다.

인적이 드문 골목길이나 놀이터를 집중적으로 순찰하면서 자율방범대분들이 민생 치안에 얼마나 큰 공헌을 하고 있는지를 알 수 있었다.

▶ 고령군 · 성주군 일대 방범 활동

2010년 3월 8일에는 고령군 지역 일대를 4월 9일에는 성주군을 다시 찾아 선남면 자율방범대 대원으로 입회 신고를 하고 참외 농가 주변 등 취약한 지역을 중심으로 야간순찰 활동을 펼쳤다.

▶ 자율방범대의 발전을 위한 토론회 개최

2009년 4월 21일, "자율방범대법 제정을 위한 여 · 야 합동공청회"를 개최하여 자율방범대 관련법의 필요성과 당위성을 알렸고 9월 30일 "경찰청장 및 한국자율방범중앙회 시 · 도 회장단관의 간담회"를 개최하여 경찰과 자율방범대가 좀 더 체계적인 협조를 할 수 있도록 대화의 장을 마련하였다.

이러한 일련의 노력들을 높이 평가해 준 자율방범대 대원분들의 추천으로 2009년 11월 22일, "한국 자율방범중앙회 제1회 한마음체육대회"에서 고문으로 위촉되었다.

2009. 4. 17. 경북 성주군 자율방범대 체험

2009. 4. 18. 경북 칠곡군 자율방범대 체험

2010년 6월 17일에는 국회에서 2011년 1월 5일에는 칠곡군경찰서에서 자율방범대원들과 정책간담회를 가지며 그간 활동 상황을 설명하고 앞으로의 운영 방향과 발전 방안에 대해 논의하였다.

▶ 자율방범대 업무 협약식…

아동을 대상으로 하는 각종 범죄로 피해자가 속출하는 일이 발생되었다. 멀쩡히 집에 머물고 있던 아이가 대낮에 괴한에게 납치되어 살해되는 등 파렴치한의 범죄가 사회적 문제로 대두되었다.

아동 성폭력 범죄는 주로 학교나 동네에서 발생되는데 이러한 범죄를 예방하기 위해 자율방범대와 경찰과의 협력 체계를 구축하는 것이 필요한 시점이었고 협약식을 주관하기로 결심했다.

2010년 7월 12일, 서울 영등포경찰서에 한국자율방범대중앙회와 경찰청과의 아동 성범죄 예방 활동 업무 협약식이 이루어졌다.

협약식 이후, 영등포경찰서장 및 한국자율방범대중앙회 임원들과 함께 영등포구 관내 학교 주변 지역에 대한 순찰 활동도 가지며 아동 범죄 예방 캠페인을 벌이고 우범지대 등에 대해 주민과 자율방범대가 관심을 갖고 지켜 줄 것을 당부했다.

연이어 7월 19일에도 대구경찰청, 경북경찰청을 비롯한 고령·성주·칠곡군 자율방범대와 경찰서 간의 아동 성범죄 예방 활동 협약식을 주관하여 주민들이 좀 더 안심하고 자녀들을 학교에 보낼 수 있는 환경을 만들기 위해 노력하였다.

* 민생 치안의 사각지대에서 불철주야 고생하시고 '자율방범대 설치 및 운영에 관한 법률'의 마련 과정에도 많은 도움을 주셨던 손형순, 정재필, 이순애, 신재영, 권오윤, 박임호, 박종만, 이순규 회장님을 비롯한 전국에 계신 모든 자율방범대원들에게 깊은 감사의 말씀을 전합니다.

모두 고생 많으셨습니다.

제3부

대한민국의 미래를 위한 길

바람직한 수사 구조의 모델을 찾아서

들어가며

지난 3월 10일 국회 사법제도개혁특별위원회 6인 특별소위는 법원·검찰·변호사 제도 개혁에 대한 합의 사항을 전격 발표하였다. 합의 사항은 검찰 관련 사항 10개, 법원 관련 사항 6개, 변호사 관련 사항 4개로 총 20가지다. 작년 2월 18일 특위가 구성되어 2차례나 활동 기한을 연장하며 숙고한 끝에 도출된 결과다.

인상적인 것은 6인 소위의 합의 사항에 '경찰 수사권'이 포함되어 있다는 점이다. 경찰 수사권과 관련하여 합의문은 '경찰의 수사 개시권 명문화(형사소송법 제196조)', '검찰청법에 규정된 경찰의 복종 의무 삭제(검찰청법 제53조)'라고 간략히 설명하고 있다. 그리고 3월 11일 특위 11차 전체회의에서 6인 소위는 수사 개시권 명문화에 대해 "경찰이 대부분의 사건을 수사하는 현실을 법문에 반영하는 것일 뿐 검사의 수사 지휘권이 그대로 존치되므로 실제로 바뀌는 것은 없다"고 설명하였고, 복종 의무 삭제에 대해 "명령·복종 규정은 형소법에 지휘 규정이 있기 때문에 중복적인 규정이고 용어 자체도 너무 권위적이어서 삭제하는 것이다. 또한, 다른 기관(경찰청)에 소속된 경찰의 복종 의무를 검찰청법에 규정한 것은 법체계상 맞지 않아서 삭제하기로 하였다"고 설명하였다. 6인 소위의 합의 사항은 '수사권 조정' 단계가 아님을 분명히 한 것이다.

금번 사개특위에서 '경찰 수사권'과 관련하여 추진 중인 내용은 '수사 현실의 법제화', '구시대적 규정의 폐지'이기 때문에 '수사권 조정'의 당위성이나 필요성과는 별론으로 반드시 법 개정으로 이어져야 할 것이고, 또 그렇게 믿는다. 그러나 이러한 조치는 견제와 균형의 원리에 입각한 수사 구조 개혁과는 거리가 멀다. 그러나 수사권 문제에 대한 국민적 관심이 높고, 특히 국회 차원의 논의가 이루어지고 있는 현 시점에서 수사 구조의 문제점을 되짚어 보고 바람직한 개혁 방향을 고민해 보는 것은 매우 의미 있는 일이다. 여기에서는 최근 국민적 관심이 집중된 사개특위의 사법 개혁 논의의 한계와 문제점을 되짚어 보고 바람직한 수사 구조의 모델이 무엇인지를 고민해 보고자 한다.

경찰 수사권 관련 사개특위 논의의 의미와 한계, 그리고 기대

경찰 수사권에 대한 사개특위의 논의는 수사권 조정과는 거리가 멀지만 수사권 문제가 기관 간 권한 다툼이나 조정이 아니라 사법 개혁의 과제라는 것을 인식하였다는 점, 수사권 문제에 대한 최초의 여·야 합의라는 점, 수사권 문제를 법 개정의 문제로 인식하였다는 점 등은 매우 의미 있는 일이다.

여기서 주목할 것은 사개특위에 2건의 수사권 조정 형소법 개정안이

2010. 10. 7. 경찰청 국정감사

2009. 10. 12. 경찰청 국정감사

계류되어 있다는 점이다. 김희철 의원이 대표 발의한 개정안과 문학진 의원이 대표 발의한 개정안이 그것이다. 김희철 의원안은 일본식(절충형)에 가깝고, 문학진 의원안은 영미식(수사·기소 분리형)에 가깝다. 6인 소위의 합의 사항은 이 2가지 개정안 중 어느 것과도 맥이 닿지 않는다. 6인 소위는 왜 이러한 합의 사항을 제시한 것일까.

특위에 계류된 법률과 다른 합의 내용이 도출된 것은 개혁 대상인 검찰의 반발 때문이다. 결국 6인 소위 합의 내용은 이미 '검찰의 입장'을 반영한 절충안인 셈이다. 그래서 합의 내용이 사법 개혁을 이루기에 미흡하다는 의견이 많다. 그럼에도 불구하고 이에 대한 검찰의 반발이 만만치 않다. 지난 4월 1일 사개특위 전체회의에서 법무부 장관은 '검찰은 더 고칠 것이 없다'는 발언을 하여 물의를 일으키기도 했다.

사개특위는 4월 20일 전체회의를 열어 6인 소위의 합의 사항에 대한 법제화안까지 심의하였다. 이날 전체회의에서는 법원·검찰·변호사 소위원장이 각 소위별 논의 결과를 전체 의원들에게 보고하였는데 22개의 의제 중 18개의 의제에 대한 합의가 이루어진 것으로 보고되었다. 그러나 변호사 관련 사항 중 '로스쿨 졸업자의 실무 수습', '전관예우 방지'만 4월 임시국회에서 처리하기로 하고 나머지 사항은 6월까지 추가 논의를 하기로 하였다.

법원과 검찰은 일단 시간을 벌었다며 안심하는 분위기다. 반면, 국민들은 사법 개혁 논의에 보다 박차를 가해야 한다는 반응이다. 좀 더 논의를 하여 모든 의제를 일괄 타결하는 방식도 의미가 있겠지만 이미 합의에 이른 의제는 신속하게 처리하는 것도 좋았지 않았나 하는 생각이 든다. 변호사 관련 의제 2건은 별도 처리하기로 했는데, 여타 합의에 이른 의제들에 대해서는 별도 처리를 하지 않고 추가 논의를 한다는 것도 국민들로서는 쉽게 납득할 수 없을 것이다.

작년 2월 18일에 구성된 사개특위의 활동 시한이 얼마 남지 않았다. 사법제도에 대한 국민들의 불신을 해소하고자 만들어진 사개특위의 개혁 논의가 개혁 대상인 기관들의 반발로 무산되거나 위축되어서는 안 될 것이다. 모쪼록 경찰 수사권과 관련된 사개특위의 개혁 논의가 온전히 법 개정으로 이어져 바람직한 수사 구조를 만드는 든든한 초석이 되기를 기대한다.

바람직한 수사 구조의 모델을 찾아서

'수사권 조정' 혹은 '수사권 독립'이라 불리는 수사 구조 개혁 논의는 우리나라의 경우 해방 직후부터 시작해서 현재까지 계속되고 있는 우리 사회의 오래된 숙제다. 또한, 선진 외국의 경우에도 자신들이 형성한 수사 구조를 보다 바람직한 방향으로 개선하려는 노력을 지속하고 있다.

수사 구조 개혁을 위한 우리의 노력, 선진 외국의 사례를 살펴보면 몇 가지 공통점을 발견할 수 있다. 그것은 바로 '권한의 분산', '분산된 권한의 합리적 배분', '배분된 권한 간의 건강한 협력·견제·균형'이다. 견제받지 않는 권력은 반드시 부패한다는 것이 역사적 교훈이다. 수사 구조 개혁 작업은 이러한 역사적 교훈을 우리에게 주어진 숙제 해결에 적용하려는 노력인 것이다.

현재는 국회에서 수사 현실을 법제화하려는 노력이 이루어지고 있으나 이러한 노력이 법 개정으로 이어지면, 그 이후에는 반드시 진정한 의미의 수사 구조 개혁에 대한 필요성이 제기될 것이다. 따라서 현 시점에서 수사 구조 개혁과 관련된 우리나라에서의 논의 역사, 외국의 사례를 살펴보고 우리나라 수사 구조의 문제점을 분석함으로써 바람직한 수사 구조의 모델을 강구해 볼 필요가 있는 것이다.

1. 우리나라 수사 구조 개혁 논의의 역사

해방 후 미군정청은 1945년 12월 29일 미군정청 법무국 검사에 대한 훈령 제3호를 통해 검사의 주된 직무를 기소와 그 유지에 한정하고 범죄의 수사는 경찰의 직무로 하였으나[1] 이후 이어지는 검찰의 권한 회복 및 확대 노력[2]으로 미군정청의 구상이 무산된 바 있다.

1954년 형사소송법 제정시에도 우리 입법자들은 수사와 기소를 분리하는 것이 타당하다고 인식하였던 것으로 확인된다[3]. 다만 이상적인

---

1) 미군정청 법무국 검사에 대한 훈령 제3호 「1. 검사의 선결 의무는 관할 재판소에 사건을 공소함에 있음. 세밀한 조사는 검사의 책무가 아님. 검사의 특별한 교양은 법적 직무에 관할 때 일층 중요성을 有함. 2. 재판소의 검사는 수사의 시간의 적용과 일층 좋은 효과를 득하기 위하여 左記 훈령을 준수할 事. (가) 재판소 일할표(日割表)에 기재한 사건을 신속히 처리하기 위하여 계획된 일람표에 전념할 事. (나) 검사는 경무국이 행할 조사사항을 경무국에 의뢰할 事. 此는 경찰관의 직무요 검사의 직무가 아님. (다) 검사는 법정 구비 조건에 만전을 기하기 위하여 경찰관 보고서를 검토할 事. (라) 검사는 증거의 불비를 경찰관에게 지적하고 될 수 있으면 증거의 정정을 의뢰할 事. (마) 검사는 실제로 법적 검토를 요하는 조사에 관하여 필요하다면 관여할 事.(이하 생략)」
2) 1946년 9월 7일 좌익 인사 체포령, 1947년 1월 14일 검찰총장에 대한 사법부장 통첩, 1947년 6월 23일 재경 3검찰청장관의 사법제도 재편성에 관한 건의서, 1947년 7월 검사총장 이인의 사법경찰관을 검찰기관에의 직속에 관한 건 등
3) 1954년 1월 형사소송법에 대한 공청회에서 엄상섭 의원은 "권력이 한군데에 집중되면 남용되기 쉬우므로 권력은 분산되어야 개인에게 이익이 되고, 기소권만으로도 강력한 권한인데 수사권까지 더하게 되면 검찰 파쇼를 가지고 오게 된다. 장래에 있어서는 수사권과 기소권을 분리시키는 방향으로 나가는 것이 좋겠다."고 하였고, 한격만 검찰총장은 "수사는 경찰에게 맡기고 검사에게는 기소권만 주자는 것이 법리상으로 타당하다"고 발언함

2009. 2. 11. 서울경찰특공대 방문

2011. 3. 10. 서울지방경찰청 아동보호 다짐 워크숍 및 명예경찰관 위촉

수사 구조와 현실적인 한계 사이에서 고민한 끝에 우선은 현실적 상황을 감안하여 검사에게 수사권과 기소권을 독점시키기로 했다는 사실을 발견할 수 있다.

4.19 직후 과도정부에서는 민주적 경찰 운영을 위해 '경찰행정개혁심의회'를 구성하여 경찰 행정의 개혁 방안을 논의하였고, 10여 차례의 토의와 미국인 전문가 의견 수렴을 통해 '경찰에게 1차적 수사권을 부여하는 방안'을 입안하여 내무부 장관에게 건의하고 국회 민의원 내무위원회 심의되었다. 그러나 1960년 6월 15일 제3차 개헌을 통해 헌법 제75조 2항에 '경찰의 중립을 보장하는 데 필요한 기구에 관하여 규정을 두어야 한다'는 조문을 신설하여 경찰의 중립성 확보에는 결실을 맺게 되었으나 경찰에게 수사권을 부여하는 방안은 검찰의 강력한 반발에 부딪쳐 현실화되지 못했다.

국민의 정부에서는 자치경찰제 도입 방안과 함께 경찰제도 개선 핵심 과제로 '경찰의 수사 주체성 인정과 경·검 간 협력 관계 설정'을 골자로 하는 수사권 현실화 방안을 마련하여 대통령에게 보고까지 하였으나, 경찰과 검찰이 수사권 문제를 둘러싸고 심각한 대립 양상을 띠자 대통령은 논의를 중단하라는 지시를 하게 되었다.

참여정부 이전 노무현 대통령 후보는 '자치 경찰제 도입 및 민생침해 범죄에 대한 경찰의 독자적인 수사권 부여'를 선거 공약으로 제시하였고 정부 출범 후에는 수사권 조정과 자치 경찰제 도입을 국정 과제로 선정하여 추진하였다. 그러나 '수사권 조정 협의체', '수사권 조정 자문위' 등 검찰과 경찰 간의 협의 노력에도 불구하고 몇몇 개별적인 수사 절차나 지휘 관행의 개선에 대한 의견 접근이 있었을 뿐 핵심 의제인 형사소송법 제195조 및 제196조 개정 문제에 있어서는 의견 차를 좁히지 못해 수사권 조정안을 도출해 내지 못했다.

이후 2005년 6월 15일 형사소송법 개정안을 발의하고 3개월이 지난 9월 15일, 입법공청회를 개최하였다.

당시 입법공청회를 앞두고 대구·경북지역의 경찰서와 광주 동부경찰서를 방문하여 형사소송법의 개정의 필요성에 대해 설명하고 대화를 나누었다.

정의를 위해서 누군가는 앞장서야 하고 얼어 붙어 있는 열정에 불을 지펴야 했다. 경찰 수사권 조정은 견제와 균형, 국민권익 보호 차원에서 개선해야 할 일이었다.

그 후 9월 15일 '지성이면 감천'이라고 경찰서를 순회할 때 다소 소극적이었던 모습과는 달리 서로 앞다투어 휴가를 신청하고 입법공청회장을 찾아 준 것이다.

당시 박근혜 대표께서 "권력의 견제와 균형은 민주주의의 기본 원리이다. 검·경 관계는 국민의 편익과 국가 발전을 위한 잣대로 결정되어야 한다."는 말씀을 하셨다.

본 의원 등 18명의 국회의원들이 공동으로 '경찰의 수사 주체성 인정' 및 '검·경 상호 협력 관계'를 골자로 하는 형소법 개정안을 발의하였다.[4] 2005년 6월 24일에는 홍미영 의원 등 87명의 국회의원들이 공동으로 유사한 형소법 개정안을 발의하였으며[5], 2005년 12월 5일 여당인 열린우리당 산하의 '수사권 조정 정책기획단'에서도 '경찰의 수사 주체성 인정과 검·경 협력 관계를 원칙으로 하되, 내란·외환의 죄 등 일부 중대 범죄에 대해서는 검사의 지휘를 인정한다'는 내용의 수사권 조정안을 발표하였으나 검찰의 반발로 법안 심사가 지연되는 가운데 17대 국회의 임기가 만료되면서 법안이 폐기되어 법 개정으로 이어지지 못했다.

현 정부에 들어서는 수사권 조정 문제가 국정 과제로 포함되지 못한 채 표류되고 있었으나, 노무현 전 대통령 서거를 계기로 검찰 개혁론이 강도 높게 제기되던 중 2009년 12월 2일 민주당 김희철 의원 등 15명의 의원들이 일본식 수사권 조정 형소법 개정안을 발의하였고, 이후 2010년 2월 18일에는 국회에 사법제도개혁특별위원회가 구성되어 현재까

---

4) 제195조(검사와 사법경찰관리 등의 수사) ①검사와 사법경찰관리는 범죄의 혐의가 있다고 사료하는 때에는 범인, 범죄 사실과 증거를 수사하여야 한다.
②경무관, 총경, 경정, 경감, 경위는 사법경찰관으로, 경사, 경장, 순경은 사법경찰리로 한다. 다만, 도서·벽지 등 특수한 지역의 경우, 사법경찰관의 범위는 대통령령으로 정한다.
제196조(검사와 사법경찰관리의 관계) ①검사와 사법경찰관리는 수사에 관하여 서로 협력하여야 한다.
②검찰총장은 공소 유지에 필요한 사항에 관하여 수사에 대한 일반적인 기준을 정할 수 있다.

5) 제196조의 2(사건송치) 사법경찰관리는 범죄를 수사한 때에는 신속히 서류 및 증거물과 함께 사건을 검사에게 송치하여야 한다. 다만, 검찰총장이 지정한 사건에 대해서는 그러하지 아니하다.
제195조(검사와 사법경찰관리 등의 수사) ①검사와 사법경찰관리는 범죄의 혐의가 있다고 사료하는 때에는 범인, 범죄 사실과 증거를 수사하여야 한다.
②경무관, 총경, 경정, 경감, 경위는 사법경찰관으로, 경사, 경장, 순경은 사법경찰리로 한다.
③전항에 규정한 자 이외에 법률로써 사법경찰관리를 정할 수 있다.
제196조(검사와 사법경찰관리의 관계) ①검사와 사법경찰관리는 수사에 관하여 서로 협력하여야 한다.
②검사는 공소 유지에 필요한 사항에 관하여 수사에 대한 일반적인 기준을 정할 수 있다.
③사법경찰관리는 범죄를 수사한 때에는 신속히 서류 및 증거물과 함께 사건을 검사에게 송치하여야 한다.
④전항의 경우에 검사는 사법경찰관리에게 공소 유지에 필요한 보완 수사를 요구할 수 있다. 이 경우 사법경찰관리는 정당한 이유가 없는 한 이에 응하여야 한다.

지 논의를 계속하고 있다. 2010년 11월 18일 민주당 문학진 의원 등 20명의 의원들이 영미식 수사권 조정 형소법 개정안을 발의한 것도 매우 주목할 만한 부분이다.

이렇게 수사 구조 개혁의 역사를 되짚어 보면 검찰권을 합리적으로 분산하여 국민들을 이롭게 하려는 노력이 엿보이기도 하는가 하면, 한편으로는 그러한 개혁의 노력이 항상 개혁의 대상인 검찰의 반발에 의해 무산되었다는 사실이 발견되어 씁쓸하다. 혹자는 검찰의 독립성과 중립성을 강조하지만 현 시점에서 검찰에게 정작 필요한 것은 방대한 권한을 내려놓는 일이라 생각한다. 왜냐하면 지금의 검찰은 그 권력이 너무도 막강해서 정치권으로부터의 독립성 훼손이 우려되는 상태라기보다 정치권력화되기를 자처함으로써 그들 스스로 정치적 중립성을 훼손하고 있는 모습이기 때문이다.

지금 국회에서 사법 개혁 논의를 하면서 '경찰 수사권' 부분에 대해서 수사 현실을 법제화한다는 의미에서 경찰의 수사 개시권을 명문화하고 구시대적인 검찰과 경찰 간의 명령·복종관계를 개선하려는 것은 매우 바람직하다. 그러나 이 정도 수준의 법 개정으로는 검찰권을 합리적으로 통제하기도 어렵고, 수사 구조를 개혁하였다고 말하기도 어렵다. 그래서 현재 사개특위에 계류된 2건의 수사권 조정 형소법 개정안과 같은 근원적인 해법을 공론화하여 하루 빨리 보다 발전적인 논의를 시작해야 하는 것이다.

경찰의 수사권 독립, 조정은 아니라도 수사 현실의 법제화는 경찰의 자존심이고 최소한의 인정이라는 뜻에서 2011년 6월 1일, 국회 임시회 본회의가 개회된 첫 날 결연한 심정으로 발언대에 섰다.

존경하는 국민 여러분!

국회의장, 그리고 선배 · 동료 의원 여러분!

한나라당 경북 고령 · 성주 · 칠곡 출신 이인기 의원입니다.

지금 우리 시대는 경찰과 검찰 모두에게 시대 흐름과 국민의 요구에 부합하는 역할을 다하도록 할 새로운 수사 패러다임이 필요합니다.

현재 우리의 수사 구조는 검사의 독점적 수사권을 정점으로 경찰과 검찰이 상명하복 관계로 결합되어 있는 비민주적인 구조입니다.

수사상 '견제와 균형'의 원리가 작동하지 않는다면, 국민의 인권침해 우려는 물론 국민의 권익을 보호하기 어려울 것입니다.

〈사개특위의 논의의 문제점〉

이러한 의미에서 사개특위가 검찰 개혁 방안에 경찰 수사권 문제를 포함시킨 자체는 타당합니다.

그러나 처음부터 '현실의 법제화 수준'이라고 한계를 그은 것은 문제가 있다고 생각합니다.

경찰 수사권 문제는 2가지를 중심으로 논의되어 왔습니다.

첫째, 수사 현실과 법 규정과의 괴리, 즉 법적 흠결 상태를 정상화, 현실화시킴으로써 수사에 있어서 법치주의 원칙을 공고히 하는 것입니다.

둘째, 수사기관 간에 민주주의적 견제와 균형 원리가 작동되도록 하는 것입니다.

경찰 수사권 문제를 검찰 개혁의 차원에서 다룬다면 마땅히 검찰과 경찰 사이에 견제와 균형의 원리가 작동하도록 하여야 합니다.

이러한 인식 하에 본 의원은 2005년에 대표 발의한 형소법 개정안에 검찰과 경찰 간의 관계를 상호 협력 관계로 규정하는 조항을 두었던 것입니다.

그런데도 사개특위는 경찰 수사권 문제를 '현실의 법제화'에 한정시킴으로써 검찰 개혁의 취지를 무색케 했습니다.

이번엔 최소한 '현실의 법제화' 만이라도 확실히 이루어야

그럼에도 사개특위에서 '현실의 법제화'를 목표로 하고 있다면, 우선 수사 현실에 대한 정확한 인식이 선행되어야 할 것입니다.

경찰이 대부분의 사건을 검사의 지휘 없이 독자적으로 수사를 개시해서 진행하면서, 검사의 지휘가 있을 때에는 이에 따르는 것이 현재의 정확한 수사 현실입니다.

최근 언론 보도를 보면 "사법경찰관은 범죄 혐의가 있다고 인식한 때에… 수사를 개시하여야 한다"라고 법제화하는 방안이 논의 중이라고 합니다.

본 의원은 이렇게 해서는 '현실의 법제화' 조차도 제대로 이룰 수 없다고 생각합니다.

'개시' 라는 문구가 들어감으로써 "경찰은 수사를 개시만 하고 이후의 수사 진행은 검사의 지휘가 없으면 하지 못한다"라는 해석이 가능하기 때문입니다.

이것은 대단히 불완전하고 법 해석상 논란이 끊이지 않을 것이 분명

합니다.

일부에서는 "수사하여야 한다"라고 검사와 똑같이 규정하면 검경 간의 지위에 충돌이 발생한다든지, 경찰이 자기 마음대로 수사하게 된다든지 하는 우려를 하고 있습니다.

그렇지 않습니다.

별도의 항에서 검사의 수사 지휘권을 명확히 규정하여 즉, "사법경찰관은 수사에 대한 검사의 지휘가 있는 때에는 이에 따라야 한다"면, 경찰 수사에 대한 검사의 관여를 현재 수준으로 보장하고 있게 되므로 이는 기우에 불과합니다.

따라서 수사 현실을 정확히 반영하고 해석상의 논란의 소지가 없도록 하려면, "경찰은… 수사하여야 한다"라고 규정하면 됩니다.

국회가 검찰 편을 든다는 인식을 불식시켜야

본 의원은 5월 26일 경찰직급구조 개선을 위한 토론회를 주최하였습니다.

그때 만나 본 경찰관들은 이번 사개특위 논의에서 국회, 특히 한나라당이 검찰 편을 들고 있는 것처럼 생각을 하고 있었습니다.

경찰관을 포함한 대다수 국민들은, 지난 4월 20일 전체회의에 보고된 법제화안으로 합의된 것으로 알고 있습니다.

그런데 5월 16일 갑자기 사개특위 일부 의원께서 법무부의 입장을 반영한 안을 가지고 와서 재논의를 하게 된 것입니다.

4월 20일 사개특위의 전체회의는 국회방송으로 생중계되었고 국민들과 경찰관들이 그 장면을 다 지켜봤습니다.

당시 민주당 박영선 위원장이 보고한 법제화안에 아무도 이견을 말하지 않았습니다.

이제 와서 사개특위 일부 의원들께서 "그것은 민주당의 안일 뿐 합의된 바 없다"라고 말하는 것은 신뢰를 저버리는 것입니다.

대다수의 국민이 원하는 검찰 개혁에 일부 의원들이 발목을 잡고 있다고 비쳐질 수 있습니다.

특히 한나라당은 부자당이라는 비판을 받고 있는데, 이번 검ㆍ경 수사권 조정에 있어서도 "권력을 가진 자의 입장만을 대변하는가"라는 또 다른 비판을 받게 되었습니다.

저는 5월 29일 일요일 서울에서 택시를 두 번 탔는데, 택시 기사에게 검경 수사권에 대해 물어보았습니다.

권력을 나누어 행사하여 견제와 균형을 이루는 것이 당연하지 않느냐고 모두 말하였습니다.

우리 국회가 국민의 소리와는 동떨어진 특정 소수 그룹의 이익만을 대변하고 있다는 우려가 있습니다.

국회는 국민의 입장을 대변해야지 소수 그룹의 이익을 대변해야 되겠습니까?

검찰 개혁 특히 검경 수사권은 민주주의의 기본 원리인 견제와 균형의 원리와 수사의 실질적인 현실을 감안해 조정, 분산되어야 할 것입니다.

그렇게 하는 것이 이 시대 국민의 요구에 부응하는 합리적인 결정이라 할 수 있습니다.

이 발언이 있은 후 몇 시간이 지나지 않아 전국에 있는 경찰로부터 또 그들의 가족 나아가 일반 국민들로부터 전화, 문자메시지, 홈페이지를 통해 감사와 응원의 말씀을 전해 들었고 무엇보다 경찰들로부터 뜨거운 염원과 의지를 느낄 수 있었다.

정치란 국민의 뜻을 받들어 가는 것 아니겠는가!

2011년 6월 17일 '수사 현실의 법제화 입법공청회'를 개최했다. 대한민국 경찰관의 염원인 견제와 균형이 법치를 바람직하게 만들어 주기를 바라는 국민 모두의 바람이 다시 한 번 한자리에 모여 수사 현실의 법제화를 위한 '형사소송법 개정안'의 국회 통과에 대한 가능성을 또한 번 높이게 될 것이다.

2005. 9.15. 검 · 경 수사권 조정을 위한 입법공청회
　─15일 국회 의원회관 대회의실에서 열린 검 · 경 수사권 조정을 위한 입법공청회에 경찰과 관련자, 시민 등 5,000여 명이 모여 북새통을 이뤘다. 전국의 경우회 등에서 온 인사들은 400여 석의 대회의실에 들어가지 못해 의원회관 로비의 대형 TV를 통해 공청회를 지켜봤다.
　한나라당 박근혜 대표는 공청회 축사에서 "수사권 문제는 단순히 수사 주체를 결정하는 것이 아니라 사법 체계의 근본을 변화시키는 것"이라며 "의견 수렴과 검토 과정을 거쳐 인권을 담보한 수사 서비스가 마련되야 한다."고 말했다.

2. 외국의 수사 구조 개혁 논의

1) 프랑스

프랑스 혁명 이후 서면에 의한 밀행의 규문소송이 지배하던 형사 절차에 대한 대대적인 개혁이 이루어졌으며, 그 과정에 영국의 당사자주의와 배심제도, 직접주의와 검찰제도를 도입하게 된다.

1808년의 치죄법(Code d'instruction criminelle, CIC)은 기소 기능, 수사 기능, 재판 기능을 각각 다른 기관에게 맡기는 기능 분리의 원칙(séperation des fonction)을 기본으로 하고 있다. 치죄법은 기능 분리의 원칙을 지향하였으나 사법경찰관의 기능과 예심·소추 기능의 결합 때문에 완전한 기능 분리를 이루지는 못했다.

프랑스에서는 이러한 치죄법의 문제점을 법률의 개정과 판례의 형성으로 보완해 오다가 1958년 형사소송법의 제정[6]으로 상당 부분 해소하였다. 최근 프랑스에서는 우트로 사건(l'affaire d'Outreau)[7] 등을 계기로 수사 판사(juge d'instruction) 제도의 개선을 포함한 사법 개혁 작업이 진행 중인데.[8] 이는 판사(사법부)가 재판권 외에 수사권까지 행사함으

---

6) 사법경찰관이 검사로부터 위임된 권한만 행사하여야 한다는 허구의 폐지, 사법경찰관에서 검사와 수사 판사 제외, 사법경찰관에 의한 사법경찰행위와 수사 판사에 의한 수사 행위의 명백한 구분 등 '박창호 등 5인 공저, 비교수사제도론, 박영사, 2004, 169면'

7) 프랑스 북서쪽에 있는 '우트로' 마을에서 발생한 아동 성범죄 사건을 말한다. 이 사건 수사 과정에서 수사 판사는 피해 소녀와 그 부모의 진술을 토대로 17명에 대해 중간간 혐의를 적용하여 법원에 구속 송치하였다. 그러나 1심 법원은 10명에 대하여만 유죄를 인정하였고, 이중 6명이 항소를 하여 항소심 법원은 6명 모두에게 무죄를 선고하였다. 항소심 과정에서 소녀의 부모가 "그들의 사건과 관련이 없다."고 진술을 번복하였던 것이다.

8) 2009년 9월 1일 사르코지 대통령은 수사 판사제도의 개선과 방어권 강화를 골자로 하는 레제 보고서(Rapport Léger)를 보고받고, 법무부 장관에게 2010년 1월말까지 시안을 작성하여 같은 해 여름까지 의회에 법안을 상정할 것을 지시한 바 있다.

로써 발생하는 폐해를 개선하여 형사 사법 절차에서 기능 분리의 원칙을 실현하려는 노력으로 평가할 수 있다.

2) 독일

18~19세기 독일에서는 규문주의 형사 절차를 바꾸려는 개혁 운동이 시작되었는데, 특히 수사-기소-재판의 기능 분리 원칙에 바탕을 둔 프랑스 치죄법(1808년)이 독일에 계수되면서 독일의 개혁 운동 큰 영향을 미치게 되었다.

규문주의 개혁 방안으로 도입된 탄핵주의를 구현하기 위해서는 공소를 담당하는 기관이 필요했는데, 당시 독일을 지배하던 국가소추주의 관념이 탄핵주의와 결합하여 검찰제도가 탄생하게 되었다.

1970년대 경찰과 검찰 간 수사권에 대한 논쟁[9]은 수많은 논문과 개정 입법 초안을 쏟아지게 하였으며, 양 당사자 간 합의라는 구체적인 결과로 이어지는데 1975년 각주 내무부 장관과 법무부 장관 연석회의에서 양자가 합의에 이른 지도 지침이 바로 그것이다. 이 지도 지침은 경찰과 검찰이 조직적으로 독립적인 기관이며 상호 긴밀한 협력 관계라는 것을 기본 내용을 하는데, 그 이전까지 권한 강화일로에 있던 검찰에게 경찰과의 관계 개선을 모색하게 하였다는 점에 의의가 있다.

이러한 경찰과 검찰의 관계 개선에 대한 노력 결과 2000년 11월 개정 법률을 통하여 형사소송법 제163조 제1항의 내용을 보충함으로써 이전까지 초동수사에만 인정되었던 경찰의 독자적인 수사 범위가 모든

---

[9]1970년대 독일 경찰과 검찰의 수사권 논쟁을 촉발시킨 사건은 1971년 발생한 뮌헨 은행강도 사건이었다. 이에 대한 자세한 설명은 '박창호 등 5인 공저, 전게서 302면' 참조.

영역에 걸쳐 확대되었다.[10]

3) 일본

일본이 근대적 사법제도의 기틀을 마련한 것은 1868년 명치유신 이후 프랑스, 독일 등 대륙법계 국가의 법을 계수하면서부터다. 프랑스법을 계수한 1872년의 사법직무정제[11]를 출발점으로 하여, 프랑스 치죄법을 계수한 1880년의 치죄법[12], 1890년의 명치 형사소송법, 독일법을 계수한 1922년의 대정 형사소송법[13]을 통하여 근대적 사법제도를 확립해 나갔는데, 권위주의적 천왕제를 원활하게 유지하기 위한 방편으로 검사 중심의 형사 사법 체제를 구축하였다.

2차대전 후 일본을 점령한 연합국군총사령부는 일본의 정치·행정의 민주화를 위해 근본적인 개혁을 요구하였고, 특히 비밀적이고 규문적이던 수사 구조에 대한 전면적인 검토를 하게 되었다.

당시 총사령부는 구법은 검찰권을 강화해 국가권력의 중앙 집권화를

---

10) 독일은 2000년 11월 개정으로 경찰의 초동 조치권에 대한 조항인 형사소송법 제163조 제1항에 다음과 같은 제2문을 추가하게 된다 "이 목적을 달성하기 위하여 경찰기관과 그 공무원은 모든 관서에 정보를 의뢰하거나 또한 지체의 위험이 있는 경우 이 정보를 요구할 수 있으며 또한 다른 법률이 경찰의 권한을 특별히 정하지 않는 한 모든 종류의 수사를 진행할 권한을 갖는다"

11) 재판소에 검사국을 설치하고 현재의 검찰관에 해당하는 '검사'를 두어, '검사'라는 용어를 최초로 사용하였다.

12) 소추권을 국가에 귀속시키면서(국가소추주의), 그 권한 행사를 검사에게 독점적으로 부여하였고, 아울러 검찰을 수사의 주재자로 규정하였다. 그러나 프랑스치죄법과 마찬가지로 예심제도를 채용하였으므로 이 시기 검사는 공소관으로서 색채가 짙은 것으로 평가되고 있다.

13) 검찰관을 수사의 주재자로 하는 수사 체계는 대정형사소송법까지 유지되었으며, 예심제도가 유지되었음에도 불구하고 검찰관에게 강제처분에 대한 많은 예외를 두어 이때까지의 형사소송법은 수사 절차뿐 아니라 공판, 형집행 등 형사 절차 전반을 검찰관이 장악하는 '규문주의적 검찰관사법'으로 명명되고 있다.

초래하고 있고, 검찰을 수사의 중핵으로 하는 것은 세계 각국의 실정에 반하며, 구법 하의 실정을 보면 검찰관의 지휘·명령은 철저하지 못했을 뿐 아니라 책임의 소재를 불명확하게 하였다는 등[14] 일본의 형사법을 비판하면서 범죄 수사의 1차적 책임을 경찰에게 부여할 것을 요구하였다.

이에 대해 일본 사법성은 강력하게 반발[15]하였으나, 연합국군총사령부는 경찰을 제1차적·본래적 수사기관, 검찰을 공소 유지에 필요한 범위 내에서 수사를 할 수 있는 2차적·보충적 수사기관으로 하는 수사 구조를 설정하게 되었다. 이러한 일본의 절충적인 형태는 연합국군총사령부와 일본 보수 저항 세력의 타협의 산물이라고 할 수 있다.[16]

4) 영국

영국에서 범죄의 수사는 기본적으로 경찰의 책임과 권한 하에 이루어지고 있다.[17] 뿐만 아니라 1986년 국립기소청이 설립되기 이전에는 경찰이 수사는 물론 기소와 공소 유지까지 담당했었다.[18]

---

14) 이외에도 검찰의 지휘·명령 하에 두는 것은 경찰의 민주화·지방분권화의 길을 막으며, 오히려 경찰 수사 책임을 명확히 하면 책무에 상응하는 실력이 양성되어 인권유린 등을 방지할 수 있다는 이유 등도 주장되었다.
15) 경찰 수사의 독자성을 인정하면 범죄 수사의 통일이 이루어지지 않아 수사의 효율이 떨어진다, 책임의 소재가 불명확해진다, 여론의 대세에 반한다는 등 이유를 내세워 반발하였으나 받아들여지지 않았다. 약 60여 년 전 패전 후 일본에서 주장되었던 논리들이 현재 우리나라의 수사권 조정 논의에서 반대 논거로 주장되고 있다는 점은 시대착오적 주장이 아니라고 할 수 없다.
16) 박창호 등 5인 공저, 전게서, 609면.
17) 영국의 형사소송법에 해당하는 Criminal Procedure and Investigations Act 1996 제22조는 "범죄 수사가 경찰관의 업무"임을 명시하고 있고, 수사에 있어 경찰의 권한과 준수사항은 경찰과 형사 증거에 관한 법(The Police And Criminal Evidence Act 1984) 및 경찰관집무규칙(Code of Practice)에 상세히 규정되어 있다.

1972년 Confait 사건[19]은 영국의 기소 절차 개혁을 촉발하게 되었는데 Confait 사건의 진상을 조사한 Fisher 위원회는 '경찰에 고용된 검사(변호사)는 경찰이 수사한 사건을 검토하여 독립적으로 활동(기소)할 수 없다'고 지적하면서 제도 개혁의 필요성을 역설하였다.

1977년 영국의 형사 절차 개혁을 위한 왕립위원회(위원장 Philips)가 구성되어 4년간의 연구 끝에 1981년 결과를 발표[20]하였는데, 기소제도의 문제점을 해결할 방안으로 경찰로부터 독립적인 검찰제도인 국립기소청의 설치를 권고하였고 이에 따라 1986년 공적소추기관인 국립기소청이 탄생하게 된 것이다.

3. 우리나라 수사 구조의 문제점과 개혁 필요성

우리 수사 구조의 첫 번째 문제는 검찰의 형사 사법권 독점이다. 검찰은 수사권[21]과 기소권[22]을 모두 독점하고 있고 경찰은 검사의 지휘를 받아서만 수사를 할 수 있는 보조자[23]에 불과하다. 뿐만 아니라 세계에

---

18) 박창호 등 5인 공저, 전게서, 392면.
19) 세 명의 청소년이 잘못된 자백에 의해 Maxwell Confait 살인 및 방화 혐의로 유죄 판결을 받았다가 항소심에서 모두 무죄를 선고받은 사건으로 이 사건으로 인해 경찰의 수사 및 기소독점에 대한 문제가 공론화되었다.
20) Philips 위원회가 지적한 영국 형사 절차의 문제점은 4가지로 요약된다. 첫째, 재판을 위한 사전 준비가 비효율적이며 충분한 증거 없이 기소가 이루어지고 있기 때문에 대부분의 사건이 판사나 배심원들에 의해서 종결되는 시점까지 진행되며 무죄 사건이 너무 많은 비율을 차지한다. 둘째, 수사관이 검사를 고용하여 공소를 유지하는 제도는 옳지 않다. 수사와 기소는 목적이 서로 다르기 때문에 양립할 수 없는 가치이며 비록 현실상 완전한 독립이 불가능하더라도 원칙적으로 수사와 기소는 분리해야 한다. 셋째, 기소와 기소유예와 관련하여 지역마다 서로 다른 절차와 기준들로 인해 전국적인 통일성이 결여되어 있다. 넷째, 현재의 시스템에 대한 행정적·민주적 책임관계나 통제장치가 부족하다.
21) 제195조(검사의 수사) 검사는 범죄의 혐의 있다고 사료하는 때에는 범인, 범죄 사실과 증거를 수사하여야 한다.

유래 없이 헌법에 검사 독점적 영장 청구권 규정을 두고 있어 검사만이 법원에 직접 영장을 청구할 수 있다.[24] 검사가 상당수의 자체 수사 인력을 보유하고 직접 수사[25]를 하는 것도 문제다. 이와 같이 검사는 수사와 기소의 전 영역에 걸쳐 막강한 권력을 독점하고 있다. 더욱이 검사가 작성한 피의자 신문조서의 증거 능력이 인정됨으로 인해 사실상 검사는 법원의 판결도 좌우함으로써 실로 형사 사법 영역 전체를 지배하고 있는 것이다.

권한의 독점은 권한 남용, 부패, 권위주의, 이기주의, 비효율을 낳는다는 것이 인류 역사상 증명된 사실이다. 특히, 검사의 권한 독점 중 수사와 기소의 결합으로 인한 폐해가 가장 심각하다. 검사가 수사를 하면서 동시에 기소 업무도 함으로 인해[26] 수사 과정에서 기소권한(기소편의주의)을 이용하여 유죄의 진술을 유도하거나 자백을 강요할 수 있는 환경을 조성하고 있다. 또한 수사기관으로서 필연적으로 가질 수밖에 없는 유죄의 심증이 여과 없이 기소 단계로 이어져 공소 제기의

---

22) 제246조(국가소추주의) 공소는 검사가 제기하여 수행한다.
23) 제196조(사법경찰관리) ①수사관, 경무관, 총경, 경감, 경위는 사법경찰관으로서 검사의 지휘를 받아 수사를 하여야 한다.
　　②경사, 순경은 사법경찰리로서 검사 또는 사법경찰관의 지휘를 받아 수사의 보조를 하여야 한다.
　　③전 2항에 규정한 자 이외에 법률로써 사법경찰관리를 정할 수 있다.
24) 헌법 제12조 ③체포 · 구속 · 압수 또는 수색을 할 때에는 적법한 절차에 따라 검사의 신청에 의하여 법관이 발부한 영장을 제시하여야 한다. (후략)
　　제16조 모든 국민은 주거의 자유를 침해받지 아니한다. 주거에 대한 압수나 수색을 할 때에는 검사의 신청에 의하여 법관이 발부한 영장을 제시하여야 한다.
25) 검찰은 7,034명(검사 1,752명, 수사관 5,282명)의 자체 수사 인력을 보유하고 있다. 〈2008년 국정감사 자료〉
26) 수사 검사와 공판 검사가 분리되어 운영되고 있다고는 하나, 동일한 조직에 속해 있고 주기적 인사 교류가 이루어지고 있어 수사 검사와 공판 검사 간에 견제와 균형의 관계를 기대할 수는 없다.

공정성을 기대할 수 없다. 수사와 기소의 결합은 결국 공정한 사법 서비스를 받을 국민의 권리를 침해하게 된다. 수사 절차에서 억울한 점이 있는 사람은 기소 단계에서, 기소 단계에서 억울한 점이 있는 사람은 재판과정에서 억울함을 호소할 수 있는 구조가 되어야 함에도, 현행 제도 하에서는 수사기관과 기소기관이 결합되어 서로를 감싸거나 서로 책임을 회피함으로써 수사·기소 절차에서의 공정성을 기대하기 어렵다.

또한 검찰은 수사권과 수사 지휘권을 매개로 경찰 고유의 업무 영역인 범죄 예방에까지 침범하고 있다. 자녀 안심하고 학교 보내기 운동을 비롯하여, 청소년 유해사범·음주운전 단속 등 소위 '검찰의 경찰화' 로 표현되는 업무 영역 침범은 자칫 기관 간 갈등으로 비화되어 국민 피해로 이어질 우려가 크다.

두 번째 문제점은 경찰의 권한 부재다. 검사만을 수사의 주체로 규정하고 있는 우리 형사소송법은 실제로 범죄의 99% 이상을 경찰에서 책임지고 수사하는 현실과 현저히 괴리되어 있어 법치주의의 원리를 심각하게 훼손하고 있다. 또한 경찰의 입장에서는 임무와 책임만 있고 권한은 없는 체제이므로, 자율적이고 적극적이며 책임감 있는 수사를 기대할 수 없다.

검찰 · 경찰 사건 처리 건수 비교(출처 : 2010 범죄 분석, 대검찰청)

구분	총검거	검찰	사법경찰	사법경찰 세부 구분		
				경찰	해경	특사경
검거건수	1,933,566	16,514 (0.85%)	1,917,052 (99.15%)	1,761,252 (91.09%)	50,342	105,458
검거인원	2,393,844	22,151 (0.92%)	2,371,693 (99.08%)	2,207,607 (92.22%)	53,839	110,247

경찰의 권한 부재로 인한 문제는 최근 국민들이 애타게 원하는 청소년 다이버전, 가정 폭력 방지를 위한 적극적 임시 조치 등을 불가능하게 한다. 수사권이 없는 경찰로서는 혐의가 있는 모든 사건을 입건하여 검찰에 송치해야 하므로 경찰 단계에서의 선도는 불가능하다. 물론 이후에 검사가 기소유예 처분을 통해 선처할 수도 있겠으나, 경찰·검찰을 거치며 청소년이 받을 정신적 충격은 돌이킬 수 없으며, 기소유예라는 수사 경력의 낙인 효과도 무시할 수 없는 것이다. 또한 가정 폭력 범죄에 있어서는 현장에서 즉각적인 임시 조치가 필요하나 경찰은 검사를 통해 임시 조치를 신청해야 하는 관계로 효과적 대처에 한계가 있다.[27] 이러한 제도를 도입하기 위해서는 대부분 법령의 개정이 필요한데, 형사소송법은 검사만을 수사의 주체로 규정하고 있어 권한이 없는 경찰은 검찰의 동의 없이는 제도 개선이 불가능하다. 반면 검찰은 실제 대부분의 수사를 하는 경찰의 입장과는 무관하게 또는 반대로 언제든지 제도를 변경할 수 있어, 바람직한 제도의 개선을 기대할 수 없다.

세 번째 문제점은 경찰과 검찰의 상명하복 관계다. 검사의 독점적 수사권과 수사 지휘권으로 인해 사실상 경찰과 검찰은 기능적으로 하나의 기관처럼 얽혀 있다. 이렇게 조직상 별개의 기관인 검찰과 경찰을

---

27) 가정 폭력 범죄의 처벌 등에 관한 특례법 제5조(가정 폭력에 대한 응급조치) 진행 중인 가정 폭력 범죄에 대하여 신고를 받은 사법경찰관리는 즉시 현장에 임하여 다음 각호의 조치를 취하여야 한다. 1. 폭력행위의 제지, 행위자·피해자의 분리 및 범죄 수사 2. 피해자의 가정 폭력상담소 또는 보호시설 인도(피해자의 동의가 있는 경우에 한한다) 3. 긴급조치가 필요한 피해자의 의료기관 양도 4. 폭력행위의 재발시 제8조의 규정에 의하여 임시 조치를 취할 수 있음을 통보
* 비교적 실효성 있는 수단인 가해자에 대한 격리 조치 등 법 제29조에 의한 임시 조치는 검사 신청, 법원 결정으로 이루어져 실효성·적시성이 떨어진다. 임시 조치 신청 후 판사의 결정까지 통상 7~10일 소요된다.

상명하복 관계로 묶어 놓은 것은 명백히 민주적 정부 구성의 원리에 위배된다.

조직 내부의 명령과 조직 외부의 명령이 충돌하면 조직 내부의 명령을 따르고, 상급자의 명령이 서로 다르면 직속 상사의 명령을 따르는 것이 조직 구성의 원리에 부합함에도 불구하고 법상으로 경찰은 조직 외부의 검사 지휘를 우선적으로 따라야 하는 문제가 있다. 이에 따라 일선에서 범죄에 직접 대처하는 경찰로서는 경찰 지휘관과 검사의 판단이 다를 경우에 누구의 지시에 따라야 할지 갈등하게 된다. 형사소송법의 문리적 해석으로는 직속상관인 팀장이나 과장의 지시에 불구하고 멀리 검찰청사에서 지시하는 검사의 말에 따라야 하는 결과가 된다. 경찰의 판단과 검사의 판단이 동일한 경우에도 경찰에게는 법적인 결정권이 없어 검사에게 보고하고 재차 승인을 받아야 하는 등 국민의 불편과 경제적 손실을 가져오게 된다.

더욱이 경찰의 업무는 수사와 조금이라도 관련되지 않은 영역이 없다. 생활안전 기능은 거의 모든 범죄의 초동수사를 수행하고, 경비·교통·보안 등의 기능도 일정 부분 수사를 수행하고 있다. 따라서 검사의 수사 지휘권은 거의 모든 경찰 업무에 대한 개입의 여지를 두고 있는 것이다. 실제로 검찰은 유치장 감찰을 하면서 지구대의 근무일지를 감사하겠다고 하여 경찰과 마찰을 빚는 사례가 발생하고 있다. 나아가 실제로 수사와는 전혀 무관한 경찰의 업무 영역에 대한 간섭도 이루어지고 있으며 검찰의 업무를 경찰에 전가하는 문제도 발생하고 있다. 벌과금 징수를 지휘하거나 송치사건 감소 원인을 분석하라는 지시 등이 그것이다.

2009. 4. 9. 대구 · 경북 경찰관(경위)과의 정책간담회

2011. 1. 27. 서울지방경찰청 이동본부 방문

4. 소결

우리나라와 외국의 수사 구조 개혁 논의에서 공통적으로 발견되는 요소는 어떻게 형사 사법권(수사권 · 기소권)을 배분하고 각각의 관계를 설정하는 것이 국민의 기본권 보장에 보다 충실한가 하는 고민에서 출발한다는 점이다. 그리고 정도와 방식의 차이는 있으나 기본권 보장을 위한 핵심 장치를 권력에 의한 권력의 통제, 권한을 분산하면서도 상호 연계 · 협력하는 장치, 즉 권력분립의 원리에서 찾고 있다는 점이다. 또한 이와 같은 구조를 입법화하려는 노력이 실패를 거듭하면서도 계속되고 있다는 점을 발견할 수 있다.

또한 우리나라와 같은 수사 구조는 세계적으로 유례를 찾아볼 수 없다는 사실을 알 수 있다. 검찰의 형사 사법권 독점, 경찰의 권한 부재, 검찰과 경찰의 철저한 상명하복 관계는 우리나라를 사법 후진국으로 만들고 있다. 우리 사회의 거의 모든 영역이 민주화 · 선진화되었고, 최근에는 G20 의장국으로서 정상회의를 성공리에 마친 바 있다. 이러한 우리나라의 국격을 감안하더라도 현재와 같이 불합리하고 구시대적인 수사 구조는 하루 빨리 개혁되어야 한다.

따라서 수사 구조 개혁 논의를 기관 간 권한 다툼이나 불필요한 소모적 논쟁으로 평가하는 것은 매우 잘못된 것이다. 오히려 우리에 비해 합리적인 수사 구조를 가진 나라에서도 수사권 관련 논쟁이 지속되고 있는 점에 비추어 볼 때, 우리의 수사 구조 개혁 논의는 그 출발이 늦었기 때문에 지금부터라도 보다 활발하고 적극적인 논의가 요구되는 것이다.

함께 검토되어야 할 문제

1. 영장 청구권 문제

형사소송법의 개정을 중심으로 이루어지는 수사 구조 개혁 논의에서 완결적으로 해결할 수 없는 부분이 있는데, 그것이 바로 영장 청구권의 문제다. 우리 헌법이 검사만을 영장 청구권자로 규정하고 있어 형사소송법 등 하위 법령의 개정에 어려움이 있기 때문이다.[28]

연혁적으로 볼 때, 우리나라에 있어 검사의 영장 청구권은 1948년 미군정법령 제176호에 의해 도입된 영장제도가 미군정법령 제180호에 의해 변질되면서 시작된 것이다. 이후 1948년 제정 헌법과 1945년 제정 형사소송법에는 검사와 사법경찰관이 법원에 직접 영장을 청구하도록 규정하였으나[29], 1961년 형사소송법 개정시 검사의 독점적 영장 청구를 입법화한 후, 1962년 개헌시 이를 헌법 차원으로 격상시킨 것이다.

헌법상 검사 독점적 영장 청구권 규정은 내용적인 면에서, 인권침해적 속성이 강한 강제수사에 대한 판단권을 중립적인 법관에게 유보한다는 취지의 영장주의 본질과 무관한 점, 강제처분에 대한 법관의 판단을 대체하는 검찰의 결정을 정당화하는 근거로 원용되는 점, 외국의

---

28)헌법 제12조 제3항 체포 · 구속 · 압수 또는 수색을 할 때에는 적법한 절차에 따라 검사의 신청에 의하여 법관이 발부한 영장을 제시하여야 한다. 다만, 현행범인인 경우와 장기 3년 이상의 형에 해당하는 죄를 범하고 도피 또는 증거 인멸의 염려가 있을 때에는 사후에 영장을 청구할 수 있다.
제16조 (전략) 주거에 대한 압수나 수색을 할 때에는 검사의 신청에 의하여 법관이 발부한 영장을 제시하여야 한다.
29)제헌 헌법 제9조 (전략) 체포, 구금, 수색에는 법관의 영장이 있어야 한다. (후략)
제정 형사소송법 제201조 ① (전략) 검사 또는 사법경찰관은 관할지방법원 판사의 구속영장을 받아 피의자를 구속할 수 있다. (후략)
제215조 검사 또는 사법경찰관이 범죄 수사에 필요한 때에는 지방법원 판사가 발부한 압수 · 수색영장에 의하여 (후략)

사례를 보더라도 검사의 영장 청구권을 헌법에서 규정하는 경우가 없는 점, 검사 이외 수사기관이 영장 청구 가능성이 원천 봉쇄되어 수사 절차―특히 석방 절차―가 지연되어 오히려 신체의 자유를 침해하는 점 등에서 삭제할 필요가 있고, 또한 이러한 규정이 헌법과 형사소송법에 도입된 과정도 군사정부에서 비상 입법을 통해 비정상적 절차에 의한 것이라는 점에서 국민의 의사에 의한 입법이라고 볼 수는 없어 현 시점에서 새로이 국민적 결단을 받아 볼 필요가 있다는 주장이 제기되고 있다.[30]

이러한 인식이 확산되어 국회 헌법연구자문위원회에서도, 현행 헌법이 법관의 영장 발부를 반드시 검사의 신청에 의하도록 한 것은 영장주의와 직접적인 관련이 없고 영장 청구를 누가 어떻게 할 것인지는 법률 정책적 문제이므로 헌법상 검사 독점적 영장 청구권 규정은 삭제해야 한다는 것이 다수 의견으로 도출된 바 있다.[31]

영장 청구권의 문제까지 고민하게 되면, 현재 국회에서 논의되고 있는 수사 현실의 법제화 추진에 이어 앞으로 얼마나 더 많은 추가적인 논의가 필요한지 알게 된다. 법원에 영장을 청구하는 것은 수사 주체의 본질적·필수적 권한에 해당하는 것이다. 다음 개헌 논의에서는 헌법

---

30) 김선택, 영장 청구권 관련 헌법 규정 연구, 2008, 82~87면.
31) 헌법연구자문위원회, 헌법연구 자문위원회 결과보고서, 2009. 8. 89면.
    〈제1안〉 영장규정 중 '검사의 신청' 부분 삭제 〈제2안〉 현행 영장규정 유지
    법관의 영장 발부를 반드시 검사의 신청에 의하도록 한 것은 신체의 자유를 보장하기 위한 헌법상의 영장주의와 직접적 관련이 없고, 영장 신청권자를 누구로 할 것인지는 입법 정책적 문제여서 헌법에서 규정하기보다 법률에서 규정하는 것이 바람직하므로 '검사의 신청' 부분을 삭제하는 안과, 경찰의 수사권이 독립된 나라들에서도 수사는 경찰이 하지만 기소는 검사를 통해서 하는 점을 감안할 때 현행 제도를 유지하는 안을 복수로 제시

의 관련 규정 개정을 통해 경찰에게도 영장 청구권을 부여할 수 있도록 해야 한다. 영장에 대한 통제는 법원의 사법적인 통제로 충분한 것이며 그 사이에 검사가 개입하여 강제수사를 합리적으로 통제한다거나 인권 침해를 방지한다는 것은 영장주의와 아무런 관련이 없는 것이다.

2. 피의자 신문조서의 증거능력 문제

현행 수사 구조의 문제점은 곧 검찰 권한 독점으로 인한 형사 사법 영역의 지배라고 할 수 있는데, 검사의 지배는 두 가지 방향으로 전개된다. 하나는 수사권, 수사 지휘권을 매개로 사법경찰을 지배하는 것이고, 다른 하나는 검사 작성 피의자 신문조서의 증거능력 인정에 따라 법원의 판결을 좌우하는 것이다.

검사가 작성한 조서의 증거능력을 인정하게 되면, 검사는 강요·회유를 통해 자백을 유도할 가능성이 높아지고 경찰에서 진술한 내용과 동일한 내용을 증거능력을 확보하기 위해 재조사하는 관행도 유지될 수밖에 없다.

선진국의 경우에는 수사기관에서 작성한 조서의 증거능력을 일괄적으로 부정하거나, 일정한 요건 하에 증거능력을 부여하되 수사기관 간에 조서의 증거능력을 차별적으로 규정하는 사례는 없다. 영미법계 국가인 미국·영국에서는 전문 법칙을 엄격히 적용하여 모든 조서의 증거능력이 부인되므로 조사자(경찰관)가 법정에서 증언을 하고 그 진술을 증거로 삼고 있다. 일본에서는 제한된 요건 하에 조서의 증거능력을 인정하고 있으나 경찰과 검사가 작성한 조서의 증거능력에 차이를 두고 있지 않으며, 대륙법계 국가인 독일·프랑스에서도 조서의 작

2009. 9. 16. 경우회 회장단과의 간담회

2005. 9. 15. 검ㆍ경 수사권 조정을 위한 입법공청회

성권자에 따라 증거능력에 차이를 두지 않는다.

수사기관이 작성한 조서의 증거능력을 인정할 것인지 여부와 인정한 다면 어느 범위에서 어떤 요건 하에 인정할 것인지에 대해서는 보다 많은 논의가 필요하며, 그 방향은 공판중심주의의 취지에 따라 조서재판의 폐해를 최소화하는 방향으로 논의되어야 할 것이다.

맺으며

최근 국회에서 이루어지고 있는 사법 개혁 논의의 의미와 한계를 간략히 살펴보고, 향후 바람직한 수사 구조의 모델을 모색하고자 우리의 역사와 외국의 사례, 현 수사 구조의 문제점을 살펴보았다.

여기에서는 수사 구조 개혁을 위한 3가지 선결 과제로, 경찰의 1차적 수사 주체성 인정, 경찰과 검사의 상호 협력 관계, 경찰(수사)과 검사 (기소)의 연계 확보를 제시하고자 한다.

이러한 방안은 수사와 기소의 분리를 지향점으로 삼아 경찰에게 1차적 수사권을, 검사에게 2차적·보충적 수사권을 부여하는 것이므로 검사의 수사는 원활한 공소 유지를 위한 수단이 된다. 또한, 검사와 경찰의 관계는 기본적으로 상호 협력 관계이며, '경찰의 수사 주체성'과 '검·경 간 상호 협력 관계'라는 기본적인 틀을 훼손하지 않는 범위에서 공소권자인 검사가 경찰 수사를 합리적으로 통제할 수 있는 다양한 장치를 마련할 수 있을 것이다. 검사에게 수사와 관련한 일반적인 기준을 제정할 수 있도록 하거나, 경찰이 송치한 사건에 대해서 보완 수사를 요구할 수 있도록 하는 등의 방법을 생각할 수 있다.

더불어 개선할 문제로 검사의 독점적 영장 청구권 문제와 피의자 신문조서의 증거능력 차별 문제를 언급했는데, 이 역시 경찰의 수사권 문제나 검사와 경찰의 관계 문제만큼이나 중요한 문제다.

형사 사법제도의 민주화·선진화를 위한 노력이 국내·외에서 활발히 이루어지고 있는데, 이러한 노력의 근저에는 분명히 권한의 분산과 분산된 권한 상호 간의 협력과 견제라는 국민적 결단이 깔려 있다. 우리나라의 민주화·선진화 수준에 비추어 보면 현재의 사법 개혁 논의는 그 시기나 내용면에서 다소 미흡하다는 생각이 든다.

바람직한 수사 구조를 만들기 위해서 앞으로 해야 할 일이 너무도 많다. 지금 국회에서 논의되고 있는 수사 현실의 법제화와 구시대적 규정의 삭제마저도 원활하게 이루어지지 않는다면, 우리에게 산적한 더 많은 숙제를 해결하는 것은 불가능해 보인다. 금번 국회에서 마련한 '수사 현실 법제화안'은 이유를 불문하고 반드시 법 개정으로 이어져야 할 것이며, 또한 이러한 법 개정은 수사 구조 개혁의 완결이 결코 아님을 우리 모두 명심해야 할 것이다.

「민간 조사제도」 도입 필요성

민간 조사의 개념

민간 조사란 영어인 Private Investigation Services를 번역한 용어로 고객의 요청에 의하여 사경제 주체가 대가를 받고 사실 조사 행위를 하는 것으로, 시민단체에 의한 사실 조사 활동, 언론 기자의 사실 조사 활동 등도 민간에 의한 활동에 해당하므로 정확한 구분 개념을 사용하면 '민영 조사'가 더 정확한 명칭이 될 수 있다. 다만, 우리나라에서는 1999년도에 '공인 탐정', 2008년도에 '민간 조사'라는 용어를 입법안에 사용하여 왔기 때문에 현재 공인 탐정, 민간 조사 등으로 많이 사용되고 있다.

우리나라에 있어서의 민간 조사

연역적으로 보면 일제 치하의 「신용고지업취재규칙(조선총독부 규칙 제82호)」에 의한 신용고지업과 1961년 제정된 「흥신업 단속법」에 의한 흥신업이 오늘날 이야기되는 민간 조사업의 일부 영역에 해당된다고 볼 수 있으나, 신용고지업이나 흥신업은 '경제상의 신용조사' 업무에 한정하고 있으므로, '흥신업'이나 '신용정보업'을 민간 조사업

2008. 10. 31. 민간 조사제도 도입을 위한 입법공청회

2011. 3. 15. 민간 조사(탐정)법 제정 촉구 서명록 제출(개구리 소년 및 실종자 가족과)

의 근원이라고 판단하기에는 무리가 있다.

오히려 현재 자유업으로 행해지고 있는 심부름센터가 현실적으로 다양한 사실 조사 행위를 하기 때문에 오늘날 우리가 생각하는 민간 조사업과 가장 유사한 업종으로 볼 수 있다.

그러나 이들은 아무런 법적 규제 없이 영업을 해 오고, 영세업체 난립으로 불법적 행위까지 행하여 온 관계로 부정적 이미지가 강하며, 이러한 이유로 선진 외국에서는 당연하고 자연스러운 서비스업이 우리나라에서는 입법을 통해 공식적 직업으로 인정하는 것 자체가 우려스러운 일이 되고 있다.

민간 조사제도 필요성

1. 현실적 수요를 감안한 사실 조사업 육성 필요

사실 조사업에 대한 수요가 증가하고 있으므로 소비자가 신뢰하고 의뢰할 수 있는 건전한 업체를 육성해 나갈 필요성이 있다.

범죄와 관련성이 낮은 실종, 미아·가출인 수색 등에 있어 경찰이 할 수 있는 부분은 한계점이 존재하기 때문에 국가기관의 활동에 더하여 피해 당사자도 피해 회복을 위한 활동을 추가적으로 할 수 있어야 한다. 최근 '전국 미아·실종 가족찾기 시민의 모임(회장 나주봉)'에서 영화 '아이들…' 개봉을 계기로 민간 조사제도 도입을 촉구하고 있는 바 이는 국가 수사기관이 실종에 대한 장기 미제 사건을 현재 발생하고 있는 실종 사건이나 강력 사건과 같은 수준으로 수사해 줄 것을 현실적으로 요구하기는 힘든 것이 사실이므로 민간 조사제도를 도입을 요구하고 있는 이유이기도 하다.

미아·가출인·실종자와 관련된 문제 이외에 민사적 성격이 강한 분쟁 사안에 있어서도 권리 구제 및 피해 회복을 목적으로 한 사실관계 조사 서비스 수요가 점차 증가되고 있다. 그러나 국민들은 전문성과 시간적 제약으로 인해 실질적인 사실관계 조사를 행하지 못하고 있을 뿐만 아니라 현재의 변호사에 의한 고비용 법률 서비스만으로는 사실 조사 수요를 충족하는데 한계가 있으므로 외국과 같은 사실 조사 서비스업 도입이 필요하다.

이상의 이유들은 민간 경비, 민간 방범 등 민간 용역 분야가 국가 기능과 상호 보완 관계를 형성하며 치안 사각지대를 보완하고 성공적으로 정착되고 있는 점을 감안할 때 민간 조사 분야에서도 충분히 타당성이 인정된다고 보아야 할 것이다.

2. 심부름센터 불법에 대응 국가 관리 체제 도입 필요

현재 사실 조사업을 행하고 있는 심부름센터의 폐해가 심각하므로 이에 대한 적극적 대응 수단으로서 사실 조사업에 대한 국가 관리 체제 도입이 필요하다. 우리나라의 소위 '심부름센터'는 발생 초기 민원서류 대행이나 택배 서비스 등 단순 대행 업무를 그 목적으로 하였으나, 최근에 발생한 심부름센터의 범죄 양상을 보면 개인 뒷조사, 신상정보 유출, 도청 등 사생활 침해는 물론이고, 청부 살해, 납치, 협박 등 속칭 해결사의 역할까지 자행하고 있다. 특히 심부름센터는 영세업체 난립으로 인한 과당경쟁으로 그 불법행위가 점점 증가되고 있는 바 심부름센터의 불법 조사 행위를 근절할 수 있는 법적 근거 마련이 시급하다.

참고로 심부름센터의 불법행위와 관련하여 경찰청이 2008년 국회에 제출한 심부름센터 불법행위 단속 자료는 다음과 같다.

2005년 1월~3월 심부름센터 불법행위 집중단속 결과

구분	계		청부살인		불법채권추심		개인정보유출		사생활침해		불법도청		기타 (공갈, 사기 등)	
	건	명	건	명	건	명	건	명	건	명	건	명	건	명
계 (구속)	655	1,017 (129)	2	8 (8)	177	336 (42)	154	230 (30)	158	218 (33)	13	18 (4)	151	207 (12)

출처 : 경찰청 국정감사 대비자료. 2008

3. 새로운 일자리 창출을 통한 국가 경제 기여

민간 조사업이 도입되어 하나의 직역으로 자리를 잡고 육성되게 되면 새로운 일자리가 창출되어 국가 경제에 기여할 수 있다.

경찰청 내부자료에 의하면 민간 조사제도 도입시 사실 조사업 양성화로 최소 1만 2천여 명의 고용(6천여 개 업체)과, 4천억 원의 시장 창출이 가능하다고 한다. 현재 심부름센터의 경우 심부름센터가 별도 관리되고 있지 않고, 세무관계 신고도 제대로 이루어지고 있지 않기 때문에 시장 규모 추산이 어렵다. 민간 조사제도가 도입되면 음성적으로 행해지는 심부름센터와 달리 하나의 직업으로 떳떳하게 자리잡게 되고 관련 산업이 육성될 것이기 때문에 경찰청이 추산하는 바와 같이 충분히 관련 시장이 형성될 것으로 보인다.

외국의 민간 조사업 시장 규모를 살펴보면 영국은 인구 6,308만 명에 민간 조사관이 1만 명 정도가 있으며 등록된 업체 수는 465개에 달하고, 프랑스는 인구 6,655만 명에 민간 조사관 수는 4천 명 정도가 있으며 사업자 등록 수는 2,750개에 달하고, 독일은 인구 9,012만 명에 민간 조사업을 하는 사업자가 1,412개 등록되어 있고, 일본은 인구 12,435만 명에 전국에 3,887개의 사업자가 활동하고 있는 것으로 파악된다.

최근 한국노동연구원에서 발표한 체감 청년실업률 보고서에 따르면 2011년 2월 대학 졸업자는 18만 8천 명이며, 이중 6만 6천 명은 일자리를 얻었으나 4만 1천 명은 실업상태이고 8만 1천 명은 취업 중 또는 대학원 진학 중이라고 한다. 이러한 자료를 감안할 때 민간 조사제도 도입에 따른 고용 창출 효과의 사회적 파급력은 상당히 크다고 볼 수 있다.

부작용에 대한 우려와 이해

1. 私경찰 도입으로 우리 법체계와 맞지 않다는 우려

민간 조사제도는 영미법계에서 발달한 제도로 사적 자치를 기반으로 한 私경찰을 의미하며, 대륙법계에 가까운 우리나라에는 맞지 않는 제도란 우려이다.

법무부는 민간 조사제도는 사인소추를 전제로 한 영미법계 제도로서 우리 형사법 체계는 사인의 권리 구제를 불허하고 수사권을 국가에 귀속시키고 있어 부조화되는 제도이고 대륙법계인 독일이 비록 관련제도를 인정하고 있으나 이는 면허 조건을 엄격히 규정하고 있으며 일본은 특정인의 소재 또는 행동에 대한 정보로서 당해 의뢰에 관계되는 것을 수집하는 것으로 제한하고 있다고 설명하고 있다.

그러나 민간 조사 · 경비 등 개인의 안전 확보를 위한 민간 보안산업 (Private Security Industry)이 미국 등 영미법계에서 시작되어 발달해 온 것은 사실이나, 독일 · 프랑스 · 스페인 등 대륙법계 국가는 물론 일본 등에서도 이미 정착, 발전되어 온 제도로서 영미법계와 대륙법계 등 법

체계와 제도 도입 타당성과의 연관성은 약하다고 볼 수 있다.

특히 私경찰 도입 논란과 관련하여서는 민간 조사 업무는 형사사건만을 전제로 한 제도는 아니며 일상생활에서 일어날 수 있는 민·형사사건을 포함한 모든 권리관계와 관련한 사실 조사를 행하는 것이며, 설령 국가에 의해 형사사건이 진행 중이더라도 사건 당사자가 자신의 권리 구제를 위해 스스로의 노력으로 국가 활동을 보완하는 것은 헌법 제10조에 규정된 행복추구권에 근거한 것으로 금지된 행위라고 볼 수 없다.

2. 제도 도입으로 사생활 침해가 더욱 심화된다는 우려

과거 흥신업의 경우 일정한 규제 법안이 있었으나 불법행위가 끊이질 않았다. 이러한 역사적 경험으로 흥신업과 유사하다고 인식되는 민간 조사업이 도입될 경우 아무리 국가 관리 시스템을 도입한다 해도 탈법은 근절될 수 없다고 하는 우려가 존재한다.

법무부는 민간 조사제도가 도입되면 일반 국민에게 '민간 조사 종사자'를 수사기관으로 오인케 할 소지가 있고, 미행, 불법 도·감청 등에 따른 사생활 침해 및 개인정보 유출 우려도 있으며, 일방에게 유리한 왜곡된 조사 결과를 도출할 가능성도 상존하고, 선거 관련 반대파 감시 수단, 악덕 사채업자의 배후 조직 등으로 사회적 혼란을 가중하게 할 소지가 많다고 우려를 표시하고 있다.

그러나 민간 조사 종사자의 공무원 사칭, 불법 도청, 권한 없는 개인정보 열람 행위는 형법 등 관계 법률에 의하여 제도 도입 후에도 여전히 형사처벌 대상이 되며, 이러한 문제들은 민간 조사제도 도입에 따른 문제가 아니라 현재 자유업으로서 방치되고 있는 심부름센터에서 더 많이 발생하는 문제이며, 민간 조사제도는 오히려 문제점을 해소시키기 위해 국가 관리 시스템을 도입하려는 것이란 것이다.

경찰청은 국가 관리 시스템 도입을 통한 문제 해소 사례로 대부업의 경우를 들고 있다. 2002년 「대부업의 등록 및 금융 이용자 보호에 관한 법률」을 제정하여 대부업자에 대한 등록제 도입 및 사금융 시장 양성화 조치를 시행한 후 대부업자와 여신 금융기관의 불법적 채권추심행위 및 이자율 등이 규제됨으로써 건전한 사금융시장 육성 및 법적 실효성을 확보하게 되었다는 평가를 내리고 있다.

3. 치안 서비스 편중 및 국가 책무 전가 우려

민간 조사업의 업무는 국가기관이 수행하여야 할 업무와 중복되는 경우가 많고, 이러한 민간 조사업이 허용될 경우 서비스에 대한 대가를 지불할 수 있는 경제력 있는 사람들만 민간 조사제도를 이용할 수 있게 되므로 치안 서비스에 대한 편중 현상이 발생한다는 우려이다.

법무는 민간 조사제도가 도입될 경우 재력이 있는 자만이 유능한 민간 조사관을 고용할 수 있게 됨으로써 서민들의 상대적 박탈감을 가중시켜 "부익부 빈익빈" 비난을 초래할 가능성이 크고, 미아·실종자 수색 문제 등은 국민 보호를 위한 국가의 기본적 책무로서 수사 인력 보충과 예산 증액 등을 통하여 해결함이 상당하고 민간 조사제도 도입은 국가 책임을 국민에게 전가하는 결과를 초래한다고 반대 이유를 명시하고 있다.

그러나 경제력에 의해 차별화된 서비스를 제공받는 것은 법률 서비스, 의료 서비스 등 타 분야 서비스 시장에서도 마찬가지이며 민간 조사제도만의 문제는 아니고, 제도 도입시 의뢰인의 부담을 최소화하기 위해 보수 기준을 법정화하는 등 사회적 약자를 배려한 제도적 장치를 마련하고 있으며, 민간 조사제도가 공공 부문과 상호 보완적 협력 관계를 형성함으로써 국가 수사기관은 민생침해 범죄 예방·수사 등 사회적 약자 보호에 더 많은 역량을 투입할 수 있을 것이다. 그뿐 아니라 민간 조사제도가 도입되더라도 국가가 해야 할 일은 경찰 등 해당기관에서 변함없이 수행하게 될 것이다.

4. 유사 직역과의 업무 충돌로 인한 혼란 야기 우려

민간 조사제도가 새롭게 도입됨으로 인하여 기존의 직역과 업무 범위가 충돌됨으로 인하여 갈등이 유발된다는 주장이다.

현재 국회 행정안전위원회에 제출된 「경비업법 일부 개정안」에 의하면 민간 조사업의 업무 범위를 "미아·가출인·실종자 소재 파악, 소재불명 물건 소재 파악, 의뢰인의 피해 확인 및 원인에 관한 사실 조사"로 규정하고 있다.

이와 관련 「변호사법」 제109조와의 충돌이 가장 문제되고 있다. 「변호사법」 제109조는 "변호사가 아니면서 금품·향응 또는 그 밖의 이익을 받거나 받을 것을 약속하고 또는 제3자에게 이를 공여하게 하거나 공여하게 할 것을 약속하고, 소송 사건, 비송 사건, 가사 조정 또는 심판 사건, 행정심판 또는 심사의 청구나 이의신청, 그 밖에 행정기관에 대한 불복신청 사건, 수사기관에서 취급 중인 수사 사건, 법령에 따라 설치된 조사 기관에서 취급 중인 조사 사건, 그 밖의 일반의 법률 사건에 관하여, 감정·대리·중재·화해·청탁·법률 상담 또는 법률관계

2011. 4. 11. 민간 조사(탐정)제도 왜 필요한가? 토론회
(왼쪽부터 구재태 경우회 회장, 조현오 경찰청장, 이인기 의원)

2011. 4. 11. 민간 조사(탐정)제도 왜 필요한가? 토론회

문서 작성, 그 밖의 법률 사무를 취급하거나 이러한 행위를 하여서는 아니된다"고 규정하고 위반시 형사처벌하고 있다. 이와 관련하여 '의뢰인의 피해 확인 및 원인에 관한 사실 조사'란 민간 조사의 업무 범위와 중첩된다는 점이 논란이 될 수 있다.

그 외 법무부는 민간 조사관의 업무 범위는 현행법에 규정되어 있는 전문 조사 분야와 중복되어 조사 결과에 따라 상호 간 마찰이 우려된다고 설명하고 있다. 구체적인 예로서 손해사정사의 손해 발생 사실의 확인 업무(보험업법 제188조)와 신용정보업자의 신용조회·조사·평가 및 그에 부수하는 업무, 채권추심 업무를 허가받은 신용정보업자가 동 업무의 수행을 위하여 특정인의 소재를 탐지하는 경우(신용정보의 이용 및 보호에 관한 법률 제4조 제1항, 제26조 제5호) 등을 들고 있다.

이러한 업무 충돌 주장들은 다음과 같은 이유로 크게 걱정하지 않아도 될 것으로 판단된다.

첫째, 변호사업과의 충돌과 관련하여, 「변호사법」에서 규정하고 있는 변호사의 업무 범위는 지극히 포괄적이고 추상적이어서 민간 조사업과의 충돌을 피할 수 없으나, 민간 조사업은 법률 사무를 주로 하는 변호사의 업무와는 차별성이 인정되고, 오히려 민간 조사를 통해 변호사 업무를 보다 성공적으로 수행할 수 있는 기반을 형성할 수 있기 때문에 민간 조사업과 변호사업 역시 건전한 협력 관계를 형성할 수 있을 것으로 본다.

둘째, 신용정보업과의 충돌과 관련하여, 「신용정보의 이용 및 보호에 관한 법률」상 신용정보업은 민간 조사 도입 법안이 상정하고 있는 미아·가출인·실종자에 대한 소재 탐지는 포함하고 있지 않으므로 신용정보업자의 소재 탐지 업무와 충돌이 일어나지 않는다고 보아야 하며, 「신용정보의 이용 및 보호에 관한 법률」에 의한 채권추심 업무는 채무자의 재산 조사뿐만 아니라 채권자를 대신하여 추심채권을 행사하는 행위로 구성되며 이중 추심채권을 행사하는 행위가 핵심이 될 수 있으므로, 민간 조사업자가 추심채권을 행하지 못하는 상태에서 사전적 조사 행위만을 수행한다고 하여 채권추심 업무를 잠식한다고 보기 어려울 것이다. 오히려 민간 조사업자와 채권추심업자 간에 사업 협력 관계 형성도 가능한 부분이라고 볼 수 있다.

결론적으로 민간 조사업은 변호사업, 채권추심업 등 신용조사업과는 갈등 관계의 소지를 가지고 있다 하더라도 얼마든지 발상의 전환을 통해 상호 건전한 협력 관계를 형성하여 상호 시너지 효과를 통한 양질의 서비스를 제공할 수 있는 윈―윈 전략 관계를 형성할 수 있을 것으로 판단된다.

셋째 「보험업법」에 의한 손해사정업과의 관련하여, 「보험업법」은 손해보험과 관련한 손해사정은 손해사정사만이 할 수 있도록 독자적 지위을 보장하고 있어 민간 조사와의 갈등 문제는 미약하다고 보아야 할 것이다.

마치며

민간 조사제도 도입을 위한 입법적 노력은 1999년 하순봉 의원이 공인 탐정제도 도입을 검토하였고, 17대 국회 들어 본격적으로 관련 입법이 국회에 제출되었으나, 도입 필요성에 대한 사회적 공감대 형성 미흡 및 소관 부처 논란으로 입법안 내용에 대한 실질적 검토가 이루어지지 않고, 17대 국회 임기 만료로 자동 폐기되었다.

이에 18대 국회 들어 민간 조사제도의 필요성을 느끼고, 2008년에 외국의 입법례 등을 검토하여 「경비업법 일부 개정안」을 발의하였다. 그러나 제도 도입 필요성에 대한 공감대만 일부 형성되어 가고 있을 뿐 여전히 소관 부처 논란으로 법안이 국회에서 표류되고 있으며, 다시 17대 국회의 전철을 밟으려고 한다.

민간 조사제도 도입에 대한 우려가 있다면 열린 장(場)을 마련하여 활발히 논의를 하고 사회적 합의를 도출하여야 하며, 국민을 위해 반드시 필요한 제도라면 더 이상 국회 회기 종료를 이유로 법안이 자동 폐기되는 일을 되풀이해서는 안 될 것이다.

21C 소방의 기능, 역할─국가 사무로

21C 소방의 중요성

　지금 세계는 여러 가지 위험 징후가 강하게 나타나고 있으며 날이 갈수록 각종 사회적 안전을 위협하고 저해하는 요인이 급격하게 증가하고 있다. 각종 재난은 그 요인이 기술적 결함이나 실수에서 기인하기보다는 자연재해 · 방화 · 테러 등 범죄적 동기에 의한 사례가 증가하고 있고, 자연재해의 경우에도 사전 예측이 불가능한 형태의 기상이변으로 인한 국지적이고 다발적인 피해 사례가 증가하고 있다. 2011년 3월 발생한 일본 동북부 지역 강진과 강진 이후 쓰나미로 인해 많은 인명 피해와 재산 피해 그리고 지진 해일로 인한 후쿠시마 원전 사고는 재난의 예측 불가능성과 위험성을 보여 주는 대표적인 사례라고 할 수 있다.

　우리나라에서도 2011년 2월 11일 강원도 동해안 지역에 100cm의 폭설과 2010년 서울 지역 103년 만의 폭설, 2010년 3월 천안함 피격 침몰, 11월 연평도 포격 등 국가비상사태가 발생하였다. 앞으로 자연재해 및 테러 · 전쟁 등을 포함한 재난은 어떠한 형태와 규모로 발생하여 얼마만큼의 피해를 줄 것인지를 예측하기 곤란하기 때문에 재난을 어떻게 관리하고 어떻게 대응해야 하는지에 대한 심도 있는 연구와 분석이 필요하게 되었다.

그러나 현 소방 조직 체제 및 이원화된 신분 구조 체제에서는 소방 기능이 제 역할을 수행하기에는 현실적으로 어려움이 있다. 최근 재난은 자치단체의 경계를 초월하고, 시 · 도 단일 소방력으로는 대응하기 곤란할 뿐만 아니라 시도의 책임과 재정 능력으로는 감당하기 힘든 경향을 띠고 있기 때문이다. 또한 증가하고 있는 소방 행정 수요에 시기 적절하고 수준 높게 대응하기 위해서라도 소방 조직에 많은 지원과 투자가 필요하다.

소방이란?

소방은 일반적으로 화재를 예방하고 화재 발생시에는 신속하게 진압하는 것으로 모든 사람이 알고 있다. 또한 소방의 개념을 그렇게 사용해 왔다. 그러나 소방 기본법에 규정된 목적을 살펴보면 "이 법은 화재를 예방 · 경계하거나 진압하고 화재, 재난 · 재해 그 밖의 위급한 상황에서의 구조 · 구급 활동 등을 통하여 국민의 생명 · 신체 및 재산을 보호함으로써 공공의 안녕질서 유지와 복리 증진에 이바지함을 목적으로 한다"라고 규정하고 있다는 점에서 소방 행정은 비록 그 범위와 대상의 영역은 한정되어 있지만, 각종 재난으로부터 국민의 생명과 재산이 손상될 우려가 있을 때는 이를 구하고 그 피해를 최소화하는 제반 활동을 구체적으로 형성하는 국가 활동이라고 할 수 있다.

또한 119 구조·구급에 관한 법률 제8조 및 제10조에서는 구조대 및 구급대의 편성과 운영에 대한 규정에서 "위급한 상황에서 요구자를 안전하게 구조하고 응급처치하여 의료기관에 이송하기 위하여 구조대 및 구급대를 편성하여 운영한다"라고 규정하여, 소방 행정이 각종 재난에 대하여 효과적으로 대처하기 위한 위기관리(Emergency Management)의 성격을 가지고 있으며, 일상적인 공공서비스를 생산하고 제공하는 일반 행정과는 차별적인 성격을 가지고 있다.

따라서, 소방이란 "화재를 예방·경계하거나 진압하고 화재, 재난·재해 그 밖의 위급한 상황에서의 구조·구급 활동 등을 통하여 국민의 생명·신체 및 재산을 보호하는 것"이라고 통틀어서 말할 수 있다.

소방의 기능

소방 업무는 크게 예방, 진압, 화재 조사, 구조 및 구급 그리고 국민의 안전을 위협하는 테러 대응, 항공기 수색 구조, 수난 구호 등을 포함하는 포괄적 행정 서비스를 제공하고 있다.

예방은 국민의 생명과 재산을 보호하기 위하여 화재 또는 각종 재난 발생이 되지 않도록 사전에 조치를 취하는 정부의 활동을 말하는 것이다.

소방 기본법에도 소방본부장 또는 소방서장은 화재의 예방상 위험하다고 인정되는 행위를 하는 사람이나 소화 활동에 지장이 있다고 인정되는 물건의 소유자·관리자 또는 점유자에 대하여, 불장난, 모닥불, 흡연, 화기(火氣) 취급 그 밖에 화재 예방상 위험하다고 인정되는 행위의 금지 또는 제한, 타고 남은 불 또는 화기(火氣)의 우려가 있는 재의 처리, 함부로 버려 두거나 그냥 둔 위험물 그 밖에 불에 탈 수 있는 물건을 옮기거나 치우게 하는 등의 조치 등의 예방 활동 규정을 두고 있다.

오늘날에는 예방의 비중과 중요성이 날로 증가되고 있다. 과거의 소방 정책은 주로 사후 진압 정책에 역점을 둔 반면, 최근 국가적, 사회적, 문화적인 환경 변화로 인하여 더욱 적극적이고 전문화된 예방 소방 정책에 비중이 높아지고 있다는 것을 알 수 있다.

진압은 화재 또는 각종 재난이 발생하였을 때, 소방 조직의 인력과 장비의 투입으로 화재나 재난 현장에 출동하여 대응하는 일련의 활동을 말하는 것이다. 즉, 소방방재청장·소방본부장 또는 소방서장은 화재, 재난·재해 그 밖의 위급한 상황이 발생한 때에는 소방대를 현장에 신속하게 출동시켜 화재 진압과 인명 구조 등 소방에 필요한 활동을 하는 것을 가리킨다.

화재 조사는 화재 원인을 규명하며 또한 화재로 인하여 생긴 손해의 정도 등을 밝히는 일은 그 후의 효과적인 예방과 경계 체계의 확립 및 소화 활동을 수행하는데 있어서 불가결한 자료를 제시해 주는 것이다.

구조 및 구급은 각종 재난 현장의 피해자를 안전 지역으로 피난 및 구조, 응급 의료 활동을 펼치는 것을 의미한다.

119 구조·구급에 관한 법률에서도 소방방재청장·소방본부장 또는 소방서장은 화재, 재난·재해 그 밖의 위급한 상황에서 사람의 생명 등을 안전하게 구조하기 위하여 구조대(救助隊)를 편성하여 운영하고, 한편, 화재, 재난·재해 그 밖의 위급한 상황에서 발생한 응급 환자를 응급처치하거나 의료기관에 긴급히 이송하기 위하여 구급대를 편성하여 운영할 수 있도록 규정하고 있다.

최근 소방은 이와 같은 기능을 뛰어넘어 테러 대응 기능, 항공기 수색 구조 업무, 수난 구호 업무, 소방 지원 업무 등 국민의 안전을 위협하는 모든 행정 서비스를 담당하는 기관으로 성장하였다.

우리나라의 소방

1990년대 중반 이후 되풀이되는 대형 재난으로 인하여 국민의 생명과 재산을 보호하기 위하여 행정안전부 '민방위재난통제본부'를 전신으로 하여 2004년 6월 1일 소방방재청이 개청되었다.

소방방재청의 설립 목적과 기능은 다음과 같다.

첫째, 재난 관련 업무 체제의 일원화를 통한 정책 심의 및 총괄 조정 기능을 강화하기 위함이다. 즉, 각종 재난으로부터 국토를 보존하고 국민의 생명, 신체 및 재산을 보호하기 위하여 국가 및 지방자치단체의 재난 및 안전 관리 체제를 확립한다.

둘째, 재난 예방에 대한 인식 제고 및 예방 투자의 강화를 목적으로 하고 있다. 이것은 비용이 아닌 투자의 개념으로 재난 예방 사업에 투자를 확대하는 계기가 되었다.

셋째, 구조, 구급 및 현장 수습 등 현장 대응 체제를 강화하였다.

넷째, 자치단체의 재난 관리 기능 및 민관 협조 체제를 강화하고자 하고 있다.

다섯째, 안전 의식 제고를 위한 대국민 홍보 등 예방 활동 체제를 확립하는 계기가 되었다.

'재난 및 안전 관리 기본법' 등 19개 법률의 집행을 통해 각종 재난으로부터 국민의 생명과 재산을 보호하는 국가 재난 관리 및 소방 업무를 중추적으로 수행하는 기능을 하게 되며 이러한 소방 행정 조직의 개편은 현대사회의 복합적이고 대형화되는 재난에 대처하기 위한 방안으로 설립되었다.

소방공무원 계급별 정원 현황(2010. 12. 31 기준)

구분	계	소방총감	소방정감	소방감	소방준감	소방정	소방령	소방경	소방위	소방장	소방교	소방사
계	36,711	0	1	4	32	256	825	1,991	2,479	5,695	10,753	14,675
국가	245	0	1	4	21	2125	41	51	42	36	3	
지방	36,466	0	0	0	11	235	800	1,950	2,428	5,653	10,717	14,672

현재 우리나라 소방 조직은 법령·제도 운영 등 정책 업무를 수행하는 중앙 조직(소방방재청)과 소방 업무의 집행 및 현장 대응을 수행하는 지방 조직(시·도 소방본부, 소방서)로 이원화되어 있다. 중앙에는 소방방재청에는 소방 정책국이 있고 그 아래 중앙소방학교(2과 1실 2팀)와 중앙119 구조단(6팀)이 있으며, 지방에는 특별시·광역시/도/특별자치도에 17개의 소방(안전·재난)본부가 있으며 소방항공대와 지방소방학교가 있고 189개의 소방서가 설치되어 있다.

소방공무원 3교대 근무 실시율(2010. 12. 31 기준)

구분	정원	일근인력	교대근무	2교대(인원)	3교대	
					인원	비율
계	35,769	7,080	28,689	8,940	19,749	69
서울	5,800	1,202	4,598	2,884	1,714	37
부산	2,404	451	1,953	601	1,352	69
대구	1,703	371	1,332	518	814	61
인천	2,200	446	1,754	0	1,754	100
광주	1,016	217	799	144	655	82
대전	1,129	205	924	0	924	100
울산	667	158	509	318	191	38

경기	5,538	1,352	4,186	2,982	1,204	29
강원	2,177	380	1,797	0	1,797	100
충북	1,378	259	1,119	0	1,119	100
충남	1,801	398	1,403	99	1,304	93
전북	1,970	266	1,704	200	1,504	88
전남	2,058	265	1,793	850	943	53
경북	2,570	545	2,025	326	1,699	84
경남	2,764	408	2,356	0	2,356	100
제주	594	157	437	18	419	96

우리나라 소방 조직의 문제점

1. 소방공무원의 신분 이원화

현행 소방공무원법 제5조에 국가직 소방공무원은 대통령(소방방재청장)에게, 지방 소방공무원에 대한 임용권은 시·도지사에게 있어 신분이 이원화되어 있으며, 소방 기본법 제6조는 시·도지사에게 그 관할구역 안에서 발생하는 소방 업무에 대해 책임을 부여하고 있다. 소방방재청장은 지방 소방공무원에 대한 직접적인 지휘권과 통제권이 없어 재난 발생시 필요한 긴급한 조치가 어려운 실정이다. 또한 소방방재청과 시도 소방본부 간 의사소통 장애시 소방 정책 추진이 곤란하고 재난 현장 대응 등 의사결정에 대한 책임을 회피할 우려가 있다.

2. 소방본부장의 이원적 지휘 구조

소방본부장은 국가직 소방공무원이기 때문에 인사권은 국가에 있지만 소방 업무에 관해서는 시·도지사의 지시와 통제를 받는다고 볼 수 있다. 그렇기 때문에 대형 재난 발생시 시·도 소방본부장은 시·도지사와 소방방재청장의 이중적 지휘를 받는 이원적 조직 구조로 되어 있으며, 중앙에서 지방까지 하나되는 강력한 지휘 체계 확립이 곤란하고, 양자 간 지시 사항이 상이한 경우 신속한 현장 대응이 불가한 실정이다. 특히 다수 시·도에 걸친 대형 재난 발생시 국가적 차원의 소방력 운영을 위한 시·도 소방력 동원 및 타 시·도 지원시 문제가 발생할 소지가 있다.

3. 중앙과 지방 간 소방 정책의 일관성 확보에 한계

지금까지 소방 업무는 자치 사무라 하여 국민 안전에 관한 문제는 정책의 우선순위에서 밀리어 비중 있게 다루어지지 못하고 있으며, 국가와 지방의 재난 대응 시스템 간 연계성이 미흡하고, 중앙과 지방 협조 및 지원 체제가 더욱더 약화됨으로써 대형화되어 가고 있는 재난들을 효과적으로 처리하지 못하는 문제점이 발생하고 있다.

4. 소방 인력의 부족

소방 인력은 소방대상물, 위험물, 화재·구조·구급 등 소방 수요와 관계없이 인구와 면적에 따른 획일적 기준의 적용으로 인력의 탄력적 운영이 곤란한 체계에서 소방력 기준의 정원이 소방 활동 필요 인력으로 인정받지 못하고 있으며, 표준 정원 대비 2교대 기준 3,020명, 3교대 기준 19,249명의 차이가 발생하고 있다.

2011년 1월 1일 현재 우리나라 소방공무원은 36,711명으로 소방력 기준에 의한 3교대 기준 인력에 54,969에 비해 18,258명이나 부족한 실정이다. 119 구조대, 안전센터 등 현장 부서에서 근무하는 소방공무원 대부분이 2교대 근무를 하고 있다. 전체 소방공무원 36,711명 가운데 21,701명(78.6%)이 주당 84시간을 근무하고 있으며 비번일 근무 등을 따지면 실제로 주당 100시간 이상의 과도한 근무를 하고 있는 것이 현실이다.

국가별 인구 대비 소방공무원 수를 보면, 일본 820명, 미국 1,075명, 영국 1,298명 등 소방관 1인당 담당 인구수를 1,000명 내외로 운영하고 있으나, 우리나라는 1,471명으로 선진국에 비하여 높은 수준임을 알 수 있다. 이는 과중한 업무 수행에 따른 대국민 서비스의 질적 저하를 초래할 수 있다.

5. 일상적 사고관리 기능의 약화

국민 생활과 밀접한 일상적 · 소규모 사고가 연간 230만 건을 초과하고 국민 생활 안전과 관련된 위험 요소 제거 등 소방 활동이 급격하게 증가하고 있는 추세이다. 국민 생활 안전사고는 재난의 범주에는 포함되지 않지만 총량적으로는 재난 피해보다 많이 발생하고 있어 국가적 노력이 반드시 필요하다. 그러나 사고의 유형과 종류가 광범위하고 행정 체계 및 법체계가 분산되어 있고, 소방 조직의 중앙 정책 기능이 미흡할 뿐만 아니라 지방 소방공무원이 주축이 된 이원 체제의 현 소방공무원 제도로는 제 역할을 하기에 현실적인 어려움이 있다.

6. 소방 여건의 시 · 도 간 편차 심화

소방 업무에 대한 재원이 전적으로 지방재정에 의존하고 있는 현실이기 때문에 소방 인력 및 장비 등의 자원 운용에 시 · 도별 불균형 현상이 심화되는 것이다. 인적 · 물적 자원이 상대적으로 적은 지역은 재정적인 규모에 따라 신속한 대응이 불가능하게 되고, 재난으로부터 더욱더 큰 피해를 보는 문제점이 발생될 것이다.

7. 소방 조직법 부재

중앙은 2004년 6월 1일 일자로 행정안전부 외청으로 소방방재청으로 분리되었지만 지방의 소방 조직은 별도 분리되지 못하고 시·도지사 소속하에 있는 실정이기 때문에 시·도의 조직 개편에 따라 중앙의 소방 조직과 지방 소방 조직이 상이하여 업무 수행에 혼선을 초래한다. 일본의 경우 소방 조직법에서 소방청장 소관 27개 단위의 국가 사무 규정(제4조 제2항), 228명이 순수 국가 소방 사무를 추진하고 있다.

소방 사무의 국가 사무화

모든 사무는 그 시대의 이념과 상황에 따라 그 범위를 달리한다. 소방사무 역시 과거 입법 당시 전통적 소방 개념(화재)에서 교통사고, 독극물 사고, 수난 사고 등 모든 사고 유형에 대한 일상적 대응 업무(인명구조, 구급, 위험 상황 대처 등)와 대형 재난시 긴급 대응 업무 및 기타 국민 생활 안전 서비스 등으로 대폭 확대되었다. 소방 사무를 소방기본법 등 소방 관련법에서 명시하고 있는 사무를 중심으로 살펴보면, 총 10가지 개별법에서 명기하고 있는 소방 사무 관련 내용은 총 121개로 이중 국가 사무는 52개로 전체 사무의 43.0%로 나타나고 있으며, 자치 사무는 34개로 28.1%로 나타나고, 나머지 35개 업무(29.0%)는 국가와 지방 간의 공동 사무로 규정되고 있는 것으로 나타난다.

우리나라 개별법상 소방 사무 구분 현황(2008년 현재 기준)

구 분	계	국가 사무	공동 사무	자치 사무
재난 및 안전관리 기본법	12	5	4	3
소방 기본법	23	11	9	5
소방 시설 공사업법	7	3	2	2
소방 시설 설치유지 및 안전관리에 관한 법률	18	8	3	7
위험물안전관리법	8	1	1	6
다중이용업소 안전관리에 관한 특별법	13	6	4	3
소방산업의 진흥에 관한 법률	13	13	-	-
소방공무원법	14	4	10	-
의무소방대 설치법	3	3	-	-
수난 구호법	10	-	2	8
계	121	52	35	34

1. 소방 사무의 변화

소방 사무 중 법률상에 나타난 국가 소방 사무는 1991년 8개, 1995년 11개, 2004년 27개, 2008년 52개로 점차 증가했다. 특히 소방방재청이 개청한 2004년 6월 1일을 기점으로 소방 사무 중 공동 사무는 더욱 증가하는 경향을 보이고 있고, 재난 관리법 제정이 된 1995년 이후에도 지방과 국가가 공동으로 관여하는 공동 사무가 증가하는 것으로 나타난다. 이와는 대조적으로 자치 사무의 경우 현행 법률상에 여전히 상대적으로 많은 비중을 차지하고 있는 것은 사실이지만, 2004년 이후 소방재청이 개청하면서 점차 자치 사무의 비중은 감소되고 있는 추세이다.

소방 사무 변화 현황

구 분	계	국가 사무	공동 사무	자치 사무	비 고
2008년 (10개 법률)	121	52 (43.0)	35 (29.0)	34 (28.1)	
2004년 (7개 법률)	80	27 (33.8)	25 (31.2)	28 (35)	소방방재청 개청 (2004.06.01)
1995년 (3개 법률)	67	11 (16.4)	16 (23.9)	40 (59.7)	재난 관리법 제정 (1995.07.18)
1991년 (2개 법률)	52	8 (15.4)	11 (21.1)	33 (63.5)	

결과적으로 국가 소방 사무가 증가하게 된 요인은 첫째, 소방 사무는 재난 관리법 제정, 소방방재청 개청 등의 사회적, 행정적 환경의 변화와 소방 행정 환경의 변화로 인해서 국가 사무로의 전환이 급격하게 이루어지고 있다고 볼 수 있다. 특히 최근 들어 발생한 다양한 대형 재난 및 화재 등을 처리하는 과정에서 국가 중심의 효율적인 대응 체계 마련의 필요성이 강하게 제기되면서 이러한 소방 사무의 국가화가 더욱 진전되었다고 볼 수 있다. 둘째, 소방 사무는 건축물의 다양화, 초고층화, 지하심층화, 밀집화, 이상기온 및 기후변화 등으로 재난 유형이 다양화되거나 복잡해짐으로써 소방의 역할과 사무가 증가하게 되었다고 볼 수 있다. 셋째, 소방의 국가 사무화는 소방의 역할과 사무가 증가하는 것과 밀접한 관련성을 갖고 있다. 소방 정책과 관련된 법령의 제·개정, 소방 기술·제도 연구, 소방 산업의 육성·진흥, 지방 소방기관의 지원·조정, 대형 재난시 지방 소방력 통제의 필요성 등이 강조되면서 이를 관리하기 위한 국가 사무의 증가가 이루어지는 것이라고 볼 수 있다.

2. 소방 사무 운영상의 문제점

우선 법적인 부문에서 지방자치법과 소방 관련 개별 법령에서 각각 소방 사무를 별도로 정의하는 등 법적 내용으로 통일된 소방 사무 정의가 정립되지 않았으며, 개별 사무를 수행하는 핵심 주체를 상호 달리 정의함으로써 일관된 소방 사무 추진을 어렵게 하고 있다. 재정 운영적 부문에서는 소방 재원이 전적으로 지방 재원에 의존함으로써 시·도 간 불균형이 심화되어 가고 있으며, 지방재정의 부담 가중뿐만 아니라 중복 투자 문제도 발생하고 있다는 것이다. 또한 현장 대응적인 측면에서는 재난의 대형화로 인해 시·도의 관할 개념이 붕괴되고 있고, 대형 재난시 지방자치단체의 단독 소방력으로 대응하는데 있어 한계상황이 빈번하게 발생하고 있다는 것이다. 현재 화재·폭발 등은 일 지역 지방자치단체 업무를 이탈하는 양상으로 변화화고 있지만 이에 대한 대응의 한계적 측면이 초래되고 있다는 것이다.

3. 소방 사무의 국가 사무화를 위한 법안

2011년 4월 임시국회에서는 소방 사무의 국가 사무화를 위한 2개 법률안이 통과되었다. 박근혜 의원 대표 발의, 본 의원이 공동 발의한 지방자치법 일부 개정 법률안과 소방 기본법 일부 개정 법률안이다.

지방자치 법안은 자치 사무로 예시되고 있는 화재 예방과 소방 업무를 지역의 화재 예방·경계·진압·조사 및 구조·구급을 주요 내용으로 하고 있으며, 소방 기본법 개정안은 국가가 종합적인 소방 정책을 수립·시행하고 필요한 지원을 확보하도록 명시함으로써 소방 사무에 대한 국가의 책임을 명확히 하고 지방자치단체의 소방 업무에 대한 제정적 지원을 확대할 수 있는 근거를 마련하는 것이다.

이와 같이 박근혜 의원을 포함한 여러 의원들은 소방 사무에 국가 사무 성격이 있으며, 앞으로 그 경향은 심화될 것으로 판단하여 지방자치법 개정안을 발의한 것이다. 결국 소방 사무의 국가 사무화는 안전에 대한 국민·사회의 욕구를 반영하는 것으로 궁극적으로는 지방자치법이 개정되어 소방의 역할은 강화될 것이다.

국민 생활 안전 관리 기능 정착을 위한 119 역할 강화

노인, 어린이 안전사고, 독극물, 위험물 사고 등 연간 130만여 건(119 출동 건수) 이상의 국민 생활을 위협하는 사고가 발생하고 있으나 사고의 유형과 종류가 광범위하고 행정 체계 및 법체계의 분산으로 위험 요인에 대한 인식 및 지식이 부족한 사회적 취약 계층에 대한 안전 보호 기능과 체계적이고 종합적인 안전 관리 대책, 종합 안전 정보 서비스 기능 및 생활 안전 교육 홍보 기능이 전무한 실정이다.

국민 생활 안전 업무 관련 부처 현황

업무구분	소관 부처		
취약소비자 안전관리업무	• 재경부(소비자정책과) • 공정거래위원회(소비자본부) • 한국소비자보호원 등	가정내 위해요소 행정	• 건교부(주택정책팀) • 소방방재청(소방정책본부) • 한국전기안전공사 • 한국가스안전공사 • 소비재안전사고(전담부서 없음)
놀이시설 안전사고 업무	• 문화관광부(관광정책팀) • 국토해양부(안전기획팀) • 소방방재청 • 행안부(안전정책관)	학교내외 및 자전거 교통 안전 업무	• 경찰청, 자치단체, 교육과학기술부, 국토해양부
		직장내 안전사고 업무	• 고용노동부, 환경부, 국토해양부

국민 생활 안전사고는 재난의 범주에는 포함되지 않지만 총량적으로는 재난 피해를 훨씬 상회[1]하므로 국가적 노력이 반드시 필요하다. 여러 부처에 분산되어 있는 국민 생활 안전 관리 업무를 소방 업무에 포함시켜 정책을 개발하고 국민의 생활 안전을 밀착 관리할 수 있는 24시간 신속하게 출동 체계를 갖춘 119 조직의 활용성을 높여 국민 생활 안전 복지 서비스의 수혜를 확대해야 할 것이다.

산불 진화 체계의 일원화 필요

1. 산불 진화 체계

현행 산불 진화는 산림자원의 조성 및 관리에 관한 법률 제53조 내지 제54조에 산림청의 산불 예방 및 진화 책임[2], 산불 진화 지휘 · 감독 규정을 두고 있어 산림청은 산불 정책 수립 및 지자체 산불 진화 활동을 지원하고, 지자체장 및 지방산림청장(7개 산림항공관리소)은 예방 및 진화 업무를 집행하고 있다. 소방관서, 군부대 등은 산림청의 협조 요청을 받아 산불 예방 및 진화 업무를 지원하고 있다. 소방 기본법 제2조에는 산림을 소방대상물로 규정하고 있으나, 산불 예방 · 진화 책임 규정은 없으며, 재난 및 안전 관리 기본법 제52조에는 산불로 인한 긴급 구조 상황 발생시 긴급 구조 통제단장의 지휘토록 규정되어 있다.

---

1) 인명 피해자 수('06년) : 재난 → 63명(사망50)/생활 안전사고 → 46만여 명(자살자 포함, 사망 1만 8천)
2) 산림은 관리 주체별(산림청, 자치단체, 소유자)로 관리 및 진화의 책임이 있다. 국유림은 「산림청」이 전담하고, 공 · 사유림은 「지방자치단체」가 담당한다.

2. 산림청과 소방방재청의 산불 관련 현황

운영 인력 및 장비 현황

○ 산림청(지자체)
- 인력 : 감시원 23,000명, 전문 예방 진화대원 5,826명, 공중 진화대 48명 등
- 장비 : 헬기 48대, 진화차 716대, 동력 펌프 1,177대 등
○ 소방방재청(소방관서)
- 인력 : 소방공무원 30,199명, 의무소방원 1,190명, 의용소방대원 92,181명
- 장비 : 헬기 25대, 펌프 · 물탱크차 2,893대, 진화차 5대, 동력 펌프 1,389대 등

산불 진압 소방 활동 실적(최근 2년)

구분	출동	인명 피해		소실면적	인원			장비			
	건수	사망	부상	(천㎡)	계	공무원	기타	계	소방펌프	소방헬기	기타
계	5,948	16	45	2,188,049	305,039	222,011	161,393	52,148	15,415	2,401	42,379
'09년	2,794	6	24	1,340,161	89,246	89,246	78,365	18,303	7,460	998	17,892
'10년	3,154	10	21	847,888	215,793	132,765	83,028	33,845	7,955	1,403	24,487

산림청 공식집계 : 921건('06년 405건 7,808ha, '05년 516건 113,830ha)

2010년 기준, 산림청 공식 집계 산불 건수인 405건과 소방방재청에서 산불진압을 위해 출동한 건수 2,794건의 차이는 피해 규모에 따라 기관별로 집계하지 않는 것도 있겠으나, 대부분의 산불 신고 접수가 119로 이루어지고 있으며, 산림청 또는 지자체의 산불 진화 인력이 도착하기 전 소방방재청에서 진화하여 임야에서 산불로 확산을 막아 산불 건수로 집계되지 않은 것으로 분석된다.

3. 현행 산불 진화 체계상의 문제점

1) 산불 진화 지휘권(산림청장, 시장, 군수) 다원화

산불 진화시 지휘권의 다원화로 동원 자원의 통합 조정이 어렵고,

현장 지휘 혼선 또는 마비를 초래하여 효율적인 대처가 불가능하다. 반면 소방은 지휘권이 소방서장 → 소방본부장 → 소방방재청장으로 단일화되어 있고 산불 진화 및 인근 민가와 소방대상물에 대한 긴급 구조 활동, 현장 지휘 · 조정 · 통제 등 통합 작전이 용이하다.

2) 산불 진화 비전문성

재난의 90% 이상(구조 · 구급 제외)이 화재이기 때문에 소방은 화재 진화에 전문성을 갖추고 있으며, 화재 진화도 정규 소방직이 수행하고 있는 반면에 산림청의 산불 진화 업무는 국유림과 국립공원만 겨우 헬기 및 공중 진화대를 투입하여 진화하는 실정이며, 진화대원들도 전문성이 부족한 일반 공무원의 산불 진화로 비효율성이 갈수록 심화되고 있다.

* '10년도 산불 진화 실적 : 소방(2,794건), 산림청(36건), 지자체(369건)

3) 초기 대응의 비신속성

산불 신고는 1688-3119(산불, 산악 구조 접수)로 일반 대중이 전혀 인식하지 못하며, 대부분 119(모든 재난 신고 접수)로 접수되고, 소방관서의 통보로 산불 상황을 인지하는 실정이다. 소방은 현장 출동 인력 24시간 대기 근무하는 체제로 신고 접수와 동시에 각 출동대가 출동하여 연소 확대 전 초기 단계에 진화할 수 있는 시스템을 갖추고 있다. 반면 산림청은 소방 조직으로부터 상황 인지→전파→비상 소집→현장 출동 순을 거쳐 초기에 신속하게 대응하는데 한계가 있다. 또한 산불 진화에 동원 가능한 인력도 산림청(지자체)은 감시원 23,000명, 전문 예방 진화대원 5,826명, 공중 진화대 48명 등으로 소방 조직의 소방공무원 30,199명 의무소방원 1,190명, 의용소 방대원 92,181명에 비해 그 인력이 매우 적다.

* 일본 · 독일 · 호주 등 선진 외국도 산불 진화 업무를 소방에서 전담

4. 개선 방안

산불 진화 업무와 화재 진압 업무는 유사한 체계와 장비 · 인력이 필요한 업무로 상호 의존성이 높은 기능이다. 상호 의존성이 높은 것은 기관 간 긴밀히 협력하여 그 기능을 수행할 수 있지만 기능 중복에 따른 예산 낭비와 비효율을 초래한다. 산불 진화 업무는 보다 체계적인 조직, 신속성 및 전문성 등을 갖춘 소방 조직을 중심으로 통폐합하여 조직을 슬림화(Cost Saving 효과)하고 시너지 효과를 창출하는 등 종합적인 정책을 일관성 있게 추진하도록 하여야 한다.

병원 전 단계 응급의료 체계 통합

1. 현실태 및 문제점

1) 응급 환자 신고(전화번호) 체계의 이원화

모든 재난 신고가 119로 일원화되어 가는 추세이며, 대부분의 응급 의료 신고도 119로 접수되고 있지만 응급 환자 신고 체계가 이원화(119—소방상황실, 1339—응급의료정보센터)되어 있어 국민들에게 혼선을 초래하고 있다.

* 내원 응급 환자의 119 신고율 15% 내외, 1339 신고율 0.4% 내외
* 1998년 119와 129 통합 → 119 통합 단일화(동시에 1998년 1339 탄생)
* 미국은 응급 상황(응급 환자, 화재, 범죄 사건) 신고 접수 911로 통합

2) 응급 환자 이송 체계의 비효율성

소방 조직은 119 상황실에서 신고 접수 후 현장에 출동시킬 수 있는 하부 조직(119 구급대)을 보유하고 있지만 1339 응급의료정보센터는 질병 상담, 병원 안내 등이 주 임무이기 때문에 응급 환자 신고 접수시 다시 119 또는 민간 이송업체 등으로 병원 이송을 요청해야 하기 때문에 응급처치 시간이 지연될 뿐만 아니라 응급 환자의 소생률을 저하시키는 요인이 될 수 있다.

* 119 출동 조직 : 1,255개대 5,310명 / 1339 출동 조직 : 없음

* 1339 응급 환자 신고 접수 후 119 등 통보 : 연간 3,000여 건

2. 개선 방안

소방 조직과 중앙응급의료센터(응급의료정보센터)가 보유하고 있는 조직과 기능을 현장 중심으로 통합하여 신고 · 출동 체계 일원화, 병원 연계 강화 등 응급 의료에 대한 전문성과 효율성을 강화할 필요가 있다. 소방에서 보유하고 있는 전국 출동망(119 구급대)과 24시간 출동 체계가 1339 응급의료정보센터(전국 12개소)와 연계되면 보다 신속하고 병원 이송 및 적절한 응급처치 지도를 통한 응급 환자 소생률을 제고시킬 수 있을 것이다. 또한 응급 환자 신고 체계가 119로 단일화되어 국민의 불편을 해소할 것이며, 신속한 출동 체계가 구축될 것이다.

소방 유비쿼터스 서비스 확대

앞으로 유비쿼터스 기술은 각종 재난, 화재, 구조, 구급 현장 및 사회복지 안전 서비스에 응용되어 실행될 수 있을 것이다. 「유비쿼터스 소

방 센스 제어 시스템」을 기반으로 여러 서비스 모델을 발굴하여 적용할 필요가 있다. 예를 들면 각종 Moving-Sensor, 전력 센서를 이용하여 사회 안전 복지 서비스를 시행한다든지 화재 현장에서 개인용 PDA 등으로 화재 건물의 설계도 및 소방 시설 현황을 확인하는 일은 지금이라도 적용 가능한 일이다. 몸에 부착한 RFID 센서가 인간의 신경이 나타내는 여러 가지 신호를 읽어 내 건강 상태에 관한 정보를 수집한다. 이러한 정보는 환자의 PDA(Personal Digital Assistants)[3]에 전달 축적된다. PDA가 이상을 감지했을 경우에는 자동적으로 원격지에 있는 의사에게 연락이 취해져 리얼타임 모니터링이 가능해진다. 또한, 화재 진압시 모든 진압 요원의 의류에 위치 센서를 부착하여 화재 현장 활동 사항을 체크하고 화재 진압 현장에서 위급한 상황 및 안전사고 방지에 도움을 줄 수도 있을 것이다. 소방 조직 내부 장비 관리의 차원에서 좁은 차고지 내부에 있는 각 차량과 기둥, 벽 등에 안전 센서를 부착하여 출동시나 차량 주차시 안전사고를 방지하는 데에도 적용할 수 있다.

소방과학연구원 설립

미국, 일본, 영국, 중국 등 소방 선진국은 오래전에 정부가 많은 예산을 투입하여 국립 소방과학연구소를 설립하여 소방 장비와 진압 기술 등 소방과 재난 관리를 위한 연구를 진행해 왔다. 우리나라는 OECD

---

3)PDA(Personal Digital Assistants)란 개인 정보를 관리하거나, 컴퓨터와 정보를 주고 받을 수 있는 휴대용 컴퓨터의 일종이다. 손으로 정보를 직접 써서 입력받을 수 있고, 무선 인터넷도 가능하다.

가입 국가 중 소방과학연구 분야의 전담 기관이 없는 유일한 국가로서 위상이 크게 저하되어 있으며, 중국 등 동북아 주요 국가의 연구 인프라에 비해서도 매우 취약한 실정이다.

중요한 정책 결정은 체계적인 연구를 통해 마련된 정책 대안을 통해서 결정되어야 하며, 각종 제도 시행에 따른 파급효과 등을 과학적으로 분석함으로써 소방 관련 정책의 신뢰성을 확보하여야 한다. 특히 생명과 재산을 지키는 소방 행정 업무가 시행착오 없이 시행되기 위해서는 연구 기능의 뒷받침이 되어야 한다.

첨단 신기술의 개발 없이는 날로 다양화되는 특수 재난에 대한 대응 능력이 향상될 수 없으며 신장비의 개발도 기대할 수 없으며, 화재 감식의 과학화, 국민의 안전 생활에 관한 인프라 구축을 위해서도 연구 기능이 강화되어야 한다. 또한 개발되는 신기술을 소방 산업에 적용함으로써 우리나라 소방 산업을 선진화시키고 대외 경쟁력을 제고시키기 위해서도 매우 중요한 사안이다.

소방 재원의 확충

현재 지방자치단체에서 수행하는 소방 업무는 60% 이상이 대테러 업무, 대형 폭발·붕괴·교통사고와 화생방 및 환경오염 사고 등 국가적 재난 대비·대응 사무를 처리하고 있는 것으로 분석되고 있으나 중앙정부의 평균 재정 지원은 1.2%에 그치고 있다. 소방 예산의 국고보조금 비율을 살펴보면 중앙정부의 지원을 의미하는 국고보조비는 전체 소방 예산의 1.0%를 차지하는데 불과하고, 2005년 2.2%에서 2006년 1.8%, 2007년 1.7%, 2008년 1.5%, 2009년 1.2%로 해를 거듭할수록 그 비율이 감소되고 있다.

* OECD 주요 국가의 국고 지원 비율은 평균 67.7%임(뉴질랜드의 경우에는 100% 국비로 지원되고 기타 덴마크, 헝가리, 이스라엘, 폴란드도 90% 이상 국고보조금으로 운영)

외상 후 스트레스 장애 - 자살

중앙소방교육원에 따르면 올해 들어서만 8명의 소방관이 스스로 목숨을 끊고 있고 최근 4년간 자살한 소방관은 25명에 달하는 것으로 나타났다. 이제 외상 후 스트레스 장애로 인한 자살 예방을 위해 심리치료사의 상담, 정신과 의사의 치료 등이 제도적으로 검토되어야 한다.

이로 인하여 지방자치단체의 인건비 부담이 늘어나 인력난이 심화되어 주 5일제가 일반화된 지금도 24시간 2교대 근무로 격무에 시달리고 있다. 또한 소방 차량은 소방 진압작전 업무를 수행하는데 중요한 역할을 담당하고 있으나, 해마다 차량의 노후율이 증가하고 있다. 소방 차량의 노후율은 2007년 30.5%에서 2011년 34.3%로 점차 증가하는 추세로 예측되며, 2011년까지 노후율 목표 비율이 19.0%로 낮추고자 하고 있다. 이에 따른 소요 예산은 매년 천억 원 정도가 예상된다.

따라서 이와 같은 지방 소방 재정의 심각한 재정 부족 문제를 해결하기 위해서는, 소방 업무 수행에 소요되는 재원을 국가와 지방자치단체가 공동으로 부담하도록 하되, 지방자치단체의 소방 업무 수행에 소요되는 경비를 안정적으로 확보하기 위하여 시·도에 지방 소방 재정 특별회계를 설치한다. 소방 회계의 세입은 국고보조금, 소방재정교부금,

시·도 일반회계 전입금, 소방 관련 공동시설세 등으로 하며, 세출은 소방 인건비와 소방관서 설치 및 장비 구입·운영비 등으로 하며, 소방 재정의 국고 분담율이 소방 회계 전체 세입액의 100분의 40 이상이 되도록 한다. 또한 소방재정교부금의 종류를 보통소방재정교부금과 특별소방재정교부금으로 나누고 소방교부금의 재원을 당해연도 내국세 총액의 1만분의 67에 해당하는 금액으로 하고, 기준 재정수입액이 기준 재정수요액에 미달하는 시·도에 보통소방재정교부금을 총액으로 교부하고, 필요에 따라 특별소방재정교부금 지원 근거를 둔다. 시·도는 일정 금액을 매 회계연도 일반회계 예산에 계상하여 소방 회계로 전출하여야 하며, 「지방세법」에 의한 공동시설세 중 소방 시설 관련 징수 전체 금액도 소방 회계로 전출해야 하며, 소방 회계의 수입으로 소방 회계에 속하는 소방 재정의 전부를 마련할 수 없는 때에는 그 부족액의 전부를 시·도 일반회계로부터 전입하여 충당하도록 하는 소방 재정에 관한 법률을 제정하여야 한다.

재외국민선거에 관하여

도입 배경

헌법 제1조제2항은 "대한민국의 주권은 국민에게 있고, 모든 권력은 국민으로부터 나온다"고 규정함으로써 국민주권의 원리를 천명하고 있지만 그동안 300여 만 명에 이르는 재외국민은 대한민국 국적을 가지고 있음에도 단지 나라밖에 거주한다는 이유만으로 국민으로서 누려야 할 참정권을 행사하지 못하였다.

2007년 6월 28일 헌법재판소가 재외국민의 참정권을 제한하고 있던 관련 규정에 대하여 헌법불합치 결정을 함에 따라 2009년 2월 12일 공직선거법이 개정되어 재외선거제도가 도입되었고, 2012년 제19대 국회의원선거 및 제18대 대통령선거부터 재외국민이 모국의 선거에 참여할 수 있게 되었다.

대상 선거 및 선거권자

1. 실시 대상 선거

대통령 선거와 임기 만료에 의한 국회의원 선거에서 실시하며, 국회의원 선거의 경우 재·보궐 선거에서는 실시하지 않았다.

2. 재외선거에 참여할 수 있는 재외국민

1) 대통령 선거

주민등록 또는 국내거소신고 여부에 상관없이 대한민국 국적을 가지고 있는 모든 재외국민이 참여할 수 있음. 즉, 단기체류자와 영주권자가 모두 참여할 수 있다는 뜻이다.

2) 국회의원 선거

비례대표의 경우 대통령 선거와 마찬가지로 모든 재외국민이 참여할 수 있으나, 지역구의 경우에는 주민등록 또는 국내거소신고가 되어 있는 재외국민만이 참여할 수 있다.

＊단, 국내거소신고자의 경우 국내거소신고를 하지 않은 재외국민과의 형평성 및 특정 국회의원 지역구에서 투표할 목적으로 국내거소신고제도를 악용할 우려가 있어 선거의 공정성을 확보하기 위하여 지역구에서는 참여할 수 없도록 하자는 의견이 있음.

외국의 제도 도입 상황

재외선거는 현재 세계 120여개 국가와 속국에서 실시하고 있으며, OECD국가의 경우 전 회원국이 제도를 도입한 상태이다.

재외선거를 실시하는 국가 중 대한민국을 비롯한 55개국은 공관 투표만 실시하고 있으며, 미국 등 27개국은 우편투표만 실시하고 있다. 나머지 국가는 공관, 우편, 대리투표 등을 혼합하여 실시하고 있다.

현행 제도의 주요 문제점 및 대책

1. 투표 참여 불편 문제

재외국민들을 중심으로 투표하기 위해 많은 시간과 비용을 들여 공관까지 가야 하는 불편, 특히 영주권자들은 재외선거인 등록 신청과 투표를 하기 위해 공관을 2회 방문해야 하는 불편 등 문제를 제기하고 있다.

* 국내에 주민등록이 되어 있는 단기 체류자는 우편으로도 국외부재자신고를 할 수 있다.

① 공관이 설치되지 않은 국가에 거주하는 재외국민(2,607명), 대만 지역(2,749명)과 파병군인(1,430명)을 대상으로 우편투표 허용을 검토

② 공관에서 멀리 떨어진 곳에 재외국민이 밀집하여 거주하는 지역과 LA·뉴욕 등 재외국민수가 많은 공관에는 추가 투표소(37개) 설치 여부 검토 필요

③ 재외선거인 등록 신청의 편의를 보장하기 위해 순회 영사를 이용한 등록 신청·신고서를 접수하는 방안을 도입 검토

2. 선거의 공정성 확보 문제

국외에서 선거법위반행위가 발생하더라도 주권 제약으로 공권력을 행사하기 어려워 사실상 조사·단속에 한계가 있다는 견해가 지배적이다.

① 한인 언론·단체 등의 공명선거 자정 활동과 선거법 안내 등 사전 예방 활동 강화
② 국외 선거사범에 대한 실효적 제재를 위해 중대 국외 선거범에 대한 여권 발급 제한, 선거법을 위반한 외국인의 경우 입국을 제한하는 방안 등 입법 조치가 필요

3. 불법적 복수국적자(이중국적자)의 선거 참여 배제 문제

현행 국적법 및 공직선거법상 외국 국적을 취득한 사람이 국적상실 신고를 하지 않으면 국가가 외국 국적 취득 여부를 자동으로 확인할 수 있는 방안은 없다.

이는 복수 국적을 인정하지 않고 있는 모든 국가가 안고 있는 문제이다.

따라서 선거권이 없는 불법적 복수 국적자의 선거 참여를 배제하기 위한 완벽한 장치가 없어 이에 따른 선거의 절차적 공정성 확보 문제가 상존한다.

① 국가별로 국적 취득시 여권·영주권 등을 반납한다는 점을 활용 재외선거인 등록 신청시 국적 확인에 필요한 서류의 원본을 확인

하는 방안 필요

② 정당한 재외선거인이 명부에 등재될 수 있도록 국가에 방안을 강
구하도록 의무 부여

4. 재외공관의 선거관리 인력 문제

재외 선거관 55명을 파견하였으나 여전히 부족하며, 미파견 공관
(111개)의 경우 인력 대책이 필요한 실정이다.

재외 선거관 55명과 더불어 선거기간 중 재외투표관리를 위한 국내
인력의 단기 출장 검토가 필요함

보육은 국가의 미래다

국내 보육 관련 현황

1. 보육 정책 수요와 보육 관련 개정 논의 현황

1) 보육 정책 수요

▶ 2010년 기준 전체 아동수 대비 시설에서 보육되는 아동의 비율은
48.3%이다. 저출산에 따른 아동수 감소에도 불구하고 여성 경제
활동 증가 등으로 인해 보육 시설 수요는 당분간 늘어날 전망이
다. 전체 만 0~5세 아동수 대비 보육 시설 이용 아동수의 비율은
꾸준한 증가 추세에 있다.

• 0~5세 아동수 추계(통계청, 만 명) : 274('08) → 263('11) → 254('17)
→231('20)

• 보육 시설 이용 아동 추정(만 명) : 114('08) → 118('09) → 120('10)
→124('11) → 129('12)

[표 1] 전체 만 0~5세 아동 인구 중 시설에서 보육되는 아동수의 비율(2005~2010)

구분	전체 아동수*	보육 시설 (어린이집) 이용 아동수
2005	3,166,691	989,390 (31.2)
2006	2,980,232	1,040,361 (34.9)
2007	2,832,282	1,099,933 (38.8)
2008	2,744,597	1,135,502 (41.4)
2009	2,691,497	1,175,049 (43.7)
2010	2,648,490	61,279,909 (48.3)

자료 : 통계청 『장래인구추계』, 『보육통계』, 각년도

2) 근거 법령

▶ 근거 법령

• 「영유아 보육법」 제11조

제11조(보육 계획의 수립 및 시행) ①보건복지부 장관, 시 · 도지사 및 시장 · 군수 · 구청장은 보육 사업을 원활하게 추진하기 위하여 보건복지부 장관의 경우에는 중앙 보육 정책위원회, 그 밖의 경우에는 각 지방보육 정책위원회의 심의를 거쳐 어린이집 수급 계획 등을 포함한 보육 계획을 수립 · 시행하여야 한다.〈개정 2008.2.29, 2010.1.18〉②보건복지부 장관, 시 · 도지사 및 시장 · 군수 · 구청장은 제1항에 따른 보육 계획의 수립 · 시행을 위하여 필요하면 어린이집, 보육 관련 법인 · 단체 등에 대하여 자료 제공 등의 협조를 요청할 수 있으며, 그 요청을 받은 어린이집과 보육 관련 법인 · 단체 등은 정당한 사유가 없으면 요청에 따라야 한다.〈개정 2008. 2. 29, 2010. 1. 18, 2011. 4. 29〉
③제1항에 따른 보육 계획의 내용, 수립 시기 및 절차 등에 필요한 사항은 대통령령으로 정한다.〈전문개정 2007. 10. 17〉

• 「영유아 보육법 시행령」 제19조

제19조(보육 계획의 내용, 수립 시기 및 절차) ①보건복지부 장관, 시 · 도지사 및 시장 · 군수 · 구청장은 법 제11조 제1항에 따라 다음 각 호의 사항이 포함된 보육 계획을 수립하여야 한다.〈개정 2010. 3. 15〉

1. 보육 사업의 기본 방향
2. 보육 시설의 설치 및 수급에 관한 사항

- 정부는 보육 계획의 일환으로 '아이사랑플랜(2009년~2012년)'을 마련하여 추진 중이다.

▶ 취학 전 유아에 대한 보육 정책은 「영유아 보육법」에 근거를 두는데, 동 법은 보건복지위원회 소관 법률로 18대 국회에서 총 65건의 개정 법률안이 발의되어 그중 14건은 처리(철회 2건, 수정 가결 1건, 원안 가결 1건, 대안 폐기 10건)되었다. 나머지 51건('11. 5. 2 현재)의 개정 법률안은 위원회에 계류 중임, 의원 발의 50건, 정부 제출 1건

▶ 본회의에서 원안 가결된 개정 법률안은 다음과 같다. 영유아 보육법 일부 개정 법률안(대안) 위원장 대표 발의(2011. 4. 28) 제299회 국회(임시회) 제8차 본회의(2011. 4. 29)에서 「영유아 보육법 개정 법률안(대안)」이 의결됨에 따라 계류 중이던 10건(의원 발의 9건, 정부 발의 1건)의 일부 개정 법률안이 대안 폐기되었다.

- 의결된 영유아 보육법 일부 개정 법률안(대안)의 주요 내용 보육 시설 및 보육 시설 종사자 등의 명칭을 각각 어린이집 및 보육 교

직원으로 변경하였다. 영유아 보육법 시행 규칙 등에서 정하고 있는 어린이집 놀이터 설치에 관련된 사항을 법률로 상향 조정하였다. 다문화 가족의 자녀에게 국공립 어린이집의 입소 우선순위 제공 및 무상보육 특례를 부여하여 다문화 가족의 자녀가 우리 사회에 보다 수월하게 적응할 수 있도록 했다.

▶ 위원회에서 수정 가결된 개정 법률안

• 손숙미 의원 대표 발의(2008. 11. 6)

보육의 정의를 보육 시설과 가정 양육 지원에 관한 사회복지 서비스로 변경하고 취약 보육 대상에 다문화 영유아를 포함한다. 보육 시설의 안전사고 예방 및 보상의 제도화를 위한 관련 근거를 규정하였다. 보육 시설 미이용 아동에 대해 양육에 필요한 비용을 지원할 수 있도록 하고 보육 서비스 이용권 제도를 도입하였다. 따라서 지원에 필요한 보육 비용 신청, 재산 및 소득 조사, 금융 재산의 조사 등 근거 규정을 마련하고 보육 서비스 이용권 제도 도입에 따른 이용권 부정 사용 등에 대한 제재 규정을 마련하였다.

2. 유형별 시설과 이용 현황

▶ 유형별 보육 시설과 이용 현황

• 전체 보육 시설 중 가정 보육 시설이 절반 정도(50.9%)를 차지하며, 민간 보육 시설이 약 39% 정도이고 보육 시설 이용 아동의 21.3%만이 국공립, 법인, 직장 보육 시설에서 보육되고 있는 현실이다.

[표 2] 보육 시설별 유형별 설치 · 운영 현황(2010년)

구분	계	국·공립 보육 시설	법인 보육 시설	*민간 보육 시설			**부모 협동	***가정 보육 시설	직장 보육 시설
				소계	법인 외	민간 시설			
보육	38,021	2,034	1,468	14,677	888	13,789	74	19,367	401
	(100%)	(5.3%)	(3.9%)	(38.6%)	(2.3%)	(36.2%)	(0.2%)	(50.9%)	(1.1%)
보육 시설	1,279,909	137,604	114,054	723,016	51,126	671,890	1,898	281,436	21,901
이용 아동	(100%)	(10.8%)	(8.9%)	(56.5%)	(4.0%)	(52.5%)	(0.1%)	(22.0%)	(1.7%)

3. 보육 시설 유형별 인건비와 근무 여건

1) 인건비와 4대 보험 가입 유무

보육 교사의 평균 임금은 126만 원이다. 이는 국공립 등 정부 지원 어린이집은 '보육 시설 종사자 인건비 지급 기준에 따라 임금을 지급하고 있으며, 민간 시설 등의 경우 근로계약에 의해 임금이 지급되고 있다. 하지만 '국공립 보육 시설, 직장 보육 시설, 법인 보육 시설'과 '민간 보육 시설, 가정 보육 시설' 간의 임금 격차가 큰 편인데, 국공립과 직장, 법인 보육 시설은 보육 교사 월평균 급여가 150만 원 이상이나 민간 보육 시설은 114만 원, 가정 보육 시설은 102만 원이다.

[표 3] 보육 교사 평균 임금

(단위 : 만 원)

구분	평균/합계	국공립	법인	민간/법인외/부모협동	가정	직장
월 평균 급여	126	155	150	114	102	154

출처 : 2009년 전국 보육 실태 조사, 보건복지부(2009)

▶ 보육 교사의 평균 81.8%가 시간외수당을 수령하고 있는데 가정 보육 시설이 89.9%로 시간외수당을 받는 비율이 가장 높으며, 법인 보육 시설이 66.2%로 가장 낮다.

[표 4] 국내 보육 시설별 현황

(단위 : %)

구분	평균/합계	국공립	법인	민간/법인외/부모협동	가정	직장
시간외수당 수령 여부	81.8	83.6	66.2	76.4	89.8	87.9

출처 : 2009년 전국 보육 실태 조사, 보건복지부(2009)

▶ 보육 교사들의 4대 보험 가입률은 99.7%임

• 국민연금, 건강보험, 고용보험, 산재보험의 순임

[표 5] 보육 교사의 4대 보험 가입률

구분	평균/합계	국공립	법인	민간/법인외/부모협동	가정	직장
4대 보험 가입률(%)	99.7	국민연금 99.6%, 건강 보험 99.2% 고용 보험 98.8% 산재보험 98.2%				

2) 1일 평균 근무시간과 연간 휴가일수

▶ 보육 교사 1일 평균 근무시간은 평균 9.5시간이며, 시설 유형에 관계없이 9시간 이상 근무하는 것으로 나타났다. 가장 근무시간이 긴 시설 유형은 법인 보육 시설(9.9시간)이며 그 다음 직장, 국공립, 민간, 가정 보육 시설의 순이다.

[표 6] 보육 교사 1일 평균 근무시간

(단위 : 시간)

구분	평균/합계	국공립	법인	민간/법인외/부모협동	가정	직장
1일 평균 근무시간	9.5	9.6	9.9	9.5	9.2	9.7

▶ 보육 교사의 연간 휴가일수는 평균 10.6일임

• 다른 시설 유형들은 휴가일수가 열흘 이상인데 비하여 가정 보육 시설은 휴가일수가 8일이 채 못되, 연간 휴가일수가 가장 긴 국공립 보육 시설과 가장 짧은 가정 보육 시설 간의 휴가일수 차이는 5.6일이나 나는 것으로 나타났다.

[표 7] 국내 보육 시설별 현황

(단위 : 일)

구분	평균/합계	국공립	법인	민간/법인외/부모협동	가정	직장
연간 휴가일수	10.6	13.4	12.3	11.5	7.8	11.6

출처 : 2009년 전국 보육 실태 조사, 보건복지부(2009)

4. 예산 현황

▶ 최근 10년간 보육 예산은 10배 이상 증가하였음([표 3] 참조)

• 2011년 기준 총 보육 예산(5,100,332백만 원) 중에서 수요자 지원 예산은 영유아 보육료 지원(3,926,840백만 원), 시설 미이용 아동 양육지원(186,905백만 원)이라고 볼 수 있다. 총 보육 예산 중에서 수요자 지원 예산이 차지하는 비중은 80.7%에 달한다.

[표 8] 최근 10년간 보육 예산의 증감

(단위 : 백만 원)

연도	구분	보육 예산(계)	보육 시설 운영지원	기본보조금 지원	영유아 보육료지원	보육 시설 기능보강	시설미이용 아동양육지원	보육인프라 구축 등
2000년	합계	305,608	192,273	0	108,852	3,006	0	1,477
	국비	145,959	92,709	0	50,768	1,202	0	1,279
	지방비	159,649	99,563	0	58,084	1,804	0	198
2001년	합계	360,976	213,875	0	142,574	3,049	0	1,477

2001년	국비	170,562	101,809	0	66,254	1,220	0	1,279
	지방비	190,413	112,066	0	76,320	1,830	0	198
2002년	합계	436,772	221,669	0	208,145	5,175	0	1,784
	국비	210,279	109,178	0	97,445	2,070	0	1,586
	지방비	226,493	112,490	0	110,699	3,105	0	198
2003년	합계	655,146	381,377	0	253,704	16,468	0	3,598
	국비	312,285	185,742	0	117,143	6,587	0	2,813
	지방비	342,861	195,635	0	136,561	9,881	0	785
2004년	합계	875,415	468,694	0	349,537	52,054	0	5,129
	국비	405,244	227,848	0	152,445	20,822	0	4,129
	지방비	470,171	240,846	0	197,092	31,232	0	1,000
2005년	합계	1,327,290	613,907	0	573,933	126,051	0	13,399
	국비	600,381	273,754	0	267,088	50,420	0	9,119
	지방비	726,909	340,153	0	306,845	75,631	0	4,280
2006년	합계	1,733,525	707,048	0	948,758	68,536	0	9,183
	국비	791,275	312,118	0	438,554	34,268	0	6,335
	지방비	942,250	394,929	0	510,204	34,268	0	2,848
2007년	합계	2,291,756	585,035	306,403	1,296,957	83,263	0	20,098
	국비	1,043,474	260,921	135,606	593,605	41,729	0	11,613
	지방비	1,248,282	324,114	170,797	703,352	41,535	0	8,485
2008년	합계	3,106,703	688,693	657,994	1,682,716	47,760	0	29,539
	국비	1,467,780	313,746	304,764	807,851	24,039	0	17,380
	지방비	1,638,923	374,947	353,231	874,865	23,722	0	12,159
2009년	합계	3,588,604	785,585	0	2,669,241	41,977	68,802	22,998
	국비	1,710,430	354,976	0	1,282,168	21,147	32,390	19,749
	지방비	1,878,173	430,609	0	1,387,073	20,830	36,412	3,249
2010년	합계	4,402,446	882,579	0	3,345,080	18,876	136,764	19,147
	국비	2,127,510	404,621	0	1,632,204	9,438	65,664	15,583
	지방비	2,274,936	477,958	0	1,712,876	9,438	71,100	3,564
2011년	합계	5,100,332	928,631	0	3,926,840	29,300	186,905	28,656
	국비	2,503,063	450,116	0	1,934,611	14,650	89,794	13,892
	지방비	2,597,269	478,515	0	1,992,229	14,650	97,111	14,764

보육 시설 이용 계층 분석

▶ 2010년 유아 보육료 지원 개요

• 만 0~4세아 보육료 지원 : 가구 단위 소득 인정액이 영유아 가구의 소득 하위 50%까지 전액 지원, 50~60% 이하 60% 지원, 60~70% 이하 30% 지원

• 만 5세아 보육료 지원 : 취학 전 만 5세아로서 영유아 가구의 소득 하위 70% 이하까지 정부 지원 단가 전액 지원

• 장애아 무상보육료 지원 : 12세 이하 ('98. 01. 01 이후 출생) 아동으로서 장애를 가지고 있는 아동에게 가구의 소득 · 재산 수준과 무관하게 정부 지원 단가 전액 지원

• 방과후 보육료 지원: 차상위 가구 12세 이하 취학 아동에게 보육료 지원

• 그 외 두 자녀 이상 보육료 지원, 맞벌이 가구 보육료 지원, 시간 연장형 보육료 지원 등이 있으나 아래의 표에서는 제외

▶ 2010년 시설 유형별 이용 계층의 분석

• 전체 보육 시설 이용 아동들 중에서 보육료를 지원받는 아동은 68.7%이며, 보육료를 지원받지 않는 아동은 전체의 31.3%이다. 보육료를 지원받는 아동들은 대부분 법정 저소득층 아동과 영유아 가구 소득 하위 70% 이하 가구에 속한다. 전체 보육 시설 이용 아동들의 절반 이상인 52.3%가 민간 개인, 가정, 부모 협동 등 정부로부터 인건비/운영비 지원을 받지 못하는 보육 시설(아래표에서 '정부 인건/운영비 미지원 시설'로 칭함)에서 보육을 받고 있으

며, 보육료를 지원받는 아동 중 76.2%가 이러한 '정부 인건/운영비 미지원 시설'을 이용하고 있는 것으로 나타났다.

[표 9] 2010년 시설 유형별 보육료 지원/미지원 아동 이용 현황

(단위 : 명, %)

구분		보육 시설 이용 아동	보육료 지원 아동수	보육료 미지원 아동
계		1,279,909	878,880 (68.7%)	401,029 (31.3%)
정부 지원 보육 시설	국공립	137,604 (10.8%)	84,792 (6.6%)	52,812 (4.1%)
	법인	114,054 (8.9%)	86,189 (6.7%)	27,865 (2.2%)
	법인외	51,126 (4.0%)	34,577 (2.7%)	16,549 (1.3%)
	직장	21,901 (1.7%)	3,454 (0.3%)	18,447 (1.4%)
	소계	324,685 (25.4%)	209,012 (16.3%)	115,673 (9.0%)
정부 인건/ 운영비 미지원 시설	민간개인	671,890 (52.5%)	484,117 (37.8%)	187,773 (14.7%)
	가정	281,436 (22.0%)	185,300 (14.5%)	96,136 (7.5%)
	부모협동	1,898 (0.1%)	451 (0.04%)	1,447 (0.1%)
	소계	955,224 (74.6%)	669,868 (52.3%)	285,356 (22.3%)

해외의 보육 정책 및 법률, 제도, 사례

1. 해외 사례

▶ OECD 회원국의 보육 및 유아교육에 대한 공공 지출(평균은 0.5%)

OECD 회원국 중에서 GDP 대비 보육 및 유아교육에 대한 공공 지출이 많은 국가는 덴마크(1.3%), 아이슬란드(1.2%), 스웨덴(1%)과 프랑스(1%), 핀란드(0.9%), 벨기에(0.8%) 등 순이다. 사실, 노르딕 국가라 해도 저소득 가정에게는 무상으로 제공되지만 일반 부모들에게 일정 정도 이용료가 부과된다.

1) 스웨덴

▶ 스웨덴의 아동 보육 서비스의 형태는 매우 다양한 것이 특징이다.

1975년 「유아교육법(National Pre-school Act)」을 제정하여 공립 보육 시설을 체계적으로 확대하는 것을 계기로 2003년에 만 4~5세를 위한 보편적 보육 서비스가 도입되어 최소한 하루 3시간 이상, 1년간 525시간의 취학 전 무상 교육을 제공하도록 규정하였다. 2002년 보육이용료 상한제도(Maximum Fee)를 실시하여 부모가 부담하는 보육 비용의 최고한도를 규제였는데 이 제도에 의해 첫째 자녀에 대해서는 총가구 소득의 3%, 둘째는 2%, 셋째는 1% 수준을 지불하게 되며, 추가 자녀에 대해서는 비용부담이 없어졌다.

1985년에 Riksdag안건을 통해 공립 보육 시설을 확충함으로써 대기자 명단을 감소하려고 노력하였으며, 1991년에 이르기까지 부모가 맞벌이이거나 학생인 경우, 1.5세에서 6세의 모든 아동에게 공립 보육 시설에 다닐 수있는 권리를 보장해 준다. 특히, 취학 전 아동을 대상으로 한 보육 시설 중 '개방형 유아학교(openpreschool)'는 대부분 무료이며, 해당 아동이 따로 등록할 필요도 없다. 단지, 장애아에 대한 무상보육은 1일 4시간, 연간 총 130일로 국한시키고 초과 비용은 보호자가 부담해야 한다.

최근의 스웨덴은 유아교육·보육 시설의 확충이냐 또는 가정 양육에 대한 지원이냐가 가장 큰 이슈로 제기되고 있다. 가정 양육이 갖는 장점을 최대화하여 기관 중심의 보육이 실시되기 어려운 특정 지역이나 영아를 중심으로 한 가정과 유사한 보육 환경을 선호하는 부모들의 요구를 적극 반영하여 가정 양육에 대한 사회적 관심 및 정부의 재정적 지원을 확대하려고 하기 위해 노력 중이다.

[표 10] 스웨덴의 보육 시설 유형

(단위 : 일)

국 · 공립	민간
• 기관 보육 시설 - 영아 집단 - 형제 집단 - 확대돈 형제 집단 • 시간제 유아 집단 • 개방 유아학교 • 가정 보육 시설	• 가정 보육 시설

자료 : 유희정 · 강정희, 「영유아 보육 서비스 다양화 및 보육 인프라 확충 방안 연구」, 한국여성 개발원 , 2002 , 79쪽

▶ 수당제도

• 아동수당제도는 기본아동수당, 연장아동수당, 다가족수당으로 구성된다. 기본아동수당은 부모의 결혼 여부와 상관없이 16세 이하 모든 아동에게 지급(월 950크로나, 한화 약 12만 원)되는 수당이다. 연장아동수당은 16세 이후 계속 의무교육 혹은 이와 유사한 교육을 받고 있는 경우에 지급되고, 다가족수당은 기본아동수당과 연장아동수당을 받고 있는 경우라도 세 자녀 이상을 양육하는 경우에 자녀가 20세 되는 6월까지 지급된다. 또 아동보호수당은 질병 및 장애가 있는 자녀(16세 이하)를 돌볼 경우에 지급되는 수당이다. 이외에도 부모 또는 한쪽이 사망한 경우(사망한 부모의 기본연금 금액의 25% 지급)의 아동이 17세까지 연금을 받을 수 있는 아동연금과 자녀가 있는 가정과 자녀는 없지만 28세 이하의 어린 부부에게 지급되며 자녀가 있는 경우 수당액이 소득 수준에 따라 차등 지급되는 주택수당이 있다.

2) 프랑스

1935년 「영아보호령」을 확대하여 새롭게 1945년에 제정된 「모자보건법」이 기초가 된다. 프랑스는 세계 최초로 보육 시설이 생긴 나라로 보육 서비스를 특수 계층보다는 모든 계층의 부모와 아동을 위하며, 국가가 그 주된 책임과 역할을 담당해야 한다는 원칙을 가지고 보육 서비스를 제공한다. 2~6세 영유아의 교육을 담당하는 시설로는 유치원이 있는데 모든 유아에게 무상으로 제공되는 취학 전 교육 시설이며 교육부가 행정적인 책임을 진다. 프랑스의 보육료는 기본적으로 무상보육이나, 방학, 휴일, 방과 후 보육 이용시에는 보호자가 부담하게 되어 있다.

0~6세 아이를 가진 저소득층(약 200만 가구)의 근로 여성에 대해 소득 중 일정 부분의 양육 비용을 지원하는데 아이를 탁아소(crèche)에 보내거나 양육 보조원(babysitter)을 고용하는 것 중 하나를 선택하도록 하고 동 비용의 일부를 지원한다. 최저 생계 소득에 따라 탁아소에 보낼 경우 소요 비용의 8.9%~10.7%를 지원하며, 양육 보조원을 고용할 경우 14%~28%를 지원해 준다.

프랑스의 경우 영유아 보육 시스템 개선을 위해 노력을 기울이고 있다. 국립 탁아소(crèche) 설립 확대를 위해 총 2억 유로의 예산을 투자하여 20,000명 수용을 위한 국립 탁아소 신설하고 확대 사업장 내에서의 사립 탁아소 창설도 적극 지원하고 있다. 또 공적 보육 시설(탁아소)을 보완하기 위해 민간 분야를 개방하였고 양육 보조원(babysitter) 소개회사 창설도 정부 차원에서 지원하고 있다. 특히 보육 시설 투자 기업에 대해 세금 공제 혜택, 근로자의 가족 형성에 우호적인 기업에 대해 기업의 보육 시설 투자 비용 중 60%에 해당하는 세금을 감면해 준다. 그밖에도 전문성 제고 및 지위 개선을 통해 더 많은 양육 보조원 확보, 3개의 가정에서 3명 이상의 아이를 육아하는 양육 보조원을 정규직 근로자로 인정하여 근로자로서의 노동계약, 휴가, 연금, 의료, 산업재해 등 사회보장 기금 창설 등 정규 근로자로서의 법적 권리 부여 양육 보조원을 위한 자격증을 발급하여 양육 보조원의 지위 제고 및 경력을 인정해 주는 방법 등으로 보육 시스템을 개선 중이다.

이외에도 부모들의 선택권을 보장하기 위해 가정 내 보육이나, 노동 시장에 참여하지 않는 부모들을 대상으로 한 시간제 보육 등이 제도화 되어 있다. 가정 내 보육은 「가정 보육모에 관한 법률」(1992년)에 근거 하여 자격을 갖춘 가정 보육모가 자신의 집에서 2~3명의 유아들을 개별적으로 돌보는 형식으로 이루어진다.

▶ 수당제도

가족수당은 소득 수준에 관계없이 20세 미만의 두 자녀 이상을 가족 에게 지급되며, 다른 수당들과 중복하여 지급된다. 특히 수당액은 자녀 1명당 추가 가산하며, 자녀의 연령이 증가할수록 증가한다. 보충 급여(가족보조금)는 부양 자녀가 3명 이상이고, 자녀 모두 3세 이상인 경우를 대상으로 하며 소득 기준에 따라 수혜 자격이 제한된다. 이외에도 자녀 교육수당 등 아동 연령별 수당제도와 직업 활동에 대한 자유로운 선택 보조금 등 부모의 직업 상황(직업 중단 및 실업 등)에 따른 수당제도 등 다양한 수당제도를 마련해 두고 있다.

3) 핀란드

핀란드의 영유아 교육 및 보육 정책 시스템은 ECEC(Earlychildhood education and educare), 보육·교육·지도(teaching)가 통합된 전체를 의미하는 것으로, 대부분의 보육센터와 취학 전 교육에 적용되는 개념이다. 그래서 국가와 지방자치 당국은 핀란드의 0~6세까지의 모든 영유아를 대상으로 차별 없는 ECEC 기회를 무상으로 제공할 의무를 갖고 있다. 1927년 의회에서 정부 지원에 대한 법이 추진됨에 따라 모든 유치원과 유아원은 운영 자금의 30%를 동등하게 지원받을 수 있게 되었으며, 부모는 교육 비용으로 수입의 10% 정도를 부담하고 있다. 1990년부터 핀란드의 만 3세 이하 영유아와, 1996년부터는 만 6세까지의 영유아들 모두 무상급식이 포함된 보편적인 전일제 무상보육 서비스와 취학 전 교육을 받고 있다. 취학 전의 자녀 보육을 위해 지방자치단체에 보육 시설을 갖추고, 육아 휴직을 마친 부모가 일에 전념할 수 있게 한다. 취학 전 교육(The pre-school education system) 다음해에 의무교육을 시작하는 6세 아동을 위한 자발적 프로그램 6세 아동의 90%가 참여하고 있으며, 종합학교에서 이루어지는 취학전 교육은 15% 정도를 커버하고 있는데 대부분의 취학 전 교육은 보건복지부의 관할 아래 있는 어린이집에서 이루어지고 있다. 특히 보육 시설의 이용은 부모의 취업 상태나 수입에 관계없이 취학 전의 자녀를 가진 모든 가정이 이용할 수 있어 보육에 대한 부담을 덜어 준다. 보육 시설은 종일 보육(full day-care)과 시간제 보육(part-time day-care)을 모두 제공하고 근무시간이 일정치 않은 부모를 위해 24시간 보육 시설을 운영하고 맡겨진 영유아에 대하여 식사를 제공한다. 그래서 2010년부터 지방자치단체는 예산 절감을 위해 규모가 작은 어린이집을 닫고 아이들을 대규모의 어린이집으로 보내고 있는 추세이다.

4) 덴마크

덴마크에서는 유아교육 및 보육 서비스의 많은 부분이 공공기금으로 운영되는 것처럼 '아이는 사회가 키운다'는 생각이 보편적이다. 대부분의 경우 보육 서비스 비용은 지방정부가 75%를 부담하며, 이용자의 부담률은 25% 정도로 낮다.

특히 지자체마다 연령대별 공공 보육 시설이 충분히 갖춰져 있다. 6개월~2살 영유아를 돌보는 탁아소부터 3~6살 아동을 맡는 유치원, 생후 6개월~6살(혹은 14살) 아이들을 관리하는 연령 통합 보육 시설까지 단계별로 다양하다. 덴마크 국회는 2011년 1월 1일부터 주간 아동 보육기관에서 모든 아이들에게 아침식사를 제공하는 법안을 2009년 11월 24일 통과시킴, 주간 아동 보육기관 이용 아동 부모의 비용 부담은 25~30% 증가할 것으로 예상되며, 지방자치단체는 총 4억 덴마크 크로네의 예산 부담이 발생할 것으로 예측된다. 덴마크에서는 영유아를 보육 시설에 맡기는 것이 일반화되어 있으며, 3세 미만 영유아의 공공 보육기관 등록률이 80%를 차지한다.

▶ 양육수당 지급

0~3살 4,107크로네(약 98만 원), 3~7살 3,251크로네(78만 원), 7~18살 2,558크로네(61만 원)의 양육수당을 매년, 1년 4회씩 받는다. 한부모 가장의 경우, 보통의 양육수당보다 1,500크로네(약 36만 원) 가량씩

추가로 받음으로 양육에 대한 부담을 줄여 준다. 추가 양육수당의 지급은 일정 수준 이하의 저소득 가정에도 주어지며, 쌍둥이, 장애아를 가진 가정에는 가정 도우미 비용도 지원된다.

하지만 2011년부터 양육 보조금과 인공수정 지원금 감축을 통해 매년 240억 덴마크 크로네의 지출을 줄이는 것을 주요 내용으로 하는 긴축재정안이 2010년 5월 25일 공표되었다. 가정의 아이 수와 관계없이 한 가정이 받을 수 있는 연간 양육 보조금이 최대 3만 덴마크 크로네로 제한됨으로써 양육 보조금 제한으로 인해 아이들의 수가 많은 이민자 가정이 특히 어려움을 겪을 것으로 예상된다.

5) 네덜란드

1990년 「유아보호 촉진법」의 시행으로, 유아의 교육과 보호에 소요되는 비용을 정부 35%, 기업 21%, 부모 44% 부담한다. 예컨대 가족의 연간 수입이 3만 9785~4만 144유로(한화로 약 5100만~5200만 원)인 맞벌이 부부가 오전 7시 30분부터 오후 6시 30분까지 운영되는 전일반을 주당 3일 이용할 경우, 첫째 아이는 시간당 1.16유로로, 둘째 아이는 0.28유로만 지불하면 된다. 원래 보육료는 시간당 5.70유로지만 기업과 정부가 나머지를 납부해 주며, 정부가 부모에게 지원금을 직접 지급하게 되는 것이다.

특히, 시간제 근무자가 많은 네덜란드의 근무 환경이 보육 시설 가격체계에도 그대로 반영되어, 보육료 역시 시간제로 산정한다. 실제 부모들도 1주일 중 2~3일만 맡기거나 하루에 몇 시간만 자녀를 맡기는 경우가 많기 때문이다. 만 0~4세 미만 연령대의 영·유아들이 주로 전

일반에 주당 3일 가량 맡겨지고 있고 취학 연령인 4~5세를 넘기면 주당 1~2일씩 오후 3시부터 6시까지 보살펴 주는 방과 후 프로그램이 인기가 높다.

6) 영국

영국은 영유아교육 및 보육에 있어서 자원봉사자를 적극 활용하는 것이 특징이다. 영국 정부는 '유아교육 개혁 10개년 계획'(a ten year strategy for childcare)을 2004년 12월에 발표하였으며, 영유아 무료 교육기간 및 주당 교육시간 확대 등을 골자로 하는 'Action Plan for the Ten Year Childcare Strategy'를 2006년 4월 발간하였다. 2006년 4월 3, 4세 아동 무료 교육 시설 이용기간을 연간 33주에서 38주로 연장하여 빈곤층 자녀 2세 영아 무료보육 시범 실시(목표 1만 2천 명)하고 있고, 65만 명 이상의 아동이 Sure Start Children's Centre 이용 가능하다. 2006년 9월부터 2,500여 개의 학교를 이용하여 방과 전후 아동보육 제공하고 있고 2007년에는 무료 교육 시설 이용시간을 주당 12.5시간에서 15시간으로 시범 확대하여 2010년, 주당 15시간인 무료 교육 시설 이용 시간을 전 기관으로 확대하였다.

영국의 경우, 아동 연령에 따른 이원화 체제를 운영하고 있다. 5세 이상의 아동에게는 교육노동부 및 지방 교육당국 관할 하에 전원 무상교육의 프리스쿨 과정을 운영하고 5세 미만의 아동에게는 사회보장부 및 지방정부의 관할 하에서 실시되는 영유아 보육(교육)을 운영한다. 5세 미만의 영유아 보호는 보통 부모가 비용을 부담하게 되어 있다. 대신에 모든 3세~4세 유아들에게는 무상 반일제(part-time) 교육을 받을 수 있는 자격이 주어지는데 부모가 일을 하거나 한 부모, 혹은 부모가 학생일 경우에는 추가로 금전적 지원을 받을 수 있다. 일주일에 최소 12.5시간, 1년에 38주 동안의 무상 유아교육 혜택을 다양한 형태의 기관(탁아소, 놀이방, 유아학교 1학년, 취학 전 학교 등)에서 받을 수 있어 선택의 폭이 넓다. 보육 서비스 비용은 공립 교육기관과 공립 보육 시설은 정부가 부담하고, 사립 교육기관과 사립 보육 시설은 부모의 경제력에 따라 차등 적용되어 수익자가 부담한다.

7) 호주

호주에서는 4세부터 6세까지의 유아는 완전 무상이거나 거의 무상에 가까운 보육을 제공한다. 지방자치단체에 따라 차등 : Tasmania주와 북부 지역은 유치원 교육이 무상이며, 그 이외의 지역은 부모가 부분적으로 교육비를 지불하게 되어있다. 연방정부의 기본적인 정책 방향에 따라서 2010년까지 모든 아동에게 15시간의 무료보육을 제공하고 보육료가 가구 소득의 15%를 넘지 않도록 하는 것이 목표로 보육 서비스를 위하여 매년 약 15억 호주 달러를 지출하고 있다. 보육 지원금(Child Care Benefit, CCB)과 보육 조세 환급(CCTR)의 제공에 따라서 전체 영유아의 91%에 대해 보육 지원금을 지급한다. 이는 부모 소득에 따른 아동별 보육료 지원방식으로, 보육료 부담에 대해 정부가 약 80%를 지원하고 보호자가 20%를 부담하는 방식이다. 가족 지원 사무국(Family Assistance Office, FAO)에서 부모의 소득 조사부터 보육료 지급까지의 전 과정을 국세청과 연계, 일원화하여 집행하며, 보육료 지급에 대한 심사 및 관리가 매우 철저한 것으로 알려져 있다.

2. 외국 사례의 시사점

주요 선진국 보육 정책의 방향을 살펴보면, 첫째 다양한 보육 서비스의 제공으로 부모의 선택권 보장, 둘째 보육 서비스의 질 개선, 셋째 보육료 지원의 확대, 넷째 양육수당 등의 지급으로 소득 지원을 강화 등으로 우리나라의 보육 정책에 많은 시사점을 준다.

국내 보육 정책의 문제점 및 개선 방안

국내 보육 정책의 개선을 위해서 모든 영유아에게 무상보육을 실시할 경우 향후 5년간 약 27조 원의 예산이 소요될 것으로 예상되기 때문에 우선순위에 대한 정책적 결단과 합리적 예산 책정과 집행을 위해 노력해야 할 것으로 생각한다. 우리나라 경우 보육 예산 증가에도 불구하고 GDP 대비 보육에 대한 공공지출(0.1%)은 OECD 평균 보육에 대한 공공지출(0.3%)에 못 미치고 있는 현실이다. 따라서 소득 기준별 무상보육의 대상 범위가 확대되어야 할 것이다. 소득 기준별 무상보육의 대상 범위는 '09년 7월 이후 소득 하위 50%까지 확대되었고, '11년 3월달부터 소득 하위 70%까지 확대 시행되고 있다. 단 차등보육료 지원 대상을 단계적으로 확대하는 방안은 지속적으로 모색되어야 할 것이다.

* 보육료 지원 시 보육 시설 이용률 증가와 무관한 계층은 상위 10%에 불과함

1. 보육의 공공성 확보를 위한 보육 시설의 획기적 개선

보육 서비스의 질을 담보할 수 있는 보육 시설이 충족되지 않은 상황

에서는 아동별 지원뿐만 아니라 시설에 대한 합리적인 지원 방안 마련을 통해 보육 시설에 대한 질적 개선 노력도 요구되며, 시설 유형에 따른 지원 방식을 구분하여 보조함으로써 시설 유형에 따른 보육의 형평성을 개선하여야 한다. 따라서 국공립 보육 시설을 확충하기 위한 특별한 노력이 필요한 것이다. 왜냐하면 국공립 보육 시설은 부지 확보가 어렵고 지방정부의 재정 부담이 크며 민간 보육 시설의 반대에 부딪히고 있기 때문이다.

  * 현재 우리나라 국공립 보육 시설이 전체 보육 시설의 5.5%에 불과하다는 점은 성공 사례에 속하는 스웨덴과 프랑스의 보육 시설들이 대부분 국공립 시설인 점과 대조적임

  따라서 특별법을 제정하여 중앙정부가 100% 지원하는 '국립 보육 시설, 중앙정부 : 지방정부=1:1'로 지원하는 국공립 보육 시설 등 그 유형을 다양화할 수 있도록 해야 한다.

  정부는 보육의 민간 보육 시설에 대한 의존도가 높은 점을 감안하여, 민간 보육 서비스의 질적 향상을 위해 민간 보육에 대한 지원이 강화되어야 할 것이다.

  영유아들이 쾌적하고 안정된 환경에서 보육될 수 있도록 민간 보육 시설에 대한 시설 운영비가 지원되어야 하는데 민간 보육 시설 보육 교사에 대한 인건비 지원이 이루어져야 한다. 현재 국공립 보육 교사들의 평균 급여는 146만 원이고, 민간 보육 시설 교사들의 평균 급여는 92만 원 수준으로 보고되었다. 일정 수준(전체 시설의 30%)의 국공립 시설을 확보하고 민간 시설에 대하여 지원과 관리를 연동한 정책에 대

한 검토가 필요하다.

영유아에 대한 지원 중에는 보육료 산정 요소 중 국공립 보육 시설은 시설 관리 운영비를, 민간 보육 시설은 인건비의 국가재정 지원이 꼭 필요하다.

2. 영아보육 집중 지원

영아(만 0~2세)의 경우에는 시설 지원과 가정 지원을 병행해야 할 필요가 있다. 어린 자녀를 안심하고 맡길 수 있는 자녀 양육 방식이 확보되어 있지 않은 현실은 자녀 출산에 절대적으로 불리한 환경을 제공하기 때문이다. 고용 안정이 보장된 근로자는 육아휴직제도를 통하여 영아를 가정에서 양육할 수 있지만, 일용직·계약직 등의 비정규직 여성 근로자는 영아보육에 대한 뚜렷한 대안을 갖고 있기 힘든 상황에 있을 수 있기 때문에 정부의 보육 정책은 영아보육에 집중적인 지원을 해야 할 것이다.

국공립 보육 시설부터 영아반을 의무적으로 편성하도록 해야 하고, 정부는 기존의 보육 시설이 영아의 특성상 안전사고에 대한 부담, 두려움때문에 영아반 편성을 꺼리는 요인을 제거해 주어야 할 것이다. 「영유아 보육법」 제31조의 2(보육 시설 안전공제사업 등)에 의거하여 보육 시설 안전공제사업이 2009년 7월 1일부터 시행되고 있으나 임의 가입이라는 한계가 있기 때문에, 「보육 시설 안전사고 예방 및 보상에 관한 법률」 제정 혹은 "모든 보육 시설은 보육 시설 안전공제사업에 의무적으로 가입해야 한다"는 내용을 제31조의 2(보육 시설 안전공제 사업 등)에 삽입하는 것을 제도적으로 검토할 수 있는 것이다.

3. 다양한 보육 서비스의 제도화

다양한 연령의 자녀를 둔 부모의 보육 서비스 선택권을 강화하기 위하여 가정 보육의 제도화를 검토할 수 있고, 가정 내 보육 지원은 다양하게 논의되어야 할 점이다. 우선 보육 시설에서 외면당하는 영아, 장애아 등 취약 보육 문제를 해결해야 한다. 맞벌이부부 취업 여성들의 보육 문제 해결뿐 아니라 저출산 원인을 해소해야 할 것이다. 또 개별 보육 등 차별화된 보육을 희망하는 부모 수요에 부응하여 이용자 중심의 보육 환경을 조성해야 한다. 보육 교사 자격증 보육자의 현업 진출을 포함할 뿐 아니라 괜찮은 일자리(decent work)의 고용 창출 효과로 이어져야 할 것이다. 장기적으로 (가칭)가정 보육모의 법적 보호 방안도 고려되어야 할 것이고 특히 국가가 가정 보육을 활용하는 자에 대하여 시설이용자에 준하여 비용을 지원함으로써 현실적으로 실현될 수 있는 방안을 제시해야 한다.

가정 보육 제도화도 중요한 문제이다. 하루빨리 가정 보육의 제도화와 관련된 근거 법률과 지원센터를 설립하여(근거 법률과 제도 마련) (가칭)가정 보육모를 관련 법에 근거하여 국가에 등록되어 일할 수 있게 해야한다. (가칭)가정 보육모를 고용한 자도 국가에 신고하는 것을 검토할 수(신고 단계) 있을 것이다. 따라서 국가에 등록된 (가칭)가정 보육모는 일정 기간 동안 훈련과 교육 기간을 거쳐야(교육 단계) 하고 (가칭)가정 보육모는 각 지역의 등록기관으로부터 지도 · 감독을(사후 단계) 받음으로써 국가에서 제도적으로 관리해야 한다.

(가칭)가정 보육모 등록에 있어서 ①안은 가정에서 손자녀를 돌봐주고 있는 조부모들까지 가정 보육모의 범위에 포함시킬 수 있고, ②안

일정한 교육 조건 등 자격을 갖춘 자를 가정 보육모로 정의할 수 있을 것이다. 다양한 안을 통해서 가정 보육모가 하루 빨리 제도화된 이후 정착될 수 있을 것이다.

또 지속적으로 서비스 질 향상을 위해 (가칭)가정 보육모 혹은 베이비시터에 대한 교육 및 훈련이 이루어져야 한다. (가칭)보육정보센터에 (가칭)고객센터를 설치하여 사적인 가정에서 이루어지고 있는 가정 보육모의 보육에 대한 불만사항 등을 접수받아 시정할 수 있는 체계를 구축해야 할 것이다. 구체적인 방안으로 (가칭)「가정내 보육 지원법안」 제정하거나 「영유아 보육법」 제10조(보육 시설의 종류)를 개정하는 것을 고려할 수 있다.

노인 정책의 중요성

고령사회 진입 현황

1. 고령사회 진입 현황

한국은 2018년이 되면 65세 이상 노인 인구가 전체 인구의 14%에 도달하는 고령사회로 접어든다. 또한 그로부터 8년이 경과되는 2026년 되면 65세 이상 노인 인구가 전체 인구의 20%에 도달하는 초고령사회에 진입하게 된다. 반면 프랑스의 경우는 이미 1864년에 고령화 사회에 진입하였으나, 고령사회에 도달하기까지 115년이 소요되었고 초고령사회에 도달하기까지 39년이 소요될 것으로 추계되고 있다. 아래 표에서 나타나듯 다른 주요국에 비해 고령화의 속도가 빠른 것을 알 수 있다.

1990년에는 노인 인구가 219만 5천 명으로 전체 인구의 5.1%였으나, 2000년에는 노인 인구가 339만 5천 명으로 전체 인구의 7.2%가 되었으며, 총 노인 인구수는 10년 동안 120만 명이 증가하였다. 2010년에는 노인 인구가 535만 7천 명으로 전체 인구의 11%에 이르렀고, 2000

년대에 들어서만 196만 2천 명이 증가하였다. 또한 2026년에는 노인 인구가 20%를 넘어선 초고령사회에 진입할 것으로 예측되고 있어 총 노인 인구수는 1,000만 명을 돌파할 것으로 예상된다.

[표 1] 주요 국가 고령화 속도

구분	도달년도			소요년수	
	고령화사회 (7%)	고령사회 (14%)	초고령사회 (20%)	고령사회 도달	초고령사회 도달
한국	2000	2018	2026	18	8
일본	1970	1994	2006	24	12
독일	1932	1972	2009	40	37
미국	1948	2015	2036	73	21
프랑스	1864	1979	2018	115	39

자료 : 통계청

노인복지 정책 현황

1. 노인복지 정책과 수혜 기준

[표 2] 2010년도 노인 보건복지 사업과 수혜 기준

사업명		수혜자		비고
		연령기준	자격기준	
건강보험	노인장기 요양보험	65세 이상 또는 65세 미만 노인성 질병자	65세 이상 또는 65세 미만 노인성 질병자	※제도 시행 : '08. 7. 1
	노인복지 시설(의료)	65세 이상	※지방 이양사업 ※노인복지법 시행 규칙 개정 에 따라 무료. 실비 및 유료 시설이 노인 요양 시설로 통합('08. 4. 4)	※지방 이양사업 ※노인복지법 시행. 규칙 개정에 따라 무료. 실비 및 유료 시설이노인 요양 시 설로 통합('08.4.4) ※지방 이양사업

건강보험	재가노인복지사업(방문요양서비스, 주간·단기보호서비스, 방문목욕서비스)	65세 이상	• 장기 요양 급여 수급자 • 심신이 허약하거나 장애가 있는 65세 이상의 자 ※이용자로부터 이용 비용의 전부를 수납받아 운영하는 시설의 경우 60세 이상의 자	
	치매상담센터운영	60세 이상	• 치매 노인과 그 가족	※지방 이양사업
	치매조기검진사업	60세 이상	• 60세 이상의 모든 노인(저소득층에 우선권 부여)	
	치매치료관리지원 사업	60세 이상	• 60세 이상, 치매환자(F00~F03, G30)	전국 가구 평균소득 50% 이하인 자
	노인 안검진 중 개안수술 대상	60세 이상	• 기초생활수급자 및 차상위 노인 중 희망자 • 기타 보건소장이 필요하다고 인정하는 자	
소득보장	노인 일자리 사업	65세 이상	• 노인 일자리 사업 참여가 가능한 노인 ※사업 내용 및 노동 강도에 따라 일부 사업은 60세 이상도 참여 가능	
주거보장	노인복지시설(주거)	65세 이상	• 일상생활에 지장이 없는 자로서 기초수급권자 및 적절한 부양을 받지 못 하는 자 • 도시근로자 월평균소득 이하 가구 노인 ※입소자로부터 입소 비용의 전부를 수납하여 운영하는 시설의 경우 60세 이상의 자	※지방 이양사업 ※노인복지법 시행. 규칙 개정에 따라 무료. 실비 및 유료 시설이 노인 요양 시설로 통합('08. 4. 4)
	노인돌봄서비스 - 기본서비스	65세 이상	• 실제 혼자 살고 있는 노인 • 장기요양보험등급 외 A, B 의 노인	※'10년부터 노인돌봄 종합 서비스와 가사간병(노인)서비스통

사회서비스제공				
- 종합서비스		• 전국 가구 월평균소득 150% 이하	합 운영
노인여가복지시설 - 경로당 - 노인복지관 등	65세 이상 60세 이상	없음	※지방 이양사업
결식우려노인 무료급식 지원	60세 이상	• 결식이 우려되는 노인	※지방 이양사업
경로우대제 (철도, 전철, 국·공립공원 등)	65세 이상	없음	

2. 노인복지 정책 및 예산

1) 최근 6년간 정부의 노인복지 예산

[표 3] 노인복지 정책 예산

구분		'06	'07	'08	'09	'10	'11
총계		421,415	588,009	2,101,330	3,139,312	3,533,772	3,753,225
[일반회계]		401,971	564,948	2,061,388	3,125,384	3,498,872	3,712,267
노인 생활 안정	경로연금(~2007) 기초노령연금(2008~)	215,318	217,500	1,594,768	2,469,704	2,723,631	2,825,258
	노인복지사업관리	186	177	1,282	282	258	1,375
	사할린한인 생계비지원	2,064	9,150	9,648	8,960	6,273	5,377
	노인관련기관 지원	2,046	3,506	3,581	5,253	46,106	31,164
	노인돌봄서비스	-	55,717	65,995	52,141	88,888	101,175
	노인 일자리 지원	59,459	84,419	95,053	131,408	151,640	164,149
노인 의료보장	노인장기요양 보험제도	9,083	13,654	153,025	328,399	388,884	460,349
노인 요양 시설확충	노인 요양시설 확충 등	103,815	159,212	102,475	97,390	58,642	58,419
장사시설 확충	장사시설 설치 등	10,000	21,613	35,561	31,847	34,550	65,001
농어촌특별회계		3,159	2,550	2,550	2,550	-	-

노인 일자리 지원	한국노인인력 개발원 지원 (일반회계로 변경)	409	-	-	-	-	-
노인 의료보장	농어촌재가노인 복지시설확충	2,750	2,550	2,550	2,550	-	-
균형발전특별회계		-	987	1,021	1,119	1,507	1,944
노인 일자리지원	노인 일자리 지원(제주)	-	987	1,021	1,119	1,507	1,944
국민건강증진기금		16,285	19,524	16,400	3,295	15,943	16,077
노인 의료보장	노인건강관리	1,407	3,018	2,095	2,263	9,713	12,259
	공립치매병원 (노인의료시설)확충	14,878	16,506	14,305	1,032	6,230	3,818
복권기금		-	-	-	-	-	2,458
	학대피해노인 쉼터지원	-	-	-	-	-	2,458

2) 노인 일자리 사업

[표 7] 16개 시 · 도별 노인 일자리 사업 예산(2005~2010) (단위 : 억 원)

시·도	2005		2006		2007		2008		2009		2010	
	국고	지방비	국고	지방비	국고	지방비	국고	지방비	국고	지방비	국고	지방비
서울	18	42	48	112	73	149	73	348	157	366	139	324
부산	19	19	38	38	61	57	61	61	110	110	101	101
대구	10	10	30	30	45	41	45	45	81	81	79	79
인천	12	12	24	24	36	31	36	36	82	82	69	69
광주	7	7	17	17	32	29	32	32	46	46	42	42
대전	6	6	17	17	27	24	27	27	48	48	48	48
울산	4	4	10	10	19	17	19	19	28	28	28	28
경기	24	24	70	70	117	109	117	117	186	186	194	194
강원	14	14	29	29	56	51	56	56	83	83	78	78
충북	9	9	23	23	39	33	39	39	58	58	47	47
충남	12	12	32	32	54	50	54	54	85	85	89	89
전북	11	11	37	37	71	63	71	71	113	113	108	108
전남	17	17	54	54	82	76	82	82	132	132	122	122
경북	18	18	39	39	58	51	58	58	108	108	102	102

경남	15	15	43	43	62	58	62	62	106	106	99	99
제주	4	4	10	10	10	10	10	10	19	19	15	15
미통지												
합계	200	224	520	585	763	849	843	1,117	1,444	1,651	1,351	1,545
총계	424		1,105		1,612		1,960		3,095		2,896	

대부분의 시·도는 국고와 지방비의 매칭 사업 방식으로 예산 비율
은 약 50:50이며, 서울시는 국고와 지방비가 30:70으로 지원되고 있다.
예산액을 5년 단위로 보면, 2005년에는 국고 200억 원, 지방비 224억
원이었으나, 2010년에는 국고 1,351억 원, 지방비 1,545억 원으로 급격
히 증가하였다. 단, 2009년도에 비해 2010년도에는 예산이 줄었다.

[표 8] 16개 시·도별 노인 일자리 수요 및 공급 현황(2005~2010)

(단위 : 개)

시·도	2005 수요	2005 공급	2006 수요	2006 공급	2007 수요	2007 공급	2008 수요	2008 공급	2009 수요	2009 추경수요	2009 공급	2010 수요	2010 공급
서울		3,906		11,500		14,419	15,682	16,076	23,030	18,000	33,560	37,038	30,001
부산		2,737		5,460		7,815	8,326	8,137	14,760	2,500	14,201	13,000	13,254
대구		-		4,260		5,475	6,000	5,779	6,022	3,633	10,296	10,700	10,050
인천		4,456		3,460		4,155	5,240	4,768	6,072	4,000	10,472	10,772	9,200
광주		906		2,400		3,932	4,200	4,176	4,180	1,000	5,844	7,000	5,490
대전		2,415		2,400		3,147	3,490	3,476	4,137	556	6,123	6,040	6,214
울산		482		1,360		2,294	2,613	2,594	2,839	500	3,524	4,006	3,66526
경기		3,078		10,160		15,031	17,327	15,463	18,630	1,835	26,330	27,566	26,200
강원		1,962		4,160		6,732	8,023	7,345	9,858	2,027	10,595	12,023	9,983
충북		1,108		3,260		4,428	4,929	5,105	6,104	734	7,347	7,412	6,246
충남		2,641		4,560		6,742	7,643	7,174	7,712	1,658	10,564	12,397	11,562
전북		2,900		5,260		8,549	10,038	9,224	14,778	3,500	14,277	16,567	13,913
전남		2,963		7,800		10,212	12,365	10,884	16,160	4,,359	16,634	19,002	15,600
경북		3,358		5,660		6,755	8,558	7,733	8,985	1,008	13,613	16,181	13,120
경남		1,296		6,160		7,717	8,500	8,040	9,574	3170	13,376	14,844	12,780
제주		919		1,360		1,248	1,222	1,266	1,329	974	2,338	2,645	1,905
합계		35,127		79,220		108,651	124,156	117,240	154,454	49,454	199,094	217,193	189,183

노인 일자리는 공공 분야(공익, 교육, 복지형)가 약 89%, 민간 분야 (인력파견형, 시장형, 창업모델형)가 약 11%로 공공 분야가 절대다수를 차지하고 있다. 결과적으로 현행 방식의 노인 일자리 사업은 지속가능성이 낮고, 월 20만 원씩 한시적으로 저소득 노인들에게 생계비를 지원해 주는 수준에 머물고 있다는 것이 큰 문제점으로 지적된다. 그나마도 노인 일자리의 공급이 수요를 충족시키지 못하고, 2010년 기준으로 총 공급이 총 수요(217,193개)의 약 87% 수준인 것으로 나타난다. 공공 분야 일자리가 전체의 89%를 차지하고 있는 상황이므로, 추가적인 예산확보가 필요한 실정이다. 따라서 월 20만 원씩 공공부조에 의해 한시적으로 제공되는 일자리가 아닌, 노후 소득보장이 가능한 지속적이고 괜찮은(decent) 일자리의 계발이 시급히 이루어지고 민간 영역의 노인 일자리 계발이 보다 활성화될 필요성이 있다.

3) 노인 자원봉사 활성화 사업

현재의 노인 자원봉사 활성화 사업은 단순 노력봉사 위주에 그치고 있어 전문 분야 개발을 비롯하여 조직화 및 전문 리더 양성을 통한 정책적 노력이 필요한 것으로 나타났다. 자원봉사 프로그램과 노인 일자리 · 희망근로사업의 영역 혼재로 자발적 자원봉사 환경은 더욱 취약한 실정이다. 자원봉사 프로그램 지원 대상이 소수(30개)에 불과하고, 개별 지원 수준(1,000만 원 내외)도 미약하여 대폭적인 지원 확대가 필요하다. 노인 자원봉사 활성화 사업은 아직 성과를 제시하기 어려운 초기 단계에 불과하고, 예산도 소액에 불과하다. 특히 노인 일자리 시간당 평균 임금은 약 4,200원인데 반하여 노인 자원봉사 시간당 유도

비용은 약2,500원~3,000원으로 나타나 현실적인 재정 지원 방안도 고려해야 한다.

4) 고령자 고용 촉진 방안

고령자의 고용을 촉진하기 위해 민간 영역에서 다양한 프로그램이 제공되고 있으나, 사업 실적은 미미한 상황이다.

■ 고령자 고용 촉진 장려금 지원제도

이 제도는 다수 고용 또는 1년 이상 정년 연장, 정년퇴직자 계속 고용 등의 경우 사업주에 장려금을 지원하는 사업이다.

[표 9] 고령자 고용 촉진 장려금 지원제도 사업실적

(단위 : 명, 백만 원)

연도	다수 고용		정년퇴직자 계속고용		정년 연장	
	인원	금액	인원	금액	인원	금액
2010	102,668	18,122	1,802	1,277	2,094	1,730
2009	268,288	45,187	3,786	2,617	2,775	2,330
2008	270,118	45,356	3,709	2,626	118	80
2007	255,777	38,388	3,580	2,492	-	-

■ 임금피크제 보전수당 지원제도

이 제도는 고령자 고용 연장 및 기업의 인건비 부담 완화를 위해 임금피크제를 도입하는 기업의 소속 근로자에게 삭감된 임금의 일부를 지원하는 제도이다.

[표 10] 임금피크제 사업실적

(단위 : 백만 원)

연도	지원 사업장수	지원 인원수	지원금액
2010	165	1,515	4,849
2009	224	1,479	6,489
2008	214	997	3,032
2007	160	584	1,538

■ 고령자 뉴스타트 프로그램

민간 훈련기관과 중소기업 간 협약을 통해 50세 이상 실직 근로자에게 직무 훈련과 취업 능력 향상 프로그램을 지원하고, 현장 연수를 통해 고령자의 재취업을 촉진하는 제도이다.

[표 11] 고령자 뉴스타트 프로그램 사업실적

(단위 : 명, %)

연도	인원			
	계획	참여자	수료자	취업자수(취업률)
2010	3,125	2,002	316	68(19.4)
2009	700	649	495	308(53.4)
2008	855	802	696	222(31.9)
2007	900	328	264	45(17.1)

■ 고령자 인재은행 지정 · 운영사업

이 사업은 '93년부터 민간단체의 무료직업소개 지원사업으로부터 출발하였으며, '10년 현재 52개소의 비영리법인 또는 공익단체를 고령자 인재은행으로 지정하고, 우선고용직종을 중심으로 취업 알선을 하였다.

[표 12] 고령자 인재은행 사업실적

(단위 : 명, %)

연도	인재은행수	구인	구직	알선	취업	취업률
2010	52	44,065	47,741	60,270	35,454	74.3
2009	50	88,163	91,193	120,199	72,438	79.4
2008	49	84,960	80,991	98,442	67,381	83.2
2007	50	80,300	77,169	92,457	64,124	83.1

■ 중견 전문인력고용센터 지정·운영사업

퇴직한 중견 전문인력에게 중소기업에로의 재취업을 알선하여 기업 경영상의 애로사항을 해소하기 위해 운영하고 있으며 1996년의 한국 경영자총협회를 시작으로 '10년 현재 5개소를 운영하고 있다.

[표 13] 중견 전문인력고용센터 사업실적

(단위 : 명, %)

연도	구인인원	구직인원	취업알선	취업
2010	611	1,572	2,795	208
2009	427	879	889	179
2008	450	628	1,497	177

■ 고령자 고용안정 컨설팅비용 지원제도

고령자의 고용안정과 취업의 촉진을 위하여 임금 체계 개편 및 직무 재설계 등에 관하여 전문기관의 진단을 받는 사업주 또는 노사단체를 지원하는 제도이다.

[표 14] 사업실적

(단위 : 개소, 백만 원)

연도	지원 사업장수	지원금액
2010	29	1,093
2009	33	1,466
2008	35	1,487
2007	35	1,595

■ 고령자 고용환경개선 융자제도

고령자의 고용 안정과 취업의 촉진을 위하여 고령자 고용환경개선
시설 및 장비를 설치하거나 개선하려는 사업주에게 그에 필요한 비용
을 융자하는 제도이다.

[표 15] 사업실적

(단위 : 개소, 백만 원)

연도	지원 사업장수	지원금액
2010	8	1,001
2009	29	5,000
2008	25	4,061
2007	13	3,448

5) 노인 여가지원 방안

노인 여가지원사업 중 가장 대표적인 것이 경로당 지원사업이다. 그
러나 2005년 지방 이양사업으로 분류된 이후, 국가의 예산지원사업의
대상에서 제외되었다.

「보조금의 예산 및 관리에 관한 법률 시행령」 제4조 단서 조항과 별
표1의 2에 의거하여 국가의 보조금 지급대상사업에서 제외되었다. 다
만, 2008년 금융 대란과 고유가 사태로 인해, 경로당 운영비 중 난방비
항목을 추경예산 508억 원으로 지원하였다.

2009년에는 국가의 예산지원이 없었으며, 2010년에는 추경예산을
통해 411억 원을 난방비 명목으로 경로당에 지원하였다.

마찬가지로 2011년도에도 경로당에 난방비 명목으로 보건복지부와
행정안전부가 각각 218억 원을 일반회계에 편성하여 지원하였다.

6) 노인 장기요양보험제도 현황

전국 기준으로 합계 충족률은 121.39%로, 이미 시설의 총공급이 총수요를 초과한 상황이다. 현재 서울 지역(83.86%)을 제외하고 15개 지역은 충족률이 100%를 넘어섰다.

[표 16] 16개 시 · 도별 장기요양기관 현황 (단위 : 명, 개소, 개, %)

시 · 도	시설수요 (ⓐ)	시설수	정원 (ⓑ)	침상수 (노인1천명당)	현원 (ⓒ)	입소율 (ⓒ/ⓑ)	충족률 (ⓑ/ⓐ)
합계	93,200	3,586	113,134	21.1	86,200	76.19%	121.39%
서울	13,659	403	11,454	12.2	9,535	83.25%	83.86%
부산	5,174	153	5,221	13.4	3,760	72.02%	100.91%
대구	3,487	119	3,831	15.7	2,907	75.88%	109.87%
인천	4,919	196	6,834	29.8	5,150	75.36%	138.93%
광주	2,457	86	3,083	24.0	2,247	72.88%	125.48%
대전	2,295	84	2,767	21.5	2,130	76.98%	120.57%
울산	1,359	38	1,523	20.1	1,159	76.10%	112.07%
경기	19,170	1,032	29,983	30.1	23,021	76.78%	156.41%
강원	5,054	177	6,020	27.2	4,575	76.00%	119.11%
충북	4,159	205	5,317	26.3	3,691	69.42%	127.84%
충남	4,709	197	6,146	20.4	4,334	70.52%	130.52%
전북	5,964	191	6,730	24.1	5,071	75.35%	112.84%
전남	5,679	233	6,152	17.6	4,882	79.36%	108.33%
경북	6,697	230	8,215	19.6	6,167	75.07%	122.67%
경남	6,331	195	7,509	19.5	5,567	74.14%	118.61%
제주	2,087	47	2,349	34.9	2,004	85.31%	112.55%

그런데 노인 요양시설과 관련하여 2009년 8월말 기준으로 직접 계산한 충족률에 의하면, 당시 시설수가 2,311개소일 때 이미 충족률이 131.4%에 달했다. 불과 1년만인 2010년 9월말에는 3,586개소에 이르러 총 1,275개소가 증가하였으며, 이는 전년 대비 55% 증가한 수치이

다. 따라서 노인 요양시설의 실제 충족률은 정부 발표 수치인 121.39%를 훨씬 상회할 것으로 보인다.

노인 장기요양보험제도의 핵심 인력인 요양보호사는 2010년 9월 말 기준, 총 948,000명이 배출되어 수요를 훨씬 웃도는 수준으로 공급이 이루어졌다. 이 중에서 시·군·구에 등록되어 요양보호 서비스를 제공하고 있는 요양보호사는 2010년 8월 말 기준, 약 165,000명으로 요양보호사자격증 소지자 중에서 약 17.4%가 요양보호사로 종사하고 있으며, 현재 활동 중인 간호(조무)사나 사회복지사의 대다수도 요양보호사 자격증을 취득하고 있는 것으로 나타났다. 국가자격증인 요양보호사 자격증은 수료제에서 시험제로 변경되기 직전에 자격증 취득자가 급격히 몰리면서 과도한 수준으로 배출이 되는 문제가 발생되었다. 요양보호사 교육기관도 2010년 9월 기준, 전국에 1,300여 개가 설치되어 노인 장기요양보험제도와 관련해서는 시설 및 인력의 확충을 적극적으로 실시할 필요성이 매우 낮은 상황이라고 할 수 있다.

7) 사회복지 관련 지방 이양사업과 쟁점
참여정부는 2005년 67개의 국고보조 사회복지사업을 지방 이양사업으로 분류하고, 이에 대한 재원지원을 위해 분권 교부세를 도입했다. 애초에는 분권 교부세를 2005년부터 한시적으로 5년만 적용한 뒤, 보통교부세로 통합될 예정이었으나, 지자체가 독자적으로 복지사업을 추진할 수 있는 재정적 여건이 완비되지 않아 분권교부세제를 5년간 더 연장하고 통합을 늦추기로 하였다.

2010년도의 지자체 재정 자립도는 전국 평균 52.5%로, 지자체가 지방 복지사업을 전담하기에는 역부족인 상황이었다. 그래서 지방 이양된 복지사업 중 상당부분은 다시 국고보조사업으로 환원해야 한다는 지적이 계속되고 있다. 특히 기초생활보장급여, 의료급여, 영유아보육사업 그리고 기초노령연금사업 등을 위한 재원 확보의 시급성이 지적되었다. 67개 지방 이양 복지사업들 중에서 중앙과 지방의 공동 대처가 필요한 사업들이 상당수 존재하고 있다.

[표 18] 분권교부세제도의 개편 방안 및 비교

구분	대안1	대안2	대안3
대상사업	노인, 장애인, 정신요양 3개 시설사업을 국고 환원	67개 사업 전체 (국고 환원)	67개 사업은 지자체에서 집행하며, 사회복지 교부금 신설
분관화, 자율화보장	불가능	불가능	가능
지방복지재정 확충	확충(불안정)	확충(불안정)	확충(안정)
지방격차 조정	불가능 (차등 보조율로 보완)	가능(제한적)	가능
중앙정부 재정책임	다소 미흡	충분	충분
사회복지지출 우선순위보장	미흡	가능	가능

사회복지 분야 지방 이양사업의 일부 국고 환원, 대다수 국고 환원, 전체 국고 환원, 그리고 현행 유지 및 사회복지 교부금신설 방안 중 어떤 방안이 가장 타당한 것인지는 면밀한 검토가 필요할 것이다. 만약 사회복지 분야 지방 이양사업을 국고보조사업으로 환원한다면, 국가 책임 하에 복지 서비스를 공급하게 된다는 긍정적인 측면도 있으나, 분권화의 취지에 맞지 않는다는 점도 고려해야 하기 때문이다.

8) 노인 소득보장 관련 법·제도 접근(연금제도 재구조화)

노인 소득보장과 관련해서 가장 대표적인 것은 공적연금제도이다. 현재 우리나라의 공적연금제도로는 사회보험인 국민연금과 공공부조로 운영되는 기초노령연금이 대표적이다. 국회에서는 「연금제도개선특별위원회」가 설치되었으며, 2011년 8월 17일까지 운영될 계획이다.

[표 20] 제18대 국회 기초노령연금법 및 국민연금법 계류 법안

구분		주요 내용	비고
관리 주체 일원화	손숙미	• 국민연금공단으로 업무위탁 범위 확대 • 기초노령연금기금 설치(시·도) • 사전신청제 도입(65세 도달 3개월 전) • 신청·청구방법 다양화(인터넷·우편, 농협) • 지연신청자 3개월 소급 지급 등	〈주요 개정 이유〉 ①국정 과제 이행 ②국민연금과 기초노령연금 중복수급업무 효율화
	최영희	• 국민연금공단으로 업무 위탁 • 비밀 누설 금지 등	③읍·면·동 업무부담 해소
대상자 확대	양승조	• 65세 이상 노인 70%→80%(공포일)	
	박은수	• 65세 이상 노인 70%→80%(공포일)	
	백원우	• 65세 이상 노인 70%→80%('11년)	'11. 1. 1. 시행
	조승수	• 65세 이상 노인 70%→80%	'11. 1. 1. 시행
연금액 인상	박은수	• 국민연금 A값의 5%→10%(공포일)	
	백원우	• 국민연금 A값의 5%→10%('28년) '12년부터 매년 0.25%p 인상 단, '11년은 0.75%p 인상	단계적 인상
	오제세	• 국민연금 A값의 5%→10%('15년) '11년부터 매년 1%씩 인상	단계적 인상 '11. 1. 1. 시행
	조승수	• 국민연금 A값의 5%→10%('20년) '12년 6%, 매년 0.5%씩 인상	단계적 인상 '12. 1. 1. 시행
전액 국고 부담	김우남	• 기초노령연금 비용 전액 국가 부담	공포 후 6개월 경과 시행
국민연금 급여율	이춘식	• 국민연금 소득대체율 50%로 환원	공포일

9) 연금 사각지대 해소 관련 법 · 제도적 접근

빈곤층도 국민연금제도에 가입하도록 본인부담금의 일부를 국가와 지방자치단체가 지원하는 방안을 고려해 볼 필요성이 있고 빈곤층으로 전락한 기초생활수급자를 지원하는 방안보다 오히려 국가의 복지예산을 절감할 수 있는 방안이 될 수 있다.

따라서 면밀한 추계 등을 통해서 빈곤층의 연금제도 가입을 독려하는 방법과 기초생활보장제도로 지원하는 방법 중 어느 방안이 수혜자에게 유리하면서도 재정적 절감을 위한 방안인지를 검토해 볼 필요성이 있다.

유럽의 주요 선진국들은 국가가 빈곤계층의 최저생계비 보장을 위하여 다층의 연금제도를 운용하고 있는데 연금보험료의 본인부담금 부분을 스스로 납입할 수 없는 빈곤층도 제도의 사각지대에 두는 것이 아니라 당연 적용이 되도록 설계하고 국가가 지원하는 방식으로 운영되고 있다.

장애인을 배려해야

장애인 지원 관련 법률 현황 및 지원 정책

1. 장애인 구분 및 등록 장애인 현황

'장애인'은 「장애인복지법」 제2조에서 "신체적·정신적 장애로 오랫동안 일상생활이나 사회생활에 상당한 제약을 받는 자"로 정의하며 같은 법 시행령과 시행 규칙에서 장애를 15유형으로 분류하고, 장애등급은 제1급에서 제6급으로 정하고 있다.

"2010 보건복지통계연보"에 따르면, 2009년 등록 장애인 수는 2008년의 2,247,000명보다 8.1% 증가한 2,430,000명이고 장애 종별 구성비는 지체장애가 53.2%, 청각언어장애가 10.8%로 비교적 높은 비중을 차지하고 있다.([표 1] 참조)

[표 1] 2009년 등록 장애인 현황

(2009년 12월 기준, 명)

장애유형	1급	2급	3급	4급	5급	6급	합계
간	830	1,102	1,425	94	4,279	0	7,730
간질	233	1,044	3,227	5,255	0	1	9,760
뇌병변	68,440	69,364	62,238	23,536	17,102	11,138	251,818
시각	33,659	8,841	14,192	12,408	20,142	151,995	241,237
신장	2,949	41,037	31	309	9,704	0	54,030
심장	575	2,291	12,018	13	230	0	15,127
안면	92	419	878	1,114	0	2	2,505
언어	70	1,531	6,970	7,673	3	2	16,249
자폐	6,808	4,813	2,311	1	0	0	13,933
장루, 요루	29	230	1,233	4,993	5,952	0	12,437
정신	9,736	41,974	43,063	3	0	0	94,776
지적	46,326	57,527	51,096	3	1	0	154,953
지체	41,380	83,640	170,905	254,287	385,792	357,327	1,293,331
청각	6,432	49,028	46,053	50,984	56,063	37,241	245,801
호흡기	2,941	4,238	8,681	0	0	0	15,860
합계	220,500	367,079	424,321	360,673	499,268	557,706	2,429,547

2. 장애인 관련 법률 현황

장애인의 대상 및 정의, 지원제도 등을 규정한 법률은 총 9건이 있으며 다음 [표 2]과 같다.

[표 2] 장애인 관련 법률 현황

연번	법령(소관)	목적(제1조)
1	장애인 · 노인 · 임산부 등의 편의 증진 보장에 관한 법률(보건복지부)	장애인 · 노인 · 임산부 등이 생활을 영위함에 있어 안전하고 편리하게 시설 및 설비를 이용하고 정보에 접근하도록 보장함으로써 이들의 사회 활동 참여와 복지 증진에 이바지함을 목적으로 함
2	장애인복지법 (보건복지부)	장애인 · 노인 · 임산부 등이 생활을 영위함에 있어 안전하고 편리하게 시설 및 설비를 이용하고

		정보에 접근하도록 보장함으로써 이들의 사회 활동 참여와 복지 증진에 이바지함을 목적으로 함
3	장애인연금법 (보건복지부)	장애인의 인간다운 삶과 권리 보장을 위한 국가와 지방자치단체 등의 책임을 명백히 하고, 장애 발생 예방과 장애인의 의료 · 교육 · 직업 재활 · 생활환경 개선 등에 관한 사업을 정하여 장애인 복지 대책을 종합적으로 추진하며, 장애인의 자립생활 · 보호 및 수당 지급 등에 관하여 필요한 사항을 정하여 장애인의 생활 안정에 기여하는 등 장애인의 복지와 사회 활동 참여 증진을 통하여 사회 통합에 이바지함을 목적으로 함
4	장애인 차별금지 및 권리구제 등에 관한 법률 (보건복지부)	장애로 인하여 생활이 어려운 중증 장애인에게 장애인연금을 지급함으로써 중증 장애인의 생활 안정 지원과 복지 증진 및 사회 통합을 도모하는 데 이바지함을 목적으로 함
5	중증 장애인 생산품 우선구매 특별법 (보건복지부)	모든 생활 영역에서 장애를 이유로 한 차별을 금지하고 장애를 이유로 차별받은 사람의 권익을 효과적으로 구제함으로써 장애인의 완전한 사회 참여와 평등권 실현을 통하여 인간으로서의 존엄과 가치를 구현함을 목적으로 함
6	장애인 활동 지원에 관한 법률(보건복지부)	경쟁고용이 어려운 중증 장애인들을 고용하는 직업 재활 시설 등의 생산품에 대한 우선 구매를 지원함으로써 중증 장애인의 직업 재활을 돕고 국민경제 발전에 기여함을 목적으로 함
7	장애인 고용 촉진 및 직업재활법(고용노동부)	신체적 · 정신적 장애 등의 사유로 혼자서 일상 생활과 사회 생활을 하기 어려운 장애인에게 제공하는 활동 지원 급여에 관한 사항을 규정하여 장애인의 자립 생활을 지원하고 그 가족의 부담을 줄임으로써 장애인의 삶의 질을 높이는 것을 목적으로 함
8	장애인 등에 대한 특수교육법(교육과학기술부)	장애인이 그 능력에 맞는 직업 생활을 통하여 인간다운 생활을 할 수 있도록 장애인의 고용 촉진 및 직업 재활을 꾀하는 것을 목적으로 함

		「교육기본법」 제18조에 따라 국가 및 지방자치단체가 장애인 및 특별한 교육적 요구가 있는 사람에게 통합된 교육 환경을 제공하고 생애 주기에 따라 장애 유형·장애 정도의 특성을 고려한 교육을 실시하여 이들이 자아 실현과 사회 통합을 하는데 기여함을 목적으로 함
9	장애인기업활동 촉진법 (중소기업청)	장애인의 창업과 기업 활동을 적극적으로 촉진하여 장애인의 경제적·사회적 지위를 높이고 경제력 향상을 도모함으로써 국민경제 발전에 이바지함을 목적으로 함

이 밖에도 「교통 약자 이동편의 증진법」도 '교통 약자'의 범위에 장애인을 포함하고 있어, 포괄적인 의미의 장애인 관련 법률로 분류될 수 있을 것이다.

2011년도 정부의 장애인 지원 정책

2010년 12월에 정부 부처별로 실시된 2011년도 업무보고에서 장애인 지원 관련 정책을 발표하였다.

1. 보건복지부의 장애인 자립 지원 강화

1) 장애인 활동 지원제도 도입

2010년 장애인연금제도 도입에 이어, 2010년 12월에는 현행 활동 보조서비스를 공식적인 장애인 활동 지원제도로 규정하는 장애인 활동 지원에 관한 법률을 제정하였다. 이런 법률에 근거하여 예산 777억 원을 편성하여 2011년 10월부터는 중증 장애인 5만 명에게 신체·가사 활동 지원, 방문 간호·목욕 등의 서비스를 제공한다. 이러한 서비스는 등급에 따라 월 평균 69만 원 수준의 서비스이며 당사자의 소득 수준에 따라 15% 내에서는 본인 부담으로 정한다.

2) 장애인 일자리 1만 개 확대 등 자립 여건 조성

2010년에는 7천 명을 대상으로 204억의 예산을 들여 시행하였던 장애인 일자리 관련 정책은 2011년 들어 대상을 3천 명으로 확대하고 예산은 약 70억 원 증액하여 장애인 일자리 1만 개 확보를 실현하였다. 장애인 스스로 자립할 수 있는 환경을 조성하고 장애인의 수익 증대를 위한 직업 재활 시설의 기능 보강 사업예산 역시 2010년 대비 124억 원을 증액한 243억 원을 편성하여 장애인의 자립을 지원하고 있다. 또한 중증 장애인이 생산한 물품을 공공기관에서 우선 구매하도록 그 품목과 구매 비율을 확대하였다.

3) 장애아동 가족 지원을 통한 돌봄 부담 경감

2010년에는 688명이던 중증 장애아동 가정 돌보미 파견 서비스를 2011년에는 2500명으로 확대하여 연 320시간 동안 학습·놀이 활동, 안전·신변보호, 외출 지원, 응급조치 등의 서비스를 제공한다. 또한 뇌병변·자폐 등 장애가 있는 아동 3만 7천 명을 대상으로 481억 원의 예산을 편성하여 언어·음악·미술치료 등 재활 치료 서비스를 지원 한다

2. 고용노동부: 장애인 고용 촉진
1) 공공부문의 선도적 노력
2011년까지 중앙부처 의무 고용률 3.10%을 목표로 중증 장애인의

특별채용 확대 지적·자폐·정신 장애인의 채용 시범사업 운영, 교육·사범대 특례입학 확대, 공공기관 기관평가 배점 상향 조정, 중중 장애인 목표관리제 등을 도입한다.

2) 민간부문의 장애인 고용 촉진

기업 맞춤형 양성훈련, 작업장에 先배치·훈련, 後채용 모델을 지원하고 장애인의 기업 진출을 확대하기 위해 '의무고용률 미달 기업 명단 공표제'를 강화함과 더불어 기업체와 장애인 고용 증진 협약의 체결을 확대하고, 자회사형 장애인 표준 사업장 설립을 확산한다. 또한 2011년 9월 25일 서울에서 개최되는 '제8회 국제장애인기능올림픽대회'의 성공적 개최를 통해 장애인의 업무 능력 향상과 더불어 장애인 고용 확대의 발판을 마련할 예정이다.

3. 기획재정부 : 장애인 등 취약 계층 세제 지원

장애인 등 취약 계층에 대한 세제 지원을 통해 생활 안정을 도모하고 생계형 저축에서 비과세·세금 우대 저축 저율과세(9%) 등의 지원제도 시한을 연장한다.

4. 교육과학기술부 : 우선 배려 학생 대상 맞춤형 교육 강화

1) 의무교육 확대 및 직업교육 지원

장애유아 의무교육을 만 4세까지 확대하고, 2010년 기준 특수학교 학교기업 12개교 직업교육 거점학교 10개교였던 것을 2011년에는 각각 20개교로 확대하여 장애학생에 대한 직업교육 지원을 강화하고 있다.

2) 장애인 고등교육 확대 지원

장애인의 고등교육 기회가 실질적으로 향상될 수 있도록 대학 장애학생 지원센터 설치 및 편의 시설·도우미 등을 지원하고 지속적인 성장을 위해 장애인 고등교육 발전 방안을 수립·추진하고 있다.

5. 여성가족부 : 여성 장애인 지원

1) 여성 장애인 지원

전국 20개소를 통해 운영 중인 여성 장애인 어울림센터에서는 장애여성 유형별 역량을 강화하는 한편 보건·의료·교육·고용 등의 각 영역별 지역사회 기관과의 연계를 돕는다.

2) 아동·장애인 성폭력 피해자 수사제도 개선

아동·장애인 성폭력 사건 수사·재판 등 피해자의 진술 조사 과정에 전문가를 의무 배치하고 아동·장애인 성폭력 피해자 2차 피해 방지를 위해 진술조사 전문인력 양성교육을 실시한다.

6. 문화체육관광부 : 취약 계층 대상 도서관 서비스 활성화 등

1) 아동·노인·장애인 등 취약 계층 도서관 이용 서비스 개선

6만 명을 대상으로 영유아 대상 북스타트 지원하고 직접 찾아가는 독서 문화 프로그램 활동을 190개관으로 확대하고 있으며 디지털콘텐츠를 무상 제공하고 있다. 또한 점자·특수도서 확대 보급 및 '소리책 나눔터' 확대, 책 읽어 주는 통신요금 바우처, 보조기기 및 문화 프로그램 지원사업도 확대하고 있다.

2) 장애인 체육 활동 참여 기회 확대

현재 체육 시설 접근성, 지도자 및 프로그램 등이 부족하여 장애인들이 원활한 체육 활동 참여가 제대로 보장받고 있지 못한 점을 감안하여 생활체육교실 운영(245개), 종목별 생활체육축제(34개), 비장애인과 함께하는 어울림 생활체육대회 확대 개최, 장애인 스포츠 용품 지원, 생활체육정보 제공 등 눈높이에 맞는 장애인 생활체육 서비스 제공 강화(10억 원), 체계적인 장애인 생활체육 지도를 위한 생활체육 전문지도자 배치 사업 등을 지속 추진하고 공공 체육 시설에 장애인 편의 시설 설치를 유도하여 장애인 생활체육의 저변을 확대하고 있다.

7. 중소기업청 : 장애인 기업

중소기업청에서는 장애 유형별 창업 아이템을 개발하고 후원자 멘토 및 현장 체험을 추진하여 연계를 통한 패키지 지원으로 장애인 성공 창업을 유도하고 있다.

이런 사례는 대기업의 협력 기반에 장애인 사업장을 확산시키는 결과를 낳고 있다.

최근 장애인 관련 법률 입법사항

1. 「장애인연금법」과 「장애인 활동 지원에 관한 법률」 제정

1) 「장애인연금법('10. 4. 12 제정)」

경제활동이 어려운 중증 장애인을 위하여 무기여 방식(non-contribution)의 장애인 연금제도를 도입하는 것이다. 동 법률 시행('10. 7. 1)으로, 2010년 7월 30일 23만 3,000명에게 최초로 장애인 연금이 지급되었다.

2)「장애인 활동 지원에 관한 법률('11. 1. 4 제정)」

혼자서 일상생활과 사회생활을 하기 어려운 장애인을 지원하기 위하여 '활동 지원 급여'의 제공과 '활동 지원 기관' 및 '활동 지원 인력', '활동 지원 비용' 등에 관한 사항을 정한 법으로 2011년 10월 5일부터 시행된다.

2. 제18대 국회, 장애인 관련 법률 중 4건의 법률 총 7차례 개정

1)「장애인복지법 개정」

「장애인복지법」 개정을 통해 장애 등급 심사를 위한 정밀 심사기관으로 국민연금관리공단을 법률에 직접 명시하고('10. 5. 27 개정), 장애인 생활 시설을 거주 시설로 개념 및 기능을 재정립하여 거주 시설의 서비스 최저 기준에 대한 근거를 마련하고 장애인 거주 시설 운영자의 의무규정을 마련하였다.('11. 3. 30 개정)

2)「장애인 차별 금지 및 권리 구제 등에 관한 법률 개정」

장애인을 위한 편의 서비스를 제공하는 방송의 범위를 확대하고, 서비스 종류를 폐쇄 자막·수화 통역·화면 해설 등으로 한정하여 실효성을 높이며, 형사 사법 절차에서 사법기관으로 하여금 사건 관계인이 의사소통 관련 장애가 있는지 여부를 확인하도록 하는 의무 규정을 추가('10. 5. 11 개정)하였다.

3)「장애인 고용 촉진 및 직업 재활법 개정」

공공기관 등의 장애인 의무 고용 비율을 상향 조정하고 장애인 고용 확대를 위한 근로 지원 제도를 신설하여 2015년부터 신규 교원 채용 시 장애인 구분 모집을 의무화하였다. 또한 장애인을 1명도 고용하지 않은 사업주의 고용부담금 부담 기초액을 현행 최저 임금액의 100분의 60 이상에서 최저 임금액으로 상향 조정하였다.

4) 「장애인 기업 활동 촉진법 개정」

알기 쉬운 법령 만들기 사업에 따른 조문 정비와 질서 위반 행위 규제법에 따른 과태료 규정을 정비하고, 장애인 기업에 대해 일률적으로 우선 보장을 의무화하는 것은 비장애 기업과의 형평성 등에 문제가 있다고 보아 지원 분야의 특성 등을 감안하여 우선 보장을 위해 노력하도록 하였다.

외국의 장애인 지원 정책

1. 장애인 이동 및 접근성 관련 제도

1) 미국의 제도

미국은 1990년 「미국 장애인법(Americans with Disabilities Act, ADA)」9)을 제정하여 장애인을 위한 고용, 공공서비스, 공공 편의 시설, 전신·전화·통신 등에 관한 사항을 정하고 있으며, 이 법안에는 이중 휠체어 사용자에 대한 규정을 포함하고 있다.

- 공공 기관이 공공 교통 서비스의 제공에 사용되는 기존 시설 변경 시 휠체어를 사용하는 자를 포함하는 장애인이 즉시 접근하고 사용할 수 있도록 변경을 하지 않으면 차별로 간주된다.
- 도시 간 철도운송을 제공하는 자는 1대의 기차 당 적어도 1개 객차

는 휠체어를 사용하는 자를 포함하는 장애인이 즉시 접근하여 사용할 수 있도록 하여야 하며, 이를 위반하는 경우 차별로 간주된다.

• 공공 편의 시설과 상업 시설물의 신축과 변경 시, 그 시설의 변경된 부분을 가능한 한 최대한도로 휠체어 사용자를 포함하는 장애인이 즉시 접근하고 사용할 수 있도록 변경하지 않는 것은 차별에 포함된다.

2) 영국의 제도

영국은 1995년 「장애인 차별 금지법」을 제정하여 상품·시설·서비스(Goods, facilities and services)의 제공과 부동산 처분·관리 등과 관련하여 장애인 차별 금지 및 장애인 고용 등에 관한 사항을 정하였다.

• 제3장의 "상품, 시설, 서비스 (Goods, facilities and services)" 절에서, 장애인에 대한 서비스를 예시(제19조)하고, 서비스 제공자에게 서비스 조치 의무 부과(제21조)와 의무 이행을 하지 않은 경우를 차별(제20조)로 규정하고 있다.

• 서비스 제공자는 건물의 설계·건축 또는 부동산 등의 물리적 특징으로 인하여 장애인이 당해 서비스를 이용할 수 없거나 불합리하게 어려워지는 경우 합리적인 조치를 취할 의무를 가진다.

• 정부 기관인 평등위원회(The Equality Commission)는 "상품, 시설, 서비스(Goods, facilities, and services)"에 대한 장애인 접근권(Rights of Access)에 관하여 예시를 통한 실무준칙(Code of

Practice)을 마련하였다.

- 수퍼마켓의 경우 장애인을 위한 계산대를 마련하고 있으나 10개 품목 이하 구입자로 제한하고 있다. 따라서 더 많은 품목 구매 장애인에 대한 조치가 필요하다.
- 시청에서 마련한 화재 시 대피방법 소개는 일반인을 대상으로 하기 때문에 지체장애인 및 지각장애인을 위한 안내 절차의 보완이 필요하다.

3) 일본의 제도

일본의 교통 약자 관련 법령으로는 「고령자 · 신체장애인 등이 원활히 이용 가능한 특정 건축물의 건축 촉진에 관한 법률」, 「고령자 · 신체장애인 등의 공공 교통기관을 이용한 이동 원활화 촉진에 관한 법률」, 「도쿄도 복지마을 만들기 조례」 등이 있다.

- 2000년에 제정된 「고령자 · 신체장애인 등이 원활히 이용 가능한 특정 건축물의 건축 촉진에 관한 법률」(통칭 : 하트빌딩법)은 병원, 음식점 등 불특정 다수가 이용하는 건축물의 건축주에 대하여 고령자 · 장애인 등의 원활한 이용을 위한 의무를 부과하였다.
- 2002년 11월에 제정된 「고령자 · 신체장애인 등의 공공 교통기관을 이용한 이동 원활화 촉진에 관한 법률」(통칭 : 교통 베리어 프리법)은 장애인 및 노약자 등이 공공 교통기관을 이용하여 이동 편의성 및 안전성의 향상을 촉진하기 위해 제정되었다.
- 「교통 베리어 프리법」의 목표는 여객 시설에 있어서 2010년까지

하루 평균 이용자수가 5,000명 이상의 철도역, 버스터미널, 여객선 터미널, 항공여객 터미널을 베리어 프리화하는 것이다.

• 「교통 베리어 프리법」에 근거한 "보행 네트워크 종합 정비사업"은 도로 공간의 베리어 프리화에 의해 고령자, 신체장애인 등의 이동 시 신체 부담을 경감시켜 이동의 편리성 및 안전성의 향상을 도모하는 사업이다.

2. 시각장애인 관련 제도

1) 영국의 시각장애인 관련제도

영국의 평등위원회는 "상품, 시설, 서비스에 대한 장애인 접근권에 관한 실무준칙"에서 시각장애인에 대한 상품 정보 접근성 제고를 위하여 다음과 같은 보조 지원 정책이 포함될 것을 제시하였다.

• 크고 명확한 형태의 점자자료 제공, 전화를 통한 상품 정보 제공, 촉지도(tactile maps) 제공, 오디오 설명 서비스, 보조 직원의 안내 등이 있다.

• 예시를 통하여, 시각장애인에 대한 상품 정보 등의 서비스를 구체적으로 제공할 수 있도록 한 방안도 있다.

• 또한, 장애권리위원회(The Disability Rrights Commission)는 장애인을 위한 상품과 서비스의 접근성 제고를 위해 구체적인 가이드라인을 제시하였다.

2) 미국의 시각장애인 관련 제도

• 「미국 장애인법(Americans with Disabilities Act, ADA)」에서는 "보

조적 도움 및 서비스"에 관한 용어 정의(제3조)에서 시각장애인과 관련된 부분을 포함하고 있다.

• 장애인에 대한 "보조적 도움 및 서비스"에는 자격 있는 낭독자 (qualifiedreaders), 녹음된 교재(taped texts) 혹은 기타 시각적으로 전달되는 자료를 작성하는 효과적인 방법을 포함한다.

3. 청각장애인 관련 제도

1) 일본의 청각장애인 관련 제도

일본의 수화 통역은 1970년 수화 통역 개발 계획이 수립되었고 1973 년부터 공공 회의에서 수화 통역자에 대한 경비가 지급되었다.

• 1973년에 수화 통역 계획이 수립되어 1976년부터 주요 기관에 수화 통역자를 배치하였고, 1981년 세계 장애자의 해를 계기로 일본의 수화 통역이 본격적으로 제도화되기 시작하였다.

• 현재 일본에서는 모든 관공서나 법인체, 공공 시설에는 수화 통역자가 파견되어 있어서 언제 어디서든 요청만 하면 수화 통역자의 도움을 받을 수 있으며 비용은 국가에서 부담하고 있다.

2) 핀란드의 청각장애인 관련 제도

핀란드는, 1979년 장애자 관계 법률(「Finnish Law on Interpreting Services for Persons with Disabilities」)이 국회를 통과한 후 농아인은 언제든지 수화 통역을 받을 권리를 갖게 되었다.

• 공부할 때는 물론이며, 스포츠에 이르기까지 수화 통역을 요구할 권리를 갖게 되었다.

- 모든 농아인은 연간 120시간씩 수화 통역을 받을 권리가 법적으로 보장 되어 있으며 그중 절반은 개인의 자유 활동에 사용할 수 있다. 또한, 농·맹 이중 장애자는 연간 240시간을 제공받는다.
- 만약 청각장애자가 일반 학교나 기타 교육기관에서 교육을 받고자 하면 수화 통역 서비스를 받을 수 있으며 이것은 연간 사용할 수 있는 120시간에 포함되지 않는다.
- 2006년에 발행된 보고서에 의하면 오후 시간대, 주말, 위급 상황 발생시 수화 통역에 대한 수요가 충족되지 못하고 있다는 지적이 있으며, 이를 해결하기 위한 방안으로 전화를 통한 수화 통역의 대안을 제시하였다.

장애인 정책 개선 방향

2009년 12월 기준으로, 등록 장애인 중 지체장애 비율이 53%를 차지하고 있는 바, 장애인에 대한 이동권 보장 정책의 강화 필요성이 제기되었다.

1. 장애인의 이동권 보호 근거

현행 장애인 이동권과 관련된 법률인 「교통 약자의 이동편의 증진법」은 교통 약자를 포함한 보행자의 안전한 보행 환경을 위하여 교통수단 등의 이동 편의 시설 설치와 보행 우선 구역 지정 등을 규정하고 있다.

또한, 전동휠체어를 포함하는 "보행보조용 의자차"에 관하여 「도로교통법 시행 규칙」 제2조에 근거가 마련되어 있고, 「도로교통법」에서는 "보도", "보행자 전용도로" 등에 대한 정의를 포함하고 있다.

2. 장애인의 이동권 확보를 위한 방안

전동 휠체어 및 수동 휠체어 등의 보행 보조용 의자차를 이용하는 장애인 등의 교통 약자를 위한 이동권 확보를 위하여 다음과 같은 사항을 고려 할 필요가 있다.

1) 도로교통법

현행 「도로교통법」에 "보행 보조용 의자차"의 원활한 통행을 위한 근거 마련을 검토할 수 있는데 「도로교통법」에서 보행자의 통행에 사용되는 부분을 "보도"라고 정의하고, 보행자에는 '보행 보조용 의자차'를 포함하고 있으며, 제2장(제8조~34조)에서는 "보행자의 통행방법"을 규정하고 있다. 따라서, "보행 보조용 의자차" 이동과 관련된 근거를 동 법률에 마련하는 것을 고려해 볼 필요가 있을 것이다.

2) 교통 약자의 이동편의 증진법

「교통 약자의 이동편의 증진법」에서는 교통 약자 등을 위한 "이동권"을 명문화(제3조) 하고 있고, 제4장(제18조~제24조)에서는 "보행 우선 구역"에 대한 규정을 마련하고 있다.

이에 따라, 「도로교통법」 제2조 제9호에서 '보행자'의 범위에 '보행용 의자차'를 포함하고 있다는 점에서, 「교통 약자의 이동편의 증진법」 및 동법 시행령 등에 '보행용 의자차' 이동과 관련한 근거 마련도 고려해 볼 수 있을 것이다.

3) 기타

기존 법령 이외에 「자전거 이용 활성화에 관한 법률」과 같이 별도의 법령 제정을 통한 '보행용 의자차' 이동권 확보 방안도 있을 수 있고, 동 법률 제3조에서 규정하고 있는 "자전거도로" 중 '자전거 보행자 겸 용도로'에는 보행자도 통행할 수 있으므로, 「도로교통법」 제2조 제9 호에 따른 '보행용 의자차'도 동 도로를 통하여 이동할 수 있는 방안 을 고려할 수 있을 것이다.

동남권 신국제공항 추진 방향

신국제공항의 필요성

1. 세계화 시대 국가경쟁력 강화

• 광역경제권 중심의 글로벌 경제체제와 21세기 지식정보화 세대에
부응하여 세계로 열린 국제공항 확보가 지역 경쟁력과 국가 발전
선도

- 일본 주부공항(1,470만 명), 영국 맨체스트공항(1,100만 명), 프랑
스 리옹공항(1,140만 명)

* 선진국은 인구 1,000만 명 이상의 광역 경제권에 반드시 관문 공항
확보

• 세계화의 급진전으로 세계 항공운송 시장의 급속한 성장

- 세계 항공운송 시장은 연평균 5~6% 지속 성장
아태 지역은 여객 6.5%~9.5%, 화물 7.3%~14.4% 성장 전망

- 영남권 국제항공 수요 급증 : 260만 명(2006) ⇒ 836만 명(2020)

• 2006년부터 각 국가 간 항공자유화협정 체결 가속

- 2005년까지 여객 4개국, 화물 13개국 ⇒ 2009년 6월, 여객 19개국, 화물 31개국

2. 중국, 동남아 등 국제항공 수요 급증에 대비

• 무한한 성장 잠재력을 지닌 중국·인도와의 원활한 교류, 세계 항공 시장의 급성장을 고려할 때 인천공항 하나만으로는 한계

• 국제항공운송협회에서는 우리나라에서 중단거리에 위치한 인구 16억의 중국과 12억의 인도가 향후 20년 후에는 지금보다 5배 이상의 영향력을 가질 것으로 전망

• 우리나라는 인도와 2009년 8월 자유무역협정(FTA)과 동일한 효과를 내는 포괄적 경제동반자협정(CEPA)이 2010년 1월 1일부터 발효

- 2008년 인도와의 교역 규모는 156억 달러로 2003년 대비 약 4배 증가

• 국내외 전문가들은 중국과 인도가 현재 절대적으로 부족한 국제공항 확충을 완료하기 이전에 인천공항을 보완하는 제2관문 공항을 먼저 건설하는 것이 국가경쟁력을 강화하는 지름길이라고 지적

- 중단거리에 적합한 저비용 항공사의 친숙 공항으로 운영하면 중국과 인도에서 발생하는 무한한 새로운 항공 수요를 흡수할 수 있을 것으로 전망

- 세계 3, 4위의 경제 교역국이며 미래의 거대 성장 시장인 중국과 인도 시장을 선점하여 국가경쟁력 강화 필요

• 동북아 중심 국가의 꿈 실현, 세계와의 경쟁에서 우위를 선점하기 위해 우리나라 제2관문 공항은 세계와 호흡하기 위한 필수적인 인프라

• 일본과 중국은 글로벌 경쟁에 대비하여 주요 거점 지역에 관문 공항 건설
- 일본(나리타, 간사이, 주부)/중국(서우드, 푸동, 바이윈)

3. 저비용 항공사의 본격적 등장으로 중단거리 직항노선 급증 전망

• 저비용 항공사(LCC, Lower Cost Carrier)는 기존 항공사와 비교할 때 안전운항과 관련한 부문은 동일하고, 요금은 70% 수준이고, 보통 100~200석 규모의 항공기 운항

• 1971년에 설립한 미국의 사우스웨스트항공이 가장 대표적인 저비용 항공사이며, 현재 미국 내 60여 개 도시에 취항하고, 창립 후 계속 흑자 유지

• 2000년 이후 유럽과 동남아에서 공항 활성화를 견인하는 주체로 각광을 받으면서 2006년부터는 저비용 항공사 전용 터미널을 건설하는 공항 증가

• 우리나라에서는 4개의 저비용 항공사가 운항 중이며, 이중 제주항공, 진에어가 국제선(일본, 태국)을 취항하고 있으며, 향후 중국, 동남아, 미국 괌, 인도 등 중단거리 노선 취항 추진 예정

4. 영남권 관문 공항 부재에 따른 사회경제적 손실 가중

• 1,320만 영남권은 장거리 국제선 여객과 항공 수출입 화물 대부분 (99%)이 인천공항을 이용함에 따라 사회경제적 손실 가중

• 인천공항까지 접근 시간이 편도 6시간 이상 걸려 극심한 불편 초래

• 항공여객·물류의 추가 접근 비용은 연평균 6,000억 원 추정(2025

년까지 약 11조 원)

* 국가의 사회경제적 손실(11조 원)에 비해 신공항 건설(8.5조 원)이 훨씬 경제적

5. 침체된 영남지역의 신성장 동력 창출

• 구미-포항-울산-창원 등 영남권 산업벨트의 경쟁력 제고와 3개 경제자유구역(대구 · 경북, 부산 · 진해, 광양)의 투자유치 활성화 등 신성장 동력 창출

6. 지역간 경쟁 규모를 갖춘 영남권 발전

• 영남권은 1,320만 명의 인구를 가진 국내 제2의 광역 경제권으로 유라시아 중소 규모의 국가보다 크며,

• 전 세계적으로 영남권 규모의 경제권을 갖춘 주요 선진국 중 관문 공항이 없는 국가는 없음

- 홍콩(705만 명)-첵랍콕, 싱가폴(461만 명)-창이,

  덴마크(548만 명)-코펜하겐, 아랍에미리트(450만 명)-두바이

7. 인천공항을 보완하는 제2관문 공항 필요

• 연평도 사태 등에 비춰 휴전선에서 35km 떨어진 인천공항은 유사시 기능마비로 인한 국내외 인적 · 물적 교류가 불가하여 국가혼란과 막대한 경제적 손실

• 세계적 추세에 맞게 1-Port 체계를 2-Port 체제로 전환하여 위기 대응력 제고

8. 인천공항의 초대형 항공기(F급 항공기) 수용 능력 부족

• '하늘의 특급호텔' 이라 불리는 A380여객기처럼 날개폭 65m, 주 륜폭 14m가 넘는 초대항 항공기의 인천공항 수용 능력 부족

- 현재 세계 주요 항공사는 F급 항공기로 대폭 교체 예정, 이를 수용 할 수 있는 신공항이 절실히 필요한 실정임

9. 초광역 경제권 관문 공항 건설로 국가경쟁력 제고

• 관문 공항 부재는 외국 기업이나 관광객이 영남권에 대한 투자와 여행을 기피하는 주된 원인으로 지역 발전의 걸림돌

• 영남권에는 전국에서 가장 많은 121개 산업단지가 집중

* 국가산단 15개(37%), 지방산단 102개(30%), 외국인 투자전용산단 4개(40%)

• 외국인 직접투자 유치로 지역 내 경제자유구역과 국가산업단지 및 첨단의료복합단지 등의 성공적 조성에 기여

10. 지금의 김해공항 수준으로는 세계와의 경쟁 불가

• 2007년 11월 국토해양부의 "제2관문 공항 건설 여건 검토" 연구 결과, 기존의 김해공항 시설로는 장래 증가하는 영남권의 국제항 공 수요를 감당할 수 없기 때문에 신공항 건설이 필요하다고 발표

- 김해공항과 대구공항의 민항부문을 통합한 영남권 국제 거점공항 건설

• 김해공항은 군사 공항이기 때문에 민항기 이착륙에 많은 제한을 받고, 소음문제로 인한 민원이 심각하고, 활주로 길이가 짧아 대형

항공기 취항이 곤란하고, 항공기 이착륙에 안전성 결함(2002년 중국 민항기 사고)이 있어 세계와 경쟁할 수 있는 역할 수행 불가능

11. 세계 주요 국가는 다핵공항 체계로 빠르게 전환 중

• 선진국에서는 이미 허브 공항 이외에 인구 1,000만 명 이상의 광역 경제권에 반드시 국제 거점공항 보유한 상태이고 지속적으로 확장 중

• 허브 공항에서의 혼잡과 접근 불편으로 인한 여행시간의 비효율성으로 인해 허브 공항 간의 노선은 감소하고, 광역 경제권 간의 직항 노선 증가 추세

• 항공기 제작사들도 급증하는 직항 노선 수요에 적합한 항공기 (250~300석 규모, 8,000마일 비행)를 개발하여 경쟁력 확보

• 우리나라가 속해 있는 세계 3대 교역권으로 나날이 그 비중이 높아지고 있는 동북아 지역의 핵심 국가인 일본과 중국은 이미 다핵공항 체계를 구축한 상태이고, 특히 비약적인 경제성장을 하고 있는 중국은 계속 확충 중

- 일본 : 1강 3중 체계(인천공항을 운항하는 국제공항만 27개소)

- 중국 : 4강 6중 체계이며, 현재 총 147개 공항이 있으며, 2020년까지 244개로 확충 예정

12. 항공운송 자유화 시대의 도래로 직항 노선 급증 전망

• 세계화의 진전과 함께 주요 국가 간의 항공운송 자유화협정 체결이 가속화됨에 따라 광역 경제권 간의 직항 노선도 더욱 증가 추세

- 우리나라의 항공운송 자유화협정 체결 현황은 2005년 여객 4개국, 화물 13개국에서 2009년 여객 19개국, 화물 31개국으로 급증

과거 사례를 볼 때, 항공운송 자유화가 체결되면 항공 요금은 20~30% 인하, 항공 수요는 매년 3%대 증가, 항공사의 생산성은 10~15% 증가 예상

13. '89년부터 영남권 신공항 필요성 인식

- 1989년부터 국토해양부(당시 교통부)에서 김해공항의 문제점을 인식하고 영남권 신공항 필요성에 대해 평가작업 추진
- 2002년 신어산 민항기 추락사건에 따른 김해공항 시설확장 검토 시 확장보다는 신공항 건설이 타당하다는 결론을 내림
- 2007년 "남부권 신공항 1단계 타당성 조사"에서도 2024년까지 김해공항 포화 예상 및 신공항 건설 필요성 제기
- 2009년 국회 연구용역 결과 광역 경제권 개발 인프라 구축 방안으로서 "초광역 경제권 글로벌 접근성 강화를 위해 영남권 신공항 사업 조기 실행 필요성" 제기
* 1997년 10월 재정경제원에서 밀양 지역에 4백만 평 규모의 영남권 국제공항 건설 방안 적극 검토(당시 5조 원)

밀양 유치 당위성

1. 접근성이 뛰어나 경제성 충분

- 중앙고속도로 밀양IC에서 5분 거리에 위치해 있고, 경부선, 경전선 철도가 통과하고 있는 교통의 요충지

- 영남권의 중심도시인 부산, 대구, 울산과 경남의 대부분 도시에서 1시간 이내 거리에 있고, 경북의 포항, 구미, 경주에서도 1시간 30분 이내에 도달 가능하여 항공 수요 확보가 가장 용이한 지역
- 영남권 수출입 항공 화물의 약 56%는 경북의 구미에서 발생
- 현재 공사 중인 남해고속도로 확장, 88올림픽고속도로(광주~함양~대구)의 확장, 울산~함양 간 고속도로가 개통되면 광주를 비롯한 호남권의 주요 도시에서도 약 2시간 30분 이내 접근 가능
- 현재의 김해공항과 대구공항 사이에 위치하고 있기 때문에 김해공항과 대구공항을 통합하여 확장 이전하는 신공항의 개념을 생각할 때 매우 합리적인 후보지
- 경제성 분석 결과, B/C=1.1로 추정되어 경제성이 충분한 것으로 평가

2. 건설비용 최소화

- 일반적으로 해상 공항이 내륙 공항에 비해 건설비가 많이 소요
- 국제공항의 입지 기준 충족 시 가급적 비용을 절약할 수 있는 곳에 건설
- 밀양은 주변에 연계 교통망이 잘 구축되어 있어 추가 SOC 투가 필요 없음

3. 지역개발 파급효과를 극대화

- 신공항은 지역개발의 파급효과 극대화와 초광역 경제권의 구심권(교두보) 역할이 가능

• 주변에 넓은 배후지가 있어 배후 단지 및 에어시티 개발이 가능한 지역임

4. 공항 입지의 기본적 조건을 모두 충족

• 인근 김해공항과 공역이 중첩되지 않아 김해공항의 군사부문을 함께 이전하지 않아도 되기 때문에 24시간 운영 공항으로 건설 가능

• 항공기 진입 표면상 장애구릉(산) 절취가 필요하나, 장애물을 원천적으로 제거할 수 있어 항공기 안전성 확보가 가능하고, 바람, 안개, 태풍 등의 기상 조건도 양호한 수준

• 소음 영향권에 약 1,800가구 정도가 포함되지만 공항개발계획과 연계하여 이주 대책 수립이 가능하고, 향후 신공항이 건설된 이후에는 소음 영향권 내에 소음에 민감한 토지이용의 규제 실시로 소음문제 해결 가능

• 내륙 공항 특성상 공항 확장을 고려한 부지의 사전 확보가 수월하고, 후보지 주변에 개발 가능한 토지가 많아 공항 도시, 배후 단지 개발이 용이

5. 항공 수요를 충분히 창출할 수 있는 곳

• 영남권을 비롯한 호남권, 중부권 일부 1,520만 명 이상의 항공 이용 인구권역 형성

• 대구 · 경북이 항공화물의 64% 차지(이중 구미 87%)

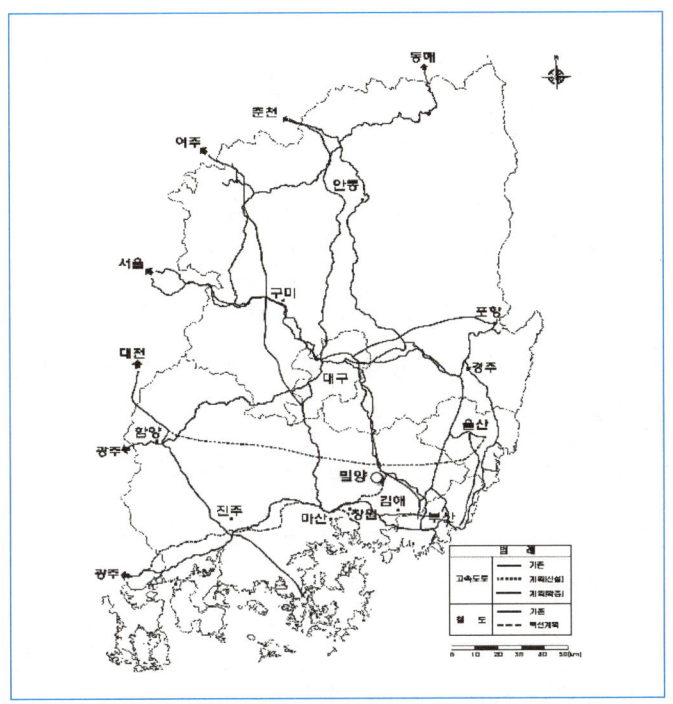

신대구부산고속도로, 국도 25호선(4차선), 경전선, 함양~울산간 고속도로 개통
으로 영남권 주요도시에서 1시간 이내 접근 가능

선정 탈락 원인

1. 경제적 원인

- 동남권 신공항 건설은 많은 예산이 소모되는 대형 국책사업

- 국토해양부의 『동남권 신공항 개발의 타당성 및 입지조사연구
  (2009. 12)』에 의하면, 밀양은 건설비 10조 3000억 원으로 과다하
  게 산정 및 B/C(비용편입비)는 0.73으로 결론

- 그러나 대경원의 『동남권 신국제공항 건설의 타당성과 최적 입지
  조사(2010. 12)』에 의하면 건설비 8조 5,019억 원, B/C는 1.05로 산

정됨

- 신공항 입지평가위원회는 밀양신공항 입지 후보지는 경제성 12.2(40점), 공항 운영 14.5(30점), 사회 환경 13.2(30점)로 평가
- 또한, 인천공항을 제외한 14개 지방공항 중 손실을 보지 않는 공항은 김포, 김해 및 제주국제공항 세 곳에 불과함
- 나머지 11개 공항은 지난해 507억 원 적자였으며 고속도로 및 KTX노선의 확충으로 지방 공항의 여객 수요는 향후에도 줄어들 전망으로 판단
- 이러한 지방 공항의 적자 및 타교통수단의 확충이 공항 건설의 경제성 심사에 불리하게 반영하였으나, 14개 지방 공항이 순수 민간 공항이 아니라 군사공용 공항이라는 점을 간과하였음
- 동남권 신공항의 주요 기능인 제2관문 공항으로서의 기능은 감안하지 않고, 영남권 자체 수요만은 반영하였음.

2. 정치적 원인

- 새만금 신항만 B/C(비용편익비) 0.55~0.67, 호남고속도로 0.39, 상주~영덕 고속도로 0.49에 불과하며, 포항~삼척 고속도로, 제2 서해안고속도로, 서해선 복선전철 등이 모두 경제성이 낮지만 사업 추진
- 신공항 유치과정에서 부산과 유치 과열, 갈등으로 중앙정부의 입지선정에 부담 요소로 작용
- 후보지(밀양, 가덕도)를 단일화했다면 신공항 입지 선정 결과가 달라졌을 수도 있음

향후 추진방향

1. 정치권과 긴밀한 협조

• 지역 정치권과 학계 · 언론 · 시민단체 등이 협력하여 한목소리를 내고 보다 논리적으로 대응하여 신국제공항 유치 열망 지속

2. 통합 신공항 정책연구단 운영

• 영남권 4개 시도 및 연구기관들이 공동 참여하는 민관 합동 조직 구성

• 건설비를 대폭 절감한 "경제성 있는 신공항 건설 방안" 수립

- 영남권 지방공항 통합 운영 방안 연구

- 국토연구원 신공항 평가단 자료 조사 · 검증

• 수도권 홍보 및 영남권 공동추진 협의

3. 객관적 용역 실시

• 국제전문기관 등을 통한 경제성 있는 최적 신공항 후보지 조사 · 연구

4. 총선 · 대선 공약 제시 및 특별법 제정

• 동남권 신국제공항의 차기 대권주자 공약으로 제시

• 동남권 신국제공항 건설 및 지원에 관한 특별법 제정 등

공직 사회 여성의 사회적 지위 향상에 관하여

공직 사회에서 여성의 지위 향상을 위한 제도

　최근 한국 사회에서는 좁은 취업문을 뚫은 여성들의 약진이 두드러지고 있다. 2010년 국가고시에서 여성 합격자 비율을 살펴보면 외무고시가 60%로 가장 높고, 행정고시 43.1%, 사법시험 41.5% 순으로 나타난다. 그럼에도 불구하고 우리나라는 2010년 세계경제포럼(WEF)이 발표한 성격차지수(GGI)에서 134개국 중에서 104위, 국제연합개발계획(UNDP)이 발표한 남녀권한척도(GEM)에서 109개국 중에서 61위에 그쳤다.

　또한 사회 전반의 요직을 중심으로 여성 진출의 실태를 살펴보면 2009년 기준 5급 이상 관리직 여성 공무원 비율 중앙정부 10.5%, 지방자치단체 8.1%, 18대 국회 여성 국회의원의 비율 14%(299명 중 41명), 2010년 기준 여성 판사 24.4%, 여성 검사 20.5%, 여성 변호사 11.7%에 그치고 있어서 제도적 지원과 제도의 활성화가 필요한 시점이라 할 수 있다.

1. 관련제도

1) 양성평등 채용 목표제

관련 법령 「공무원 임용 시험령」 제20조(여성 또는 남성의 선발 예정 인원 초과 합격)

> 제20조(여성 또는 남성의 선발 예정 인원 초과합격) ①시험 실시 기관의 장은 여성과 남성의 평등한 공무원 임용 기회를 확대하기 위하여 필요하다고 인정하는 경우에는 제23조·제25조·제30조 및 제40조에도 불구하고 한시적으로 여성 또는 남성이 시험실시 단계별로 선발 예정 인원의 일정 비율 이상이 될 수 있도록 선발 예정 인원을 초과하여 여성 또는 남성을 합격시킬 수 있다.
> ②제1항에 따라 여성 또는 남성을 합격시키는 경우에 그 실시 대상 시험의 종류, 채용 목표 비율, 합격자 결정 방법, 그 밖에 시험 시행에 필요한 사항은 시험 실시 기관의 장이 정한다.

2) 여성 관리자 임용 목표제

관련 법령 「국가공무원법」 제26조(임용의 원칙)

> 제26조(임용의 원칙) 공무원의 임용은 시험 성적·근무 성적, 그 밖의 능력의 실증에 따라 행한다. 다만, 국가기관의 장은 국회 규칙, 대법원 규칙, 헌법재판소 규칙, 중앙선거관리위원회 규칙 또는 대통령령으로 정하는 바에 따라 장애인·이공계 전공자·저소득층 등에 대한 채용·승진·전보 등 인사관리상의 우대와 실질적인 양성평등을 구현하기 위한 적극적인 정책을 실시할 수 있다.

3) 국공립대 여교수 채용 목표제

관련 법령 「교육공무원법」 제11조의 4(양성평등을 위한 임용 계획의 수립 등)

> 제11조의 4(양성평등을 위한 임용 계획의 수립 등) ①국가 및 지방자치단체는 대학의 교원 임용에 있어서 양성평등을 제고하기 위하여 필요한 정책을 수립·시행하여야 한다.

②대학(「고등교육법」제2조 제1호부터 제3호까지 및 제5호의 학교를 말한다. 이하 이 조에서 같다)의 장은 대학의 교원을 임용함에 있어서 특정 성별에 편중되지 아니 하도록 3년마다 계열별 임용 목표 비율이 명시된 임용 계획 등 적극적 조치의 시행 을 위하여 필요한 계획을 수립하여 시행하여야 한다. 이 경우 당해 추진 실적을 매년 교육과학기술부 장관에게 제출하여야 한다.〈개정 2007. 7. 13, 2008. 2. 29〉

③국가 및 지방자치단체는 제2항의 규정에 의한 계획 및 그 추진실적을 평가하여 행 정적 · 재정적 지원을 할 수 있다.

④제2항의 규정에 의한 계열별 구분과 계획의 수립 및 제3항의 규정에 의한 평가 방 법 · 절차 등에 관하여 필요한 사항은 대통령령으로 정한다.

4) 여성 과학기술인력 채용 목표제

관련 법령 「과학기술기본법」 제24조(여성 과학기술인의 양성)

제24조(여성 과학기술인의 양성) 정부는 국가과학기술 역량을 높이기 위하여 여성 과학기술인의 양성 및 활용 방안을 마련하고, 여성 과학기술인이 그 자질과 능력을 충분히 발휘할 수 있도록 필요한 지원 시책을 세우고 추진하여야 한다.

「여성 과학기술인 육성 및 지원에 관한 법률」 제11조(적극적 조치)

제11조(적극적 조치)

①국가 및 지방자치단체는 여성 과학기술인의 진출이 크게 부진한 과학기술 분야에 이들의 진출을 확대하기 위하여 합리적인 범위에서 잠정적으로 여성 과학기술인에 대한 채용 목표 비율 및 직급별 승진 목표 비율을 일정수준으로 설정하는 등의 적극적 조치를 할 수 있다. ②관계 중앙행정기관의 장 및 지방자치단체의 장은 제1항에 따른 적극적 조치를 한 경우 그 추진 결과를 교육과학기술부 장관에게 통보하여야 한다.

③교육과학기술부 장관은 제2항에 따른 적극적 조치의 추진 결과를 종합하여 매년 국가과학기술위원회에 보고하여야 한다.

④제1항에 따른 적극적 조치의 대상 및 내용 등에 관하여 필요한 사항은 대통령령으 로 정한다.

2. 관련현황

1) 양성평등 채용 목표제

2003년부터 시행된 양성평등 채용 목표제(2002년 이전까지 여성 채용 목표제)에 의하여 2003년에 여성 30명, 남성 9명이 합격하였고, 2010년에는 여성 18명, 남성 1명이 합격했다.

[표 1] 양성평등 채용 목표제 실적 (단위 : 명, 괄호는 남성)

	2001	2002	2003	2004	2005	2006	2007	2008	2009	2010
계	59	83	39(9)	17(3)	17	30(2)	24(3)	15	8	19(1)

자료 : 행정안전부 내부자료(2011. 4. 27)

2) 여성 관리자 임용 목표제

5급 이상 여성 관리자 임용 확대 5개년 계획('02~'06년)이 시행되는 동안, 556명(3.5%)의 5급 이상 여성 관리자가 증가하였고 4급 이상 여성 관리자 임용 확대 5개년 계획('07~'11년)이 시행되는 동안, 351명(3.8%)의 4급 이상 여성 관리자가 증가하였다.

[표 2] 5급 이상 여성 관리자 임용 확대 5개년 계획('02~'06년) 실적 (단위 : 명, %)

구분	2001	2002	2003	2004	2005	2006
목표	-	861명	1,007명	1,171명	1,353명	1,563명
	-	5.5%	6.5%	7.5%	8.7%	10.0%
실적	741명	872명	1,046명	1,168명	1,541명	1,873명
	4.8%	5.5%	6.4%	7.3%	8.4%	9.4%

자료 : 행정안전부 내부자료(2011. 4. 27)

[표 3] 4급 이상 여성 관리자 임용 확대 5개년 계획('07~'11년) 실적 (단위 : 명, %)

	2006(기준)	2007	2008	2009	2010	2011
목표	-	402명	458명	520명	599명	753명
	-	6.2%	6.1%	6.9%	7.9%	10.0%
실적	340명	454명	476	544명		
	5.4%	6.2%	6.1%	6.8%		

자료 : 행정안전부 내부자료(2011. 4. 27)

3) 국공립대 여교수 채용 목표제

국공립대 여교수 채용 목표제로 여교수 비율이 2003년 9.6%에서 2010년 13.2%로 증가하였다.

[표 4] 국공립대학의 전임 여교원 현황 (단위 : 명, %)

	2003	2004	2005	2006	2007	2008	2009	2010
전체	14,094	14,781	15,348	15,582	15,733	15,745	15,366	17,488
남성	12,745	13,256	13,653	13,766	13,828	13,817	13,402	15,176
여성	1,349	1,525	1,695	1,816	1,905	1,928	1,964	2,312
(여성비율)	(9.6%)	(10.3%)	(11.0%)	(11.7%)	(12.1%)	(12.2%)	(12.8%)	(13.2%)

4년제 일반대학, 교육대학, 산업대학, 방송통신대학의 현황을 합한 것임.
자료 : 교육과학기술부 제출자료(2011. 4. 26)

4) 양성평등 채용 목표제

이 제도는 여성을 대상으로 한 적극적 조치로서의 본래인 의의를 상실했다고 볼 수 있다. 이 제도는 여성 공무원 채용 목표제의 적용시한이 2002년으로 만료되고 이 제도에 대한 남성 공무원들의 역차별 논란에 대해 부담을 가지고 있던 담당 행정기관들의 타협안으로 심도 깊은 연구 없이 단기간에 결정된 정책이다.

또한 이 목표제는 추가합격 방식으로 운영되므로 남성 공무원들에게 불리한 제도는 아니라는 점을 밝혔으나 결과적으로는 차별의 결과로 생긴 성비 불균형이 아닌 현상에 대해서도 적극적 조치가 적용되는 기제로 활용되었다. 이 제도는 「국가공무원법」의 개정에 의한 것이 아니라, 공무원 시험령만을 개정하고 이를 다시 중앙인사위원회 예규인 양성평등 채용 목표제 실시 지침에 근거하여 실행되기 때문에 법적 근거가 약하다.

5) 여성 관리자 임용 목표제

여성 관리자의 관리 능력과 정책 결정 능력을 인정받기 위한 교육 훈련 프로그램이 부족하고 정부 업무 평가에서 여성 관련 지표에 대한 가중치가 약하다.

6) 국공립대 여교수 채용 목표제

여교수 채용 목표제의 목표치가 일률적으로 정해지고 있다. 능력과 자질이 뛰어남에도 불구하고 여성들은 교수 임용에서 불이익을 받아온 것이 묵시적 관행일 뿐만 아니라 교수채용심사위원회에서 여성 교수가 "한 명 끼워 넣기" 식으로 운영되었던 측면이 있어 제도의 실효성이 떨어지고 있다. 또한 이 제도는 사립대학에서는 시행되지 않고 있어 보완책이 마련되어야 할 것이다.

7) 여성 과학기술인 채용 목표제

기관 평가에서 여성 과학기술인 채용 목표제 이행 및 초과 달성에 대한 인센티브가 없어 정책 추진력이 확보되지 못하고 있다. 또한 채용 목표제 이행 및 초과 달성에 대한 인센티브가 부족하고 일부 국공립 연구소의 여성 재직 비율이 30%를 넘는 상황과는 대조적으로 목표치가 다소 소극적이라고 할 수 있다.

8) 국회의원 당선자 수

18대 국회에서 여성 국회의원의 비율은 5.7%로 성비의 불균등이 심각한 수준이라고 볼 수 있다. 17대 국회에서도 남녀 간 동등한 대표성 정도는 세계 평균에도 미치지 못하는 수준으로 현저히 낮은 편이었지만, 16대에 비해서는 상대적인 진전이 있었다고 평가할 수 있고 시간이 흐를수록 개선될 것으로 기대된다.

[표 5] 국회의원 당선자 수

(단위 : 명)

구분/시행연도			당선자 수	여성(비율)
1대	1948		200	1(0.5%)
2대	1950		210	2(1.0%)
3대	1954		203	1(0.5%)
4대	1958		333	3(0.9%)
5대	1960		233	1(0.4%)
6대	1963		175	2(1.1%)
7대	1967	지역구	131	1(0.8%)
		전국구	44	2(4.6%)
8대	1971	지역구	153	0(0%)
		전국구	51	5(9.8%)
9대	1973	지역구	146	2(1.4%)
		전국구	73	9(12.3%)
10대	1978	지역구	154	1(0.6%)
		전국구	77	8(10.4%)
11대	1981	지역구	183	1(0.5%)
		전국구	85	7(8.2%)
12대	1985	지역구	184	2(1.1%)
		전국구	92	6(6.5%)
13대	1988	지역구	224	0(0%)
		전국구	75	6(8.0%)
14대	1992	지역구	237	0(0%)
		전국구	62	3(4.8%)
15대	1996	지역구	253	2(0.8%)
		전국구	46	7(15.2%)
16대	2000	지역구	227	5(2.2%)
		전국구	46	11(23.9%)
17대	2004	지역구	243	10(4.1%)
		전국구	56	29(51.8%)

18대 2008 지역구	245	14(5.7%)
전국구	54	27(50.0%)

자료 : 중앙선거관리위원회, 『시ㆍ도의회의원선거총람』, 『구ㆍ시ㆍ군의회의원선거총람』, 『전국동시지방선거총람』

9) 지방의회의원 당선자 수

2010년 시ㆍ도의회의원과 구ㆍ시ㆍ군의회의원은 16.5%, 19.1%이다. 2006년도(각각 5.2%, 4.9%)에 비하여 4배 가까이 증가하였다고 볼 수 있다.

[표 6] 지방의회의원 당선자 수

(단위 : 명)

구분/시행연도		당선자 수	여성(비율)
1991	시ㆍ도의회의원	2,885	63(2.2%)
1991	구ㆍ시ㆍ군의회의원	10,159	123(1.2%)
1995	시ㆍ도의회의원	2,446	38(1.6%)
1995	구ㆍ시ㆍ군의회의원	11,970	206(1.7%)
1998	시ㆍ도의회의원	1,571	37(2.4%)
1998	구ㆍ시ㆍ군의회의원	7,754	140(1.8%)
2002	시ㆍ도의회의원	1,531	48(3.1%)
2002	구ㆍ시ㆍ군의회의원	8,373	222(2.7%)
2006	시ㆍ도의회의원	2,068	107(5.2%)
2006	구ㆍ시ㆍ군의회의원	7,995	391(4.9%)
2010	시ㆍ도의회의원	2,046	337(16.5%)
2010	구ㆍ시ㆍ군의회의원	6,781	1,298(19.1%)

자료 : 중앙선거관리위원회, 『시ㆍ도의회의원선거총람』, 『구ㆍ시ㆍ군의회의원선거총람』, 『전국동시지방선거총람』

10) 주요 정당의 고위 당직자 수

2010년 기준 한나라당의 중앙위원과 당원 협의회 운영위원 중 여성 당직자 비율은 9.6%, 5.7%이다.

[표 7] 주요 정당의 고위 당직자 수

(단위 : 명)

연도, 성		여당		제 1야당	
		중앙위원 수	당원 협의회 운영위원장	중앙위원 수	당원 협의회 운영위원장
1993	전체	47	237	65	222
	여성	2	2	3	1
	여성비율	4.3	0.8	4.6	0.5
2000	전체	41	225	55	225
	여성	6	6	3	5
	여성비율	14.6	2.7	5.5	2.2
2001	전체	98	227	63	227
	여성	5	3	5	3
	여성비율	5.1	1.3	7.9	1.3
2002	전체	98	227	63	227
	여성	9	3	5	3
	여성비율	9.2	1.3	7.9	1.3
2004	전체	76	-	51	-
	여성	16	-	10	-
	여성비율	21.1	-	19.6	-
2006	전체	8	288	74	243
	여성	21	7	10	7
	여성비율	25.9	2.4	13.5	2.9
2008	전체	39[1]	234	66[2]	236
	여성	4	17	8	20
	여성비율	10.3	7.3	12.1	8.5
2010	전체	62[1]	245	54[2]	230
	여성	6	14	6	22
	여성비율	9.6	5.7	11.1	9.6

자료: 각 정당. 한국여성정책연구원, 『정당의 여성 정치참여 지원 방안』

주: 1) 확대 당직자, 2) 당무위원회

국외의 제도

'북경행동강령'에서 여성의 지위 향상을 위해 적극적 조치 도입을 권고한 후 10여 년 이 지난 현재 많은 국가들이 이 조치를 도입하여 시행하고 있다.

여성 할당제는 현재 40여 개 국이 헌법 개정이나 선거법 개정을 통해 의회선거에서의 할당제를 도입하고 있으며 50여 개국은 주요 정당들이 자발적으로 정당 규정에 여성 할당제를 도입 · 시행을 명시하고 있다.

1. 외국의 사례
1) 캐나다

「권리와 자유헌장」(Canadian Charter of Rights and Freedoms)(1985년)에 "차별을 받고 있는 사람 혹은 집단의 상태를 적극적으로 개선하기 위한 "적극적 조치(affirmative action)를 평등권을 실현하기 위한 수단으로 규정하고 있고, 「고용 형평법」(Employment Equity Act)(1986년)에 근거하여 100인 이상의 근로자를 고용하고 있는 기업, 독립기관은 고용 형평성을 실현하기 위한 적극적 조치 프로그램을 시행하고 있다. 현재 시행되고 있는 연방정부의 고용 형평법의 적용 범위는 다음과 같이 나누어진다.

- 첫째, 100인 이상의 근로자를 고용하고 있는 Crown 회사와 사기업 사용자들
- 둘째, 연방정부의 기관들인데 Treasury Board(국가 재무위원회)가 사용자가 됨

- 셋째, 「재정행정법」(Financial Administration Act)에 있는 Schedule 5 v에 명시되어 있는 100인 이상을 고용하고 있는 독립기관이 포함되는데, 이곳은 보고서를 직접 의회에 제출하여야 함

2) 스페인

「평등법」(Ley para la Igualdad) 제14조는 선거 후보와 지명에 있어 남녀 균등 참여를 명시하고 있다. 특히 고위직(임원)에서의 여성의 참여를 적극적으로 보장하고 있다. 제75조에서는 고용과 관련해서는 하위직에서의 남녀 간 기회균등은 물론 고위직에서도 공·사를 막론하고 남녀 간 동수를 요구하는 등 동 법은 남녀 간의 실질적인 평등 관계를 구현하고자 거의 모든 분야에 관여하고 있다고 볼 수 있다.

3) 독일

적극적 조치가 가장 활발한 영역은 공무원 채용의 영역이고, 대부분 독일의 정당들은 여성을 위한 할당제를 시행하고 있다.

- 「연방여성지원법」(1994년)의 적용을 받는 모든 행정기관은 3년마다 고위직을 포함하여 여성이 저대표되어 있는 분야, 즉 소수인 영역에서 채용과 승진 시 여성을 우선 고려하는 적극적 조치를 포함하는 여성 지원 계획을 수립하여야 함
- 「연방성평등법」(2001년)도 적극적 조치를 규정하고 있음
  동 법에서 규정하고 있는 적극적 조치는 3가지로 구분됨
- 「여성지위법」(1987년)
  노르트라인-베스트팔렌 주 정부

여성수가 50% 미만인 공공기관의 경우, 채용, 승진, 연수 및 위원회 임명 시 여성 우선 대우

 - 「반차별법」(1980년)

   베를린 주

   공무원 임용선발위원회에서 50% 여성 할당

 - 「평등지위법」(1991년)

   브레멘 주, 함부르크 주

   공무원 임용선발위원회에서 50% 여성 할당

4) 프랑스

「동수법」(일명 '파리테법(La Parité)')의 적용을 받는 모든 선거에서 여성 후보를 남성과 동수로 추천하도록 하였다. 파리테란 동등, 동격, 동률을 의미하는데 파리테 할당은 남녀 50대 50의 할당제를 의미한다.

파리테법 시행 이후 법의 적용을 받는 모든 선거에서 여성 의원 비율이 증가하였으나 벌칙 규정이 약한 하원의원 선거의 경우 상대적으로 여성 의원 증가율이 낮다.

「이사회와 감사위원회에서의 남녀평등과 직업적 평등에 관한 법률」에 의거하여, 2015년까지 기업 임원의 40%를 여성으로 채우도록 의무화하는 '여성 임원 쿼터제'를 내용으로 하며, 이 법안은 2010년 1월 20일(현지시각) 통과되었다.

5) 노르웨이

「성평등법」의 제21조(모든 공공 위원회 등에서 양성의 대표)는 50%

이상의 여성 참여를 규정하고 있다. 또한 「유한책임회사법」의 2003년 개정을 통해서 '여성 임원 쿼터제'를 명문화하였다.

1. 공직 사회의 여성 지위 개선

1) 공직 사회에서의 여성 지위

우리나라는 2010년 기준 시가총액 기준 상위 10위 기업의 여성 임원 비율은 소수에 불과하여 여성 임원이 없는 기업도 6개에 달한다. 따라서 공직 사회에서부터 여성의 사회적 지위가 올라간다면, 민간에 대한 계도 효과가 있을 것으로 기대된다.

2) 양성평등 채용 목표제

직급과 직렬별로 다양한 목표치를 정하여 여성의 대표성을 향상시켜야 할 것이다. 3급 이상의 개방임용형 채용에서는 여성 할당제가 시행되지 않는 등 성별 불균형은 직급분리에서도 여전히 심각하게 나타나고 있다. 그러므로 공직 내에서의 단순한 숫자상의 성비 균형이 아닌 실질적인 양성평등을 꾀하기 위해서는 성인지적인 시각에서 재검토하는 방안이 강구되어야 할 것이다. 이 제도의 법적 근거 마련을 위하여 「국가공무원법」의 개정이 필요할 수 있다.

3) 여성 관리자 임용 목표제

여성 공무원을 대상으로 교육 훈련을 통한 핵심 인력으로의 육성과 관리직으로 이미 진출한 여성들에 대한 경력 관리 지원 프로그램을 확대 실시하여야 할 것이다. 또한 정부 업무 평가에서 여성 관련 지표를 공통 지표에 포함시키고 평가 지표 가중치를 확대하고 여성 정책과 관련한 내용을 공통 지표에 포함시키는 등 기관에서 자발적으로 이 제도에 참여할 수 있도록 하여야 할 것이다.

4) 국공립대 여교수 채용 목표제

여교수 채용 목표제의 목표치를 일률적으로 정하지 말고 각 대학의 전공과목에 따라 다양하게 정해야 할 것이다. 교수채용심사위원회의 구성에서 여성 지원자가 불이익을 당하지 않도록 심사위원의 일정 비율을 여교수로 할당하고 대학에서의 교수 임용, 인사 등의 문제를 성인지적 시각에서 결정하기 위하여 대학 내에 양성평등실현위원회 등을 설치할 필요가 있다. 또한 여교수 채용 목표제의 대상을 국공립대학에 국한시키지 말고 사립대학으로 확대할 필요가 있다.

5) 여성 과학기술인 채용 목표제

채용 목표제 이행 및 초과 달성에 대해 인센티브를 제공하여야 한다.
또한 일부 국공립 연구소의 경우 여성 재직 비율이 30%를 웃도는 상황이므로 지나치게 소극적인 대응보다는 목표 비율을 40% 정도로 상향 조정하는 것이 필요하다.

2. 정치적 대표성 강화

인구의 절반인 여성의 대표성을 고려할 때, 여성의 정치 참여는 계속 확대되어야 한다.

이를 위해서는 비례대표 국회의원 50% 의무화 조항이 실효성을 가져야 하며 광역과 기초의회 비례대표의 규정과 같이 등록을 거부하는 규정을 마련할 필요가 있다.

또한 17대 국회에서 발의되었던 지역구 공천 여성 할당제를 적극적으로 재검토할 필요가 있겠다.

3. 문화 개선

공직 사회에서 여성의 사회적 지위가 올라가기 위해서는 다음과 같은 사항이 개선되어야 할 것이다.

1) 가이드라인 마련

공직 사회의 진입(채용)에서부터 배치·승진 등에서 남녀 간 기회균등을 위해 여성의 목소리가 반영될 수 있도록 최소한의 가이드라인이 마련될 필요가 있다.

스페인은 2007년 통과된 「남녀 간 실질 평등을 위한 조직법」에 근거하여 적극적 조치를 모든 분야에 적용하고자 노력하고 있다. 이러한 선진국의 제도를 바탕으로 모범 안을 마련할 수 있을 것이다.

2) 여성 정치 참여의 활성화 방안
- 국회의원 할당제(비례대표제도)
- 지방의원 및 자치단체장 할당제
- 당내 고위직 할당제
- 공천심사위원회의 여성 할당제

- 여성 정치지도자 육성(여성 인력풀 제도 등)
- 여성 후보자 선거지원 강화
- 남성 정치인 및 유권자의 의식 개혁

FTA에 따른 축산업 발전을 위한 문제점과 대책

FTA에 따른 축산업 피해 현황

국익을 위한다는 FTA 체결, 당장 몇 년 앞을 내다보며 실익을 계산하여 국익에 도움이 된다고 할 것이 아니라 향후 100년 이상을 내다보며 관련 분야에 대한 면밀한 검토를 통하여 피해에 대한 보상뿐만 아니라 지속 가능한 산업으로 가기 위한 대안까지도 마련되어야 한다.

지난 5월 4일 한-EU FTA 국회 비준을 시작으로 한미 FTA와 같은 자유무역협정의 타결을 위한 준비가 진행되고 있다. 우리 사회에서 FTA로 인해 가장 피해를 볼 것으로 예상되는 분야는 농업 분야이고 특히 축산 분야의 피해가 더욱 클 것으로 예상된다.

FTA는 제조업 부분의 이익을 위해 주로 농업을 희생시키는 내용이 대부분이다. 정부는 FTA에서 농업의 희생을 강요하지만 단순한 피해 보전 이외에는 뚜렷한 보상책 및 지원책을 마련하지 못하고 있다. 한 EU FTA는 연평균 농업부문 생산 감소액이 1776억 원에 달할 것으로 예상되고, 한미 FTA는 8700억 원으로 예상된다(민간에서 연구한 피해액은 축산에서만 3조 원 이상이 될 것으로 예상됨).

　FTA가 이대로 발효된다면 농산물과 축산물의 가격 하락에 따른 농가 수입 감소로 농민들의 농업 이탈이 불가피하다. 가뜩이나 힘든 농촌 경제가 파탄으로 이어지는 것이다. 농촌이 무너지면 식량 안보에 큰 구멍이 생기게 된다. FTA로 인해 식량 주권을 포기하는 셈이다. FTA가 세계경제의 대세라면 우리도 FTA를 마냥 피할 수만은 없다. 하지만 수출산업의 이익을 위해서 농업을 희생시켜서는 안 된다. 수출산업의 이익을 조금 줄이더라도 농업을 지키기 위해 최대한의 안전장치를 마련하여야 한다. 산업별·축종별 상황과 여건을 고려하여 산업의 특성에 맞게 중장기적인 계획이 세워져야 한다. 이러한 계획을 추진하는데 있어 불가피한 농업의 피해는 정부 차원의 대책 마련 및 지원으로 공백 없이 메워야 할 것이다.

1. 축산 강국과의 동시다발 FTA 추진

구 분	추진동향
한미 FTA	· '07. 4. 2 타결 후 비준안 국회 외통위 통과('09. 4. 22)
한EU FTA	· 가서명('09. 10. 15) 후 정식 서명('10. 10. 6), 비준안 제출('10. 25) 2011년 5월 4일 비준안 국회 본회의 통과
한호주, 뉴질랜드 FTA	· 협상 진행 중
한캐나다 FTA	· 쇠고기 WTO 분쟁 과정 종료 후 재개 예상
한중, 일본 FTA	· 정부 간 사전 협의, 공동 연구 중

2. 축산업 예상 피해액(추정)

1) 한미 FTA 피해 규모

국책연구기관(KREI 권오복, 2005)

구 분	관세 완전철폐 효과	
	국내 생산액 변화(억 원)	국내 생산액 변화율(%)
곡물류	△3,545	-23.4
과일, 채소류, 건과류	△3,628	-4.0
축산물	△7,835	-6.4
우유 및 낙농제품	△2,042	-4.6
계	△20,888	-6.2

민간기관

한우 (2007/전국한우협회)

- 현행 40%인 쇠고기 수입관세가 15년 후 무관세로 수입될 경우
- 2,680억 원(직접 피해 1,120억 원, 간접 피해 1,516억 원)~2조 7,025 억 원(직접 피해 1조 1,288억 원, 간접 피해 1조 5,737억 원)

낙농 (2007/한국낙농육우협회)

- 소비자가격 기준으로 4,358억 원~16,230억 원 피해 예상

양돈 (2006/대한양돈협회)

- 한미 FTA 체결시, 국내산 돼지고기 생산액이 최대 1조 869억 원 감 소할 것으로 예상
- 또한 한미 FTA 체결시, 양돈 농가의 60%가 경쟁력 상실로 폐업, 소 규모인 1,000두 미만 양돈 농가에서 피해가 가중

2) 한 · EU FTA 피해 규모 추정

국책연구기관 (KREI, KMI 추정) ⇒ 축산 피해

(단위 : 억 원)

구 분	연평균	1~5년	6~10년	11~15년
감자 전분	10	0	8	23
돼지고기	828	328	943	1,214
닭고기	218	105	231	319
낙농	323	40	277	651
포도(가공주스)	32	32	32	32
키위	42	18	43	63
토마토(가공)	43	23	52	54
쇠고기	280	58	279	501
합계	1,776	604	1,865	2,857

3) 한 · 호주/뉴질랜드 FTA 피해 규모 추정

낙농 (건국대학교, 2008/한국낙농육우협회)

- 낙농 부문 생산 감소액(2006년 대비) : 1,088억 원 ~ 1,920억 원

- 한미/한EU/한호주, 뉴질랜드 FTA 효과 동시 고려시, 전체 낙농생

  산액의 약 25%인 3,274억 원 생산 감소

양록 (KREI, 2009/한국양록협회)

- 연간 최소 140억 원에서 최대 256억 원('07년 녹용 생산액 839억 기

  준 최소 16.7%, 최대 30.5%) 피해 예상

축산업 회생 대책

1. FTA 축산 농민 소득 보전 대책 사전 수립

1) 현황 및 문제점

축산 강국과의 FTA에 따른 막대한 피해 예상

- 11개 국책연구기관이 추정한 바에 의하면, 한미 FTA 체결 후 15년 간 제조업은 5조 5천원 억의 생산이 증가하는 등 국가 전체적으로 생산이 증가하나,
- 농업 분야는 6,700억 원의 생산이 감소할 것으로 추정
- 농업 분야 중 축산 분야는 약 4,700억 원으로 농업 생산액 감소의 70%에 해당
- 한EU FTA 체결에 따른, 낙농품, 돼지고기를 비롯하여 축산 피해 극대화
- 낙농 분야 관세 철폐시 연간 1,028억 원 피해 예상(낙농육우협회 연구용역-건국대 산학협력단 2007)
- 양돈 분야 관세 철폐시 연간 4,902억 원 피해 예상(대한양돈협회 연구용역 - 건국대 2010. 1)
- 한우, 양계, 오리, 양봉산업에도 큰 타격 예상
- 또한, 정부는 우유, 쇠고기, 양록, 양봉을 비롯 축산 강국인 호주, 뉴질랜드와의 FTA 협상 진행 중임
- 축산 농가 소득 보전 대책 수립 필요
- 축산 농가 소득 보전 대책과 관련하여, 정부는 피해가 발생하면 보전하겠다는 원론적인 입장만을 밝히고 있으며,
- 이에 대한 사전 대책 마련은 전무한 상황으로, 축산 농민 소득 보

2006. 9. 14. 제6회 한우의 날

2010. 3. 10. "올어바웃 한우" 출판기념회

2008. 10. 19. 대한수의사회 창립 60주년 기념식

전 대책 마련 절실

• 또한, 피해 보전 산출 기준도 산업별 · 축종별 특성을 감안

2) 요구사항

실질적인 축산 농민 소득 보전 대책 사전 수립 필요

• 소득 보전 예산 확보 및 사전 제시

• 피해 보전 직불금 보상 기준 개선

- 기준 소득을 과거 5개년 평균 소득의 90%로 상향 조정하여 급격한 소득 감소에 대한 보전

- 피해 보전 비율도 85%에서 100%로 상향 조정하여, 기준 소득 미달 액에 대하여 전액 보상

- 지원 기간을 관세 철폐 기간까지 연장 (주요 품목 관세 철폐 기간 인 10년 이상으로 연장)

• 폐업 지원금 및 회생 자금 지원 실시

- 폐업을 원하는 농가의 향후 5년간 소득 보상

- 폐업 농장 인수시 취득세 · 등록세 면제, 폐업을 위해 농장 판매시 양도세 면제, 보상금에 대한 소득세 · 법인세 면제

2. 수입 축산물 관세 목적세화

1) 현황 및 문제점

• 경마 매출의 하락으로 축산발전기금의 재원이 대폭 감소

- 축산발전기금 출연액 : ('02)1,834억 원→('07)991억 원

연도별 매출 및 축산발전기금 등 규모

(단위 : 억 원)

구분	' 01	' 02	' 03	' 04	' 05	' 06	' 07
경마 매출액	60,163	76,491	61,753	53,303	51,548	53,111	65,401
축산발전기금	1,215	1,834	1,127	816	675	685	991

- 특히, '06년 기준 마사회 출연금은 축산발전기금 재원(기금 운용 수익 제외)의 96%를 담당하지만, 기금의 큰 폭 감소로 운용에 애로

• 2007년 농림수산물 관세 징수액은 2조 2,920억 원이며, 이중 축산물에 대한 관세액은 7,996억 원으로 농림수산물 관세 징수액의 34.9%를 차지하고 있음

• 축산 부문 수입관세의 농특회계 전입액 대비 농특회계자금의 축산부문 투입액은 2007년 기준 19.1% 수준에 불과함

- 2007년 축산 부문 수입관세 농특회계 전입액 : 7,996억 원

- 2007년 농특회계자금 중 축산 부문 투입액 : 1,526억 원

2) 요구사항

• 수입 축산물의 목적세화

- 축산물 수입관세를 별도 기금화하여 축산업 경쟁력 제고와 축산 농민의 피해 보상에 사용토록 목적세화 추진

- 축산물 수입관세가 전체 농림수산물 징수액에 약 27%('05년 기준)를 차지하고 있으나 농특회계에 전입되어 대부분 타 분야에 지원되고 있는 실정임

- FTA에 따른 피해 산업에 대한 안정화 기금 조성 및 한우 산업 정책 재원 마련

- 목적세나 안정화기금 마련을 통해 지속적인 한우 산업 대책 마련 및 예산 지원

3. 사료가격 안정 대책 수립

1) 현황 및 문제점

'06년 말부터 사료값 폭등, '09년 인하 폭이 미비하여, 축산 농민 경영 불안 지속

- '06년 말부터 '09년 초까지 약 60% 배합사료 가격 폭등, '09년 다섯 차례 인하하였으나,
- '09. 10월 현재, '06년 대비 여전히 약 35% 인상된 가격 수준임
- 해상 운임의 지속적인 상승으로 조사료 가격 상승
- 국제 원유 가격 상승으로 인한 해상 운임 인상

축산물 생산비에서 사료비가 차지하는 비중이 높아, 높은 사료가격 유지는 축산 농가 경영 불안요인으로 작용

- '06년 12월 대비 양돈 30%, 낙농 13.3% 폐업('08년 6월 기준)

축종별 생산비 중 사료비 비중

(단위 : %)

구 분	한육우	우유	비육돈	계란	육계
사료비 비중	37.0	59.7	53.6	53.7	56.9

자료 : 2008년도 축산물 생산비(2009. 6, 국립농산물품질관리원)

높은 해외 의존으로 향후 곡물 파동시 사료값 폭등 우려

- 우리나라 곡물 구조상 모든 농산물을 국내에서 자급하는 것에는 한계가 있는 상황
- 전체 농산물을 자급하기 위한 경지 소요량은 715만ha(2004년)이나, 경작 면적은 326만ha에서 194만ha로 감소
- 축산물 생산에 필요한 곡물을 모두 국내에서 생산하려면 271만ha

의 경작지가 필요한 상황이나, 현재 경지 면적은 축산물 자급을 위
한 경지 필요량의 61%에 불과

2) 요구사항

'08, '09년 농가 사료특별구매자금 상환기한 연장

• 거치 기간 또는 분할상환 기간 연장

배합사료안정기금 설치 · 곡물 비축관리제도 운영

• 국제 곡물가 인상시, 현재로서는 완충장치가 없어 사료가격 인상
시 농가 부담으로 직결

• 배합사료안정기금 설치로 사료값 폭등시 축산 농민 부담 완화

• 곡물 비축관리제도 시행으로 국제 곡물가격 급등시 비축 곡물의
적정 방출로 수급 안정

* 일본의 경우, 배합사료안정기금(1968), 곡물비축제도(1974) 도입

자급조사료 생산기반 확대 지원

• 식량자급률 설정시, 사료자급률 목표치 설정 및 지원 방안 마련

• 휴경 논, 간척지 등을 활용한 조사료포 조성 및 생산면적 확대를
위한 정책 지원 강화

- 새만금 등 간척지를 조사료포로 활용, 자급조사료 생산 관련 직불
제 도입 등

- 해외 사료자원 개발 지원

• 해외 해당 나라와의 MOU 등 자원 개발 협약 체결

• 해외 자원 개발에 따른 실제적 비용 지원

4. 기업 중심의 대형 패커 육성 정책 지양

1) 현황 및 문제점

• 정부에서는 생산비 절감 대책의 일환으로 대형 패커 지원 정책을
  수립하고 있으나, 이는 축산 농가들을 대형 패커의 위탁농장으로
  전락시킬 우려가 있음

- 이에 대한 보완책이 없이 일방적 정책 수립시, 축산 농가들의 반발
  이 우려됨

• 정부에서 벤치마킹하는 대형 패커 육성 정책은 축산물 수출 위주
  의 국가에서, 생산비 절감을 위해 철저한 기업식 축산 정책을 하는
  나라에 적용되는 정책임

2) 요구사항

• 기업형 대형 패커 지원보다는 조합형 패커 육성으로 전환

• 축산 농가를 보호하는 패커 지원 정책으로 전환

• 축산 농가 생존 대책 선 마련을 전제 후 추진해야 함

3) 기대 효과

• 생산은 농가에서, 도축, 유통, 판매는 조합 또는 기업으로 분담하
  여, 축산 농가의 지속 가능한 축산업 영위

5. 가축 분뇨 처리 지원 확대

1) 현황 및 문제점

• FTA에 따른 개방화로 인해 생산성 향상과 생산비 절감이 최대 현

안과제로 부각됨

- 농가 경쟁력 집중화를 위해 농가가 생산에 전념할 수 있도록 근원적 해결 방안 마련 필요

- 가축 분뇨 처리시 ▲처리시설 비용 과다 ▲시설관리의 한계 ▲퇴·액비 품질 불균일 ▲경종 농가 신뢰 부족 등 어려움을 겪고 있는 실정임

2) 요구사항

- 축산 산업의 안정적 발전을 위해 가축 분뇨 처리 문제를 SOC 국책 사업으로 추진

- 공동 자원화·공공 처리시설 통합 처리 시스템 시범사업 추진

- 가축 분뇨 하수관거에 연결 법제화(공공 처리장에서 가축 분뇨 처리)

- 축산 분뇨 자원화를 위해, 지역단위(시군) 퇴비처리 영농조합 형태로 토지 구입, 시설자금 지원 대책 마련

6. 축사 시설 경쟁력 확보

1) 현황 및 문제점

- 정부의 전업화, 규모화 정책에 따라 축사를 신축하는 과정에서 대다수의 축산 농가들이 무허가 축사를 보유하고 있음

- 주요 원인 : 건폐율, 까다로운 허가 절차 및 요건, 세금(취득세, 등록세) 문제 등

- 축산업 등록제 도입 당시, 무허가 축사 양성화 요구에 따라 '축사'

대신 '가축 사육 시설' 개념으로 등록조치 된 바 있음
- 그 당시, 농식품부는 농가 불안감 해소를 위해 등록 정보에 대해 목적 외 사용을 금지키로 약속한 바 있음
• 그러나 일선 시군 농가 등록 정보 목적외 사용(환경·건축 단속) 사례 발생, '축사 두당 사육 면적 준수 의무', '환경 범죄 단속에 관한 법률'에 따른 축파라치 기승으로,
- 축산 농가의 불안감이 증대되고 있으며, 이로 인해 FTA 대비 축산업 경쟁력 확보에 걸림돌로 작용되고 있는 실정임
• 특히, 폭설 등 재해 보상, 가축 분뇨 처리 지원 사업 등 정책 지원 사업에서 축산업 등록(가축 사육 시설)을 했음에도 불구,
- 무허가 축사 보유시 지원 대상에서 제외됨으로써 정책적 소외를 당하고 있는 상황임

2) 요구사항
• 축사 시설 경쟁력 확보를 위한 대책 마련
- 축사 시설 현대화 사업 조기 집행
- 가설 건축물 인정 범위 확대, 건폐율 상향 조정
- 무허가 축사 양성화 검토, 무허가 축사 철거 및 신축 시 정책 자금 지원
• 각종 정책 사업 대상을 축산법(축산업 등록제)상 가축 사육 시설 등록 기준으로 하여, 무허가 축사에 대한 지원 방안 마련

7. 도축장 구조조정 신속 추진 및 축산물 소매망 확충

1) 현황 및 문제점

• 소비자의 관심은 안전한 축산물을 보다 저렴한 가격으로 믿고 구입

• 가축은 반드시 도축 과정을 거쳐야 하고 소비자는 소매 유통을 통해서 축산물을 구입할 수 있음

- 그러나 현재 운영 중에 있는 94개의 도축장은 과다 경쟁으로 가동률(45% 수준)이 저조하고 위생 · 안전 수준이 미약하며 소매 유통은 생산자와 소비자 모두에게 만족할만한 수준이 못됨

2) 요구사항

• 도축장의 구조조정을 신속히 추진하여 시설 · 안전 수준을 선진국 이상으로 제고하여 소비자 신뢰 확보

• 도축장의 구조조정으로 부분육, 냉장 유통 실현

- 일정한 수의 도축장을 폐쇄하고 폐업자금 지원

- 잔존 도축장은 시설 보강으로 도축뿐만 아니라 부분 육가공 시설 지원

• 도축장 구조조정을 위한 필요 예산 확보하여 강력한 추진

• 농축산물 소비지 소매 유통 시설 확충으로 생산자 단체가 20%를 점유

- 생산자와 직결할 수 있는 생산자 단체가 운영하는 소매 유통 시설이 소매 유통의 20%를 점유하기 위한 대형 소매점 확보를 산지 유통 시설과 같은 수준에서 지원

한우 현안 과제(요약)

1. 한우 개량을 통한 생산비 절감

한우의 품질 고급화와 생산비 절감을 위한 생산기간 단축은 한우 개량이 수반되어야 한다. 한우 개량은 수소와 암소의 개량이 함께 이루어질 수 있는 체계가 이루어져야 하며, 이를 위해서 우수한 정액의 생산과 형질에 맞는 정액의 공급이 필요하다.

이를 위한 정책적 지원 필요 ⇒ 정액값 인상은 경쟁력 부담

1) 한우 개량 (종우산업)

• 『1단계』 종모우 확대

- 우수한 정액의 생산과 형질에 맞는 정액 공급을 위해 종모우의 선발기준을 강화하고 규모 확대가 필요

- 현 종모우 50두 규모를 100두로 확대

· 연 선발 두수 30두 이상으로 확대

- 종모우 선발 체계 개편

• 『2단계』 종모우 관리사 및 정액 생산 센터 지역 분산

- 종모우 관리사를 경상, 강원(경기), 충청, 전라 등 4곳으로 확대

- 지역 특성에 맞는 종모우 관리 및 정액 생산 센터 운영

• 『3단계』 개량의 체계화를 위한 정액 무상 공급

- 생산 이력제 정착과 한우 개량의 촉진을 위하여 개량 의지가 있는 농가에게는 정액을 무상으로 공급하는 체계로 개편(정액 무상공급체계)

- 한우 개량을 위한 등록 및 한우 판별 사업 정착

- 암소 개량을 위한 유전 능력 분석 및 심사 확대 지원

2) 한우 유전자 보호법 마련
- 한우의 고유 유전자를 보존하고 개량하기 위한 유전자 보호법의
  제정

2. 번식과 비육 산업에 선별적 지원 대책 마련

번식우와 비육우에 대한 특성을 고려한 규모별 대책을 마련하여 소규모와 전업농이 함께 경쟁력을 갖출 수 있는 대책 마련

1) 암소 자율 도태 사업 등 적정 번식 두수 유지
• 자율 도태 목적
- 저능력우 및 노산우 도태를 통한 생산성 향상
- 열등 유전자 암소의 도태를 통한 우수 유전자 자원 확대
- 도태를 통한 수급 조절
- 목표 : 11~12년 20만 두 도태

• 적정 사육두수
- 적정 사육 규모 : 250만 두 ±10%
- 한우 소비량 추정 : 215,047,972kg/년(2010년 추정치)
- 1인당 쇠고기 소비량 2010년 8.8kg(추정치)
- 2010년 추계인구 48,874,539명
- 쇠고기 소비량 : 430,095,943kg
- 자급율 : 50%
- 한우 소비량 : 215,047,972kg/년

• 적정 한우 암소 사육두수 : 1,029,345두

- 2010년 6월 평균 출하 체중 : 674kg

- 지육율 59%, 정육율 69.2%

- 평균 두당 정육량 : 275kg

- 소비량 충족을 위한 사육두수(번식률 100% 가정) : 781,479두

- 번식우 두당 번식률 75.92%

- 번식률을 고려한 적정 사육두수 : 1,029,345두

• 현재 한우 암소 사육두수는 적정 두수보다 20% 초과 상태

- 2010년 3/4분기 현재 1.5세 이상 암소는 약 130만 두임

- 적정 사육두수인 약 103만 두보다 초과된 상태임

• 자율 도태를 통한 수급 조절로 한우 가격 하락 방지 필요

- 과거의 경험으로 볼 때 한우 생산량이 과도하게 증가하면 한우가
  격이 급락함

- 한우 가격의 급락은 한우 농가에게 큰 피해를 초래함

• 자율 도태 추진방법(안)

〈1단계(11년 4월~11년 10월)〉

가. 능력이 떨어지거나 이모색 등이 있는 암소를 한국종축개량협회
  와 축산물품질평가원의 자료를 바탕으로 평가하여 농가에 통보

  * 1차 도태 대상 선정두수 : 15만여 두

나. 농가에서는 통보받은 개체를 단기(3~6개월) 비육하고 출하 예정
  우에 대하여 협회로 통보

다. 협회에서는 암소 출하 예정우와 전체 한우 수급을 검토하여 가격 안정을 위한 행사 추진 등 대책 마련

라. 1단계는 우선적으로 협회 임원 및 한우 지도자의 자발적 참여를 유도

마. 2단계 추진을 위한 도태 추진 방안 수립

＊현재 가급적 암소를 위주로 한 전국의 유통업체와 소비 행사 추진 계획 중

〈2단계(11년 10월~12년 2월)〉

가. 1차 자율 도태에 참여한 농가를 대상으로 수급 조절 자금을 통한 능력별 암소의 도태 추진 방안에 따른 지원

나. 예산 : 한우 자조금을 통한 지원방법 마련

- 도태 예정우에 추가적으로 암소 도태 대상우 선정시 1두당 산차별 지원 방안 마련

〈3단계(12년 2월~6월)〉

가. 1, 2단계 자율 도태에 참여한 농가를 대상으로 도태 대상우에 대한 인센티브 지원 마련

나. 예산 : 정부의 정책적 지원 방법

다. 수급에 따른 가격 안정을 위한 학교 급식 및 군납 강화

2) 송아지 생산 안정제 기준 가격 상향

• 현황

- 송아지 생산 안정제는 한우 농가의 심리적 안정감을 유도하여 번

식기반 유지를 목적으로 만들어짐

- 수입 자유화에 대응한 번식 기반 유지
- 1998년 70만 원을 시작으로 2000년 90만 원, 2001년 120만 원, 2003년 12월 126만 원, 2006년 130만 원, 2007년 155만 원, 2008년 165만 원까지 상향 조정됐다.

• 제안 사유
- 정책 기준의 일관성 유지로 한우 농가의 안정감 고취
- 안정 기준의 세부 기준안 마련하여 향후 안정제 기준의 연동 체제 유지

• 안정제 기준가 및 보상 한도액
- 기준 가격안 : 전년도 경영비+자가 노력비(50%)-부산물 수입 협의를 통한 세부 기준안 마련
- 기준가 : 현행 165만 원 ⇒ 180만 원 이상 상향
- 보상 한도액 : 현행 30만 원 ⇒ 50만 원으로 확대

---

* 2008년 기준 가격 165만 원
• 07년 경영비 1,170,775원+자가 노력비 362,519원+사료 가격 상승에 따른 지원
* 2010년 기준 가격 ??
• 09년 경영비 1,689,105원+자가 노력비 455,151원

---

3. 비육우 가격 안정제 도입
- 농가 소득 안정제와 병행 시행
* 일본은 비육 농가를 위해 2가지 정책을 실시 중
- 비육 경영 안정 대책 사업
• 비육우 두당 추정 소득이 가족 노동비를 하회하는 경우 차액의

80%를 보전해 줌

- 비육우 생산자 수익 저하 긴급 대책 사업

• 비육우 두당 전국 평균소득이 마이너스(=조수입-물재비)인 경우
  차액의 60%를 보전해 줌.

기후변화 시대의 대응

서언

우리 일상생활에서 '기후변화' 라는 용어에 대한 접촉 기회도 많아지고, 기후변화가 무엇을 의미하는지에 대한 인식이 증대되고 있다. 그러나 기후변화의 구체적 영향이 무엇이며, 이를 해결하기 위해 무엇을 할 것인지에 대한 인식 및 실천이 미흡한 것 또한 사실이다.

많은 사람들은 지난 겨울의 이상한파, 폭설, 다른 대륙의 홍수 등 기상이변에 대해 기후변화가 원인이 되어 발생한 것이라고 생각하고 있다. 이와 반대로 아직도 일부에서는 기후변화가 과장된 개념이며, 오히려 기후변화로 인해 혜택을 받을 수 있음을 강조하는 사람도 있다. 분명한 것은 18세기 산업혁명 이후 지구 대기에 이산화탄소(CO_2) 등 온실가스의 농도가 높아지고 있으며, 이러한 농도 증가와 기온 상승이 같은 궤적을 그리고 있다는 것이다. 또한 단기적인 개념인 '기상(weather)' 과 장기적 개념인 '기후(climate)' 를 구별해야 한다. 즉, 기상은 우리가 일기예보를 통해 볼 수 있는 것처럼 단기간에 나타나는 현상이나, 기후는 장기간 평균적으로 지구 전체에 나타나는 현상이다. 예를 들면 우리의 일상생활에서 1~2도의 온도 변화는 자주 볼 수 있고 이러한 변화가 우리의 일상생활에 심각하고 장기적인 영향을 미친다고 할 수는 없다. 그러나 지구 전체적으로, 평균적으로 1~2도의 온도 상승이 일어난다는 것은 심각한 영향을 꾸준히 미치며, 생활방식 및 경제활동에도 심대한 영향을 미치게 된다는 것이다. 더욱이 이러한 지구 기후가 4~6도에 이르게 되면 해수면 상승, 기온 변화에 따른 농작물 생산 패턴의 변화, 재해 증가 등 다양하고 심각한 영향이 일어날 것이다.

물론 우리나라의 기후가 지구 전체의 기후에 미치는 영향은 크지 않기 때문에 우리의 노력만으로는 지구 전체의 기후변화를 막을 수는 없다. 그렇기 때문에 국제적 공동 노력이 필요한 것이며, UN을 중심으로 기후변화가 미치는 영향을 완화하거나 기후변화에 적응하기 위한 협상 및 노력이 진행되고 있다. 이러한 국제적 여건 변화에 어떻게 대응할 것인가가 우리에게 주어진 과제이며, 현재 우리나라 정부는 기후변화를 '위기'로만 인식하지 않고, 오히려 '도전 기회'로 삼아 능동적으로 대응하고 있다. 바로 여기에 우리나라가 '녹색 성장'을 주창하고, 다양한 녹색 성장 정책을 적극적으로 추진하고 있는 이유가 있다고 할 수 있다.

기후변화 현상

1. 전 지구적 문제

최근 지구온난화로 인한 기후변화가 21세기 전 세계인의 공통 관심사이자 국제사회의 주요 의제로 대두되었다. 기후변화에 관한 정부 간

협의체(IPCC)는 2007년 11월에 기후변화에 대한 전 세계 연구 결과를 집대성한 4차 평가보고서를 발간하였는데, 이에 따르면 기후 시스템의 온난화는 명백하며 지구 평균 기온과 해수 온도의 상승, 광범위한 눈과 얼음의 융해 및 지구 평균 해수면 상승이 관측 자료에서 분명하게 나타났다고 보고하였다. 전 지구적인 기후변화 현상 외에도 전망에 의하면 2020년대 $1℃$, 2050년대 $2℃$, 2100년대 $4℃$ 상승으로 세계평균 기온은 2100년대 $1.8℃{\sim}4.0℃$ 상승한다고 예상하였다. 이에, 2009년 기후변화 협약 당사국 총회에서는 전 세계적으로 온실가스 농도를 350~450ppm 수준으로 안정화시켜 지구 평균 온도를 $2℃$ 내의 상승이 되도록 노력하자고 합의한 바 있다. 그러나 2050년까지 전 지구의 평균 기온 상승을 $2℃$ 내의 억제에 성공하더라도 세계 인구 20억 명이 물 부족으로 고통당하고, 생물종의 20~30%가 멸종 위기에 처할 것으로 전망하였다.

전 세계적으로 기후변화로 인한 인명 및 재산 피해가 급증하고 있다. 2003년 폭염으로 유럽 8개국에서만 3만 5천 명 이상이 사망하였고, 러시아에서는 2010년 7월 한 주 동안 300명이 넘는 사망자가 발생하기도 하였다. 동유럽인 헝가리는 2007년 $40℃$를 웃도는 폭염으로 500여 명이 사망하였고, 마케도니아와 보스니아는 지난 120년 중 관측 사상 최고기온인 $45℃$를 기록하여 국가 비상사태를 선포한 바 있다. 미국도 최근 10년 동안 폭염으로 인한 사망자가 연평균 170명 발생하였다. 2010년 러시아에서는 130년래 최악의 고온현상으로 600여 곳의 산불이 발생하였고, 2010년 파키스탄에서는 80년 만의 최악의 홍수로 1,400만 명의 이재민이 발생한 바 있다. 2009년 대만에서는 '모라꽃' 태풍으로 670여 명이 사망하였고 3.6조 원의 재산 피해가 발생하기도

하였다.

2. 국내 기후변화 현황

우리나라 지구온난화 진행 속도는 세계 평균을 상회하며, 열섬효과 등으로 도시 지역의 기온 상승의 문제는 더욱 심각하여 지난 100년간 전 세계 평균 0.74℃보다 높은 1.7℃ 상승하였다(2009년 기상청의 6개 관측 지점의 평균 기온 자료). 특히 1950년대 이후의 기온 상승률은 20세기 전체 기간에 비하여 약 1.5배 이상 높으며, 사계절 중 겨울에 가장 높이 오른 반면 여름철 평균 기온 상승 경향은 뚜렷하지 않았다.

강수량의 경우 약 100년간 연도별로 변동성이 매우 크고, 최근 10년 동안에는 20세기 초반의 10년에 비해 연강수량이 약 19% 증가하였다. 연강수량 변화 추이를 살펴보면 계절적으로는 여름철인 7~8월에, 공간적으로는 태백산맥 주변 지역에서 집중호우의 강도 증가가 뚜렷하게 나타났다. 반면 겨울철 강수량의 변화는 뚜렷하지 않으나 온난화에 의해서 강설보다 강우로 인한 비율이 점차 높아지고 있다고 보고하였다.

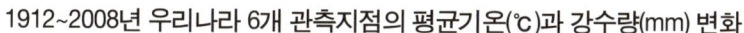

1912~2008년 우리나라 6개 관측지점의 평균기온(℃)과 강수량(mm) 변화

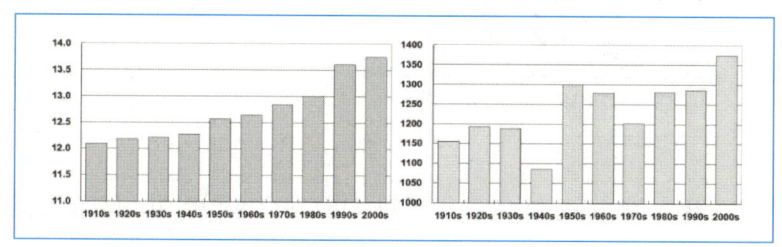

최근 기상청의 보고에 의하면 우리나라의 기온 상승은 2050년에

2000년 대비 2℃ 상승될 전망이고, 과거 100년간 기온 상승을 고려하면 3℃ 이상 상승되어 우리나라 기후변화 진행 속도는 세계 평균을 상회하며, 열섬효과 등으로 도시 지역에는 더 높은 기온 상승이 나타나게 될 것으로 예상하고 있다. 이에 따라 가뭄과 홍수의 빈도와 규모가 더 커질 것으로 전망된다. 더구나 우리나라는 삼 면이 바다로 둘러싸여 있고, 자연적 · 인위적 환경이 복잡하여 기후 재난의 가능성과 이에 따른 피해 규모가 다른 나라에 비해 상대적으로 클 수밖에 없다. 우리나라의 기후변화로 인해 태풍과 집중호우 피해액이 매 10년 단위로 3.2배 증가하고 있고, 열대야와 폭염으로 인한 사망자 숫자만 지난 12년(1994~2005년)간 2,000여 명에 이른다.

연평균 기상재해 피해액

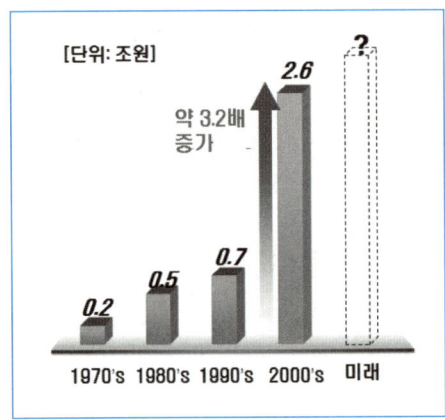

최근 한반도 기후변화 현황을 살펴보면, 계절의 양상이 변하고 있음을 알 수 있다. 1990년대 겨울은 1920년대 보다 30일 짧아졌고, 여름과 봄은 20일 길어지고 있으며, 최근 30년간 개나리 · 진달래 · 벚꽃 등 봄

꽃 개화일이 6~8일 빨라지고 있다. 물론 일시적으로는 이상 한파 등 기상이변이 일어나기도 하나 추세적으로는 온난화 현상이 지속되고 있다고 할 수 있다(2010년 12월 이후 1월 중순까지 45일간 이상 한파가 기상 이변의 예가 될 수 있으며, 전국 최고기온이 0℃ 이하인 날은 평균 10.9일, 최저기온 -10℃ 이하인 날은 8.8일로 평년보다 각각 6.1일과 3.4일 많았다).

2010년 폭염은 평년보다 2.3일 많은 10.5일, 열대야는 7일 많은 12.4일로 서울 지역의 폭염 사망률은 1991~1993년 기간과 대비할 때 72.9% 증가하였다. 또한 집중호우의 경우 1980년대 후반부터 여름철 집중호우에 따른 재해 발생 빈도가 연평균 5.3회(1940~70년대)에서 8.8회 이상(1980~1999년)으로 증가하고 2010년 서울의 경우 8.1~9.12일까지의 강수일수는 기상관측 이래 최대인 32일을 기록하였고, 은평구에 약 1시간 동안 94mm 집중호우로 2명이 사망하고 1명이 실종되었다.

생태계와 식생의 변화도 나타나는데, 최근 30년간 구상나무림 쇠퇴 등 국내 식생 변화가 가속화되어 2009년 봄철에는 전년 가을부터 시작된 가뭄으로 경남 등 남부 지역에 소나무 100만 그루 이상 고사하였고, 기후변화로 아열대 병해충이 유입되어 정착화되고 있다. 한반도 연안 해수면은 지난 43년간 약 8㎝ 상승하였고, 제주 지역은 22㎝ 상승으로 용머리해안 산책로가 침수되었다. 근해 표면수온은 41년간 평균 1.31℃ 상승하여 고등어나 멸치 등 난류성 어종이 증가하고 명태나 도루묵 등 한류성 어종이 감소하였다.

기후변화의 영향

1. 자원 확보 가속화 등 에너지 수급에 심대한 영향 현시

우리가 사용하는 에너지의 대부분을 제공하는 화석연료는 무한히 존재하는 것이 아니고 그 매장량이 한정되어 있다. 세계자원연구소(WRI)는 현재 인류가 소비하는 양을 기준으로 계산할 때, 석유 매장량은 앞으로 약 40년, 천연가스는 약 58년이 지나면 고갈될 것이라고 전망하고 있다. 매장된 화석연료와 우라늄에 전적으로 의존해서는 이산화탄소 배출에 따른 환경오염만이 문제가 아니라 에너지 자원 고갈로 인해 문명 자체가 위협받을 수 있다는 것이다.

화석연료 중심의 현 에너지 소비구조는 자원 고갈을 가속화시키고 환경오염을 야기하는 등 구조적 한계를 드러내고 있다. 인류는 전 세계적으로 에너지원의 85%를 화석연료에 의존하고 있으며, 에너지 수요는 앞으로도 지속적으로 증가할 전망이다. 세계 주요국의 화석연료 의존도는 미국 64%, 일본 73%, 프랑스 53%, 한국 80% 수준이다. 최근에 세계적인 금융 위기와 그 후의 경기 후퇴는 특히 향후 2~3년간 에너지 시장에 매우 큰 영향을 미칠 것이다. 경제 위축에 따른 세계 에너지 수요는 일시적으로 침체 양상을 보이고 있지만, 경기가 회복세로 전환될 경우 세계 에너지 소비량은 장기적으로 증가세로 돌아설 것으로 보인다. 이와 같이 계속되는 화석연료의 사용은 지구온난화를 멈출 수 없을 것이고 이에 따른 기후변화는 수자원, 생태계, 식량, 해안, 건강 및 각 지역에도 큰 영향을 미칠 것이다.

IPCC에 의하면 2080년대 기온이 3℃ 이상 상승할 경우, 전 세계적으로 11~32억 명이 물 부족을 겪게 될 것이며, 세계 인구의 1/5 이상이 홍수의 영향을 받게 될 것이라고 한다. 또한 중·고위도 지역의 농작물 수확량이 감소해 3천만 명~1억 2천만 명이 기근의 위협을 받게 될 것으로 전망하고 있다. 뿐만 아니라 해수면 상승으로 인해 해안가의 30% 이상이 유실되고 1,500만 명 이상이 홍수의 위협을 받게 될 것으로 경고하고 있는데, 이는 주변 생태계에 부정적 영향을 미칠 것이 자명하다. 이처럼 인간 활동으로 인해 야기된 기후변화는 지구환경과 인류 생존에 돌이킬 수 없는 영향을 초래할 수 있다. 따라서 기후변화에 어떻게 대처하느냐는 이제 국제적으로 가장 중요하고도 긴급한 이슈가 되었으며, 기후변화 관련 기술보유가 곧 국가 경쟁력과 직결된다는 인식이 전 세계적으로 급속히 확산되고 있다. 이는 지구온난화로 인한 기후변화가 위기이기도 하지만 반대로 기회가 될 수도 있음을 의미한다. 즉 기후변화에 대해 발 빠르게 대응을 하면 국제사회에서 경쟁력을 확보하고 선진 일류국가로 새로운 도약을 모색할 수 있다는 것이다.

2. 사회·경제적 영향

우리나라에서 최근 30년간 개나리와 벚꽃 등 봄꽃과 주요 수종 개화 시기가 앞당겨지고 있으며, 1990년 이후 우리나라 특산 고산종인 구상나무림 쇠퇴도 가속화되고 있다. 사과의 경우도 생육 가능 최적온도의 변화로 사과의 주산지가 북쪽으로 이동하였다. 최근 10년간 40만 명에게 제한 급수가 실시되는 등 겨울 가뭄 피해가 발생하였고, 말라리아, 뎅기열 및 쯔쯔가무시병 열대성 질병 발병이 증가하였다. 기후변화에 의한 폭염으로 인한 사망자가 1991~2003 동안 2,131명으로 추정되며, 태풍·국지성 집중호우로 인해 피해액이 10년마다 3.2배씩 증가 추세에 있다. 또한 최대 일일 강수량이 1990년 대비 2000년대에 59.4㎜ 증가하였다. 가까운 미래에 해수 온도 및 해수면 상승으로 인해 집중 호우 및 태풍 강도가 증가하고, 하천 하류의 홍수위가 상승하여 도시 지역 및 연안 지역 등의 홍수 관리에 어려움이 증가될 것이며, 자연재해로 인한 피해액도 더욱 커질 것이다.

한반도 기후변화에 따른 농작물 재배 적지 및 어장 변화

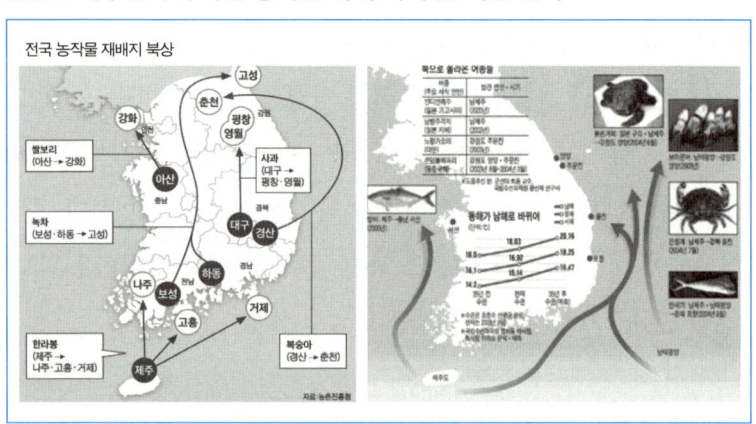

향후 과제

녹색 성장이 우리나라 경제 · 사회 · 문화 전반에 뿌리내리기 위해서는 녹색 성장 5개년 계획을 각 분야별로 내실 있게 추진하여야 할 것이다. 특히 기후변화 대응 부문별 · 업종별 목표 관리제와 배출권 거래제, 녹색 기술 · 산업의 발전, 그리고 녹색 금융의 활성화 등을 적극 추진할 필요성이 커지고 있다.

1. 기후변화 대응 부문별·업종별 목표 관리제와 배출권 거래제

2020년까지 온실가스 배출을 BAU 대비 30% 감축하는 국가 중기 감축 목표를 체계적으로 달성하기 위해서는 제도적인 기반 구축과 함께 여러 부문에서 온실가스를 감축하도록 정책을 개발·시행하는 것이 필요하다. 이를 위해서는 부문별로 온실가스 감축 잠재량을 파악하여 실질적으로 감축하는 구체적 방안(이른 바 상향식 접근, bottom-up approach)을 모색해야 한다. 이의 일환으로 녹색 성장 기본법에서는 산업·발전, 교통·건축, 폐기물 및 농축산 등 4대 부문별로 온실가스 감축 목표를 설정하도록 하고 있으며, 이러한 부문별 목표는 객관적이고 공정하게 설정되어야 한다. 이 과정은 이해관계자·전문가 의견을 충분히 수렴하고 관계 부처 협조를 통해 사회적인 합의를 달성하도록 구성되어야 한다.

이와 함께 온실가스 배출권 거래 제도의 도입도 필요하다. 녹색 경제·사회 구조로의 전환을 하기 위해서는 시장을 기반으로 하는 제도를 도입하여, 자발적 온실가스 감축 노력을 극대화하고 우리 경제 체제를 저탄소형 구조로 전환해야 한다. 물론 기존 제도와의 중복 적용은 방지하되, 이미 구축된 인프라를 최대한 연계·활용함으로써 준비 부담을 최소화하는 한편 부문별·업종별 특수성을 반영하고, 우리 산업의 글로벌 경쟁 환경 변화에 탄력적으로 대응이 가능하도록 제도를 설계해야 한다. 이를 위해 온실가스 감축과 경제성장이 상호 지원·촉진 관계가 되도록 경제 부처와 환경 부처가 동시에 참여하는 추진 체계를 구축하고 효과적 제도 운영을 위한 체계를 조속히 마련하는 한편, 기후변화 관련 국제사회 움직임에도 관심을 가져야 한다.

2. 녹색 기술 · 산업의 발전

녹색 산업 발전 기반을 강화하기 위해서는 녹색 기술 및 산업의 체계적 육성이 필요하다. 녹색 시장에서 기술 경쟁력을 확보하기 위해 녹색 기술 R&D 투자 확대와 함께 효율성과 전략성을 강화할 필요가 있다. 또한, 녹색 중소기업의 기술 경쟁력을 제고하여 부품 · 소재 분야에서 수입을 대체할 수 있도록 적극적인 지원이 필요하다. 녹색 기술의 조기 성장 동력화 및 중기 온실가스 감축 목표 달성에 기여할 수 있도록 10대 핵심 녹색 기술별 성장 동력화의 본격적인 추진이 필요하다. 이차전지, 미래 원자력, 고도수처리, CCS, 스마트그리드, LED 조명, 그린 IT, 태양전지, 그린카, 연료전지 등 10대 핵심 녹색 기술을 중심으로 기초 · 원천연구를 강화하는 녹색R&D 예산 배분 방향도 수립하고 추진해야 할 것이다.

전 세계적으로 신재생 에너지, LED, 그린카 등 녹색 산업은 시장 규모가 폭발적으로 증가할 것으로 예상된다. 그러나 국내 녹색 산업은 초기단계로 기술 등 기반이 취약하며, 장기적 선순환 구조를 위한 중소 · 중견 기업의 육성이 미흡한 상황이다. 이를 해결하기 위해서는 부품 · 소재 분야로서 수입 대체 효과 및 단기 상용화 가능성이 높은 중소 기업형 유망 녹색 기술, 특히 중소 기업형 녹색 원천 기술에 대한 개발 전략을 수립하는 것이 필요하며, 연료전지, LED 등 핵심 기술별 액션 플랜 수립도 시급하다.

3. 녹색 금융 활성화

최근 정책금융의 녹색 기업에 대한 자금 공급은 당초 계획을 초과하는 반면, 민간 금융기관은 금융 공기업에 비해 대출·투자가 저조한 수준이다. 또한 민간 자금의 유입을 위해 비과세 혜택이 부여되는 녹색 금융 상품을 도입하였으나, 녹색 인증·전문기업 등 투자 대상이 제한되어 관련 상품 출시가 지연되고 있다. 또한 정부 출자 등으로 녹색·신성장 분야 전용 투자 펀드는 결성되었으나 실제 투자액은 결성 규모의 20%에도 미치지 못하는 상황이다. 이를 해결하기 위해서는 민간 금융회사의 실질적 자금 공급을 유도하도록 세제 혜택이 부여된 녹색 금융 상품의 활성화가 필요하다. 즉 현행 세제 지원 방식의 개선 및 확대, 녹색인증 사업 범위 및 녹색 저축 투자 대상의 확대 등 활성화 방안을 추진해야 한다. 또한 녹색 산업의 장기 투자, 고위험 등을 감안, 간접 금융시장보다 자본시장을 이용한 투자 활성화 방안 마련이 필요하다. 이와 함께 금융기관의 녹색 산업에 대한 이해도 제고를 위한 교육, 기업 컨설팅 프로그램 지원 등 녹색 기업과 금융회사 간 네트워크 강화와 녹색 건축물 보급을 위한 금융지원 강화 등 녹색 금융 활성화를 위한 정부의 적극적인 노력이 필요할 것이다.

결어

역사적으로나, 현 시대의 상황을 볼 때 변화가 필요할 때 이를 적극적으로 수용한 국가는 번영을 누린 반면, 소극적·수동적으로 대응할 경우 중·장기적으로 역사에 공헌한 국가는 거의 없다고 보여진다. 현 시점이 변화 또는 패러다임 전환이 필요한 바로 그 적기라는 데는 이견이 있을 수 있으나, 현재의 우리 경제·사회 구조 및 방식이 미래 특정 시점까지 지속되어 후손의 번영이 보장되는 체제라고 단언하기는 어렵다고 보는 것이 적절할 것이다. 왜냐하면 우리나라처럼 에너지 자립도가 낮은 나라가 에너지 다소비형 사회·경제 구조를 무한정 지속할 수 없고, 특히 국제 경쟁이 치열해져 기업 뿐만 아니라 한 국가의 운명까지 급변하는 현재의 국제 상황을 볼 때 항상 미래를 염두에 두고 전략 및 정책을 개발해야 하기 때문이다.

이런 관점에서 볼 때 '녹색 성장'은 분명 우리가 나아가야 할 방향이다. 현재의 산업구조를 고도화·고부가 가치화하더라도 새로운 성장 동력이 없으면 언젠가 성장은 정체될 것이며, 이럴 경우 치열한 국제경쟁 속에서 생존 자체를 걱정해야 하는 상황에 직면할 수 있기 때문이다. 변화를 위기로만 인식하지 말고, 오히려 기회로 보고, 선제적·창의적 투자를 통해 단계별로 미래를 준비하는 것이 필요하다. 나아가 변화가 불가피하다면 먼저 변화를 선도하는 것이 바람직한 방향이며, 이런 관점에서 볼 때 '녹색 성장'은 지금 바로 우리나라가 지혜를 모아 현명한 실천 전략을 수립하고 실행에 옮겨야 하는 비전이자 패러다임이라고 여겨진다.

새마을 정신의 가치

보릿고개 탈출 - 박정희의 지혜

1. 최근에 우리는 가을이 되면 쌀 공통과잉 생산과 재고에 처리가 이슈가 되어 농정 전체가 흔들릴 때가 있다.

남은 쌀을 어떻게 할지를 놓고 햇볕정책과 인도적 차원에서 북한으로 일정량을 보내야 한다는 주장을 포함해 여러 견해가 다양하게 논쟁을 하고 있다.

정부는 급기야 쌀 재배 면적을 85만ha를 81만ha로 줄이고 그 줄인 4만ha의 논에 콩, 옥수수, 조사료를 대신 심으면 연간 쌀 생산량 20만t이 감소된다 한다. 1일당 소비량도 140kg → 87kg(2002년), 72.8kg로 줄게 되었다.

남은 쌀을 소비 촉진시키기 위해 쌀 가공율 소비율을 6%에서 15%로 2015년까지 올리겠다고 한다.

2. 일본과 한국의 ha당 쌀 수량

아래 자료에 따르면 1960년대까지 한국의 ha당 쌀 수량이 일본의 1/2의 수준밖에 되지 않음을 알 수 있다.

일본과 한국이 벼농사에 있어 자연적 요인의 유·불리한 점이 있을 수 있지만 쌀 수량은 두 배나 차이 날 정도는 아니라고 생각된다.

• 일본

일본은 역사적으로 지방분권적인 봉건시대였으며 쌀의 생산량이 봉건 영주의 세력을 나타내었다는 것은 봉건 일본 사회에서 벼농사가 얼마나 중요하였다는 것을 알 수 있다.

일본의 봉건 영주들은 자기 영역의 백성들로부터 지지를 받는 한 대를 이어 가면서 그 지역의 영주가 될 수 있었다.

그래서 영주들은 영지 내의 백성들로부터 지지를 받기 위해 지역 내의 쌀 증산에 적극적인 노력을 하게 되었다.

특히 수리 안정팀 조성을 위한 일들을 많이 하게 되었으며 1888년에는 일본 농업에서는 천수답이 사라질 정도로 수리시설이 개선되었다고 한다.

영주들의 농업 증산을 위한 노력으로 1860년대의 명치유신 시대의 일본 농민들의 벼 재배 기술은 아시아 지역의 다른 나라들보다 이미 높은 수준에 달하고 있었다.

쌀의 ha당 수량을 높이기 위한 종자 선별, 비배 관리, 집약적인 재배 방법 등의 농가 수준까지 널리 보급되었다고 한다.

이처럼 일본의 지방분권적인 봉건사회는 일본 국민들이 농업과 농촌을 소중히 여기는 農本主義 사상을 지니게 하는 문화를 남겼다고 보겠다.

그래서 일본에서는 봉건 영주들에 의해 조성된 농본주의 사상의 뿌리는 일본이 경제대국으로 발전하는 과정에서도 지속되었으면 현재에서도 일본의 국가 발전에 있어서 벼농사는 여러 가지의 기능들을 하고 있기 때문에 벼농사만은 지켜야 한다고 일본 국민들은 생각하고 있다.

• 한국

일본과 달리 한반도에서는 오랜 역사를 통하여 중앙집권적인 봉건사회가 지속되어 왔다. 한반도에서는 중앙정부로부터 발령을 받아 부임한 관료들에 의해 농민들이 통치되었다.

중앙집권적인 봉건시대의 지방 관료들은 한 곳에서 근속하기보다는 중앙정부의 발령에 따라 근무지를 이동하게 되었다. 따라서 봉건 관료들은 한자리에 오래 있기 위해 지역 농민들로부터 지지를 받아야 할 필요가 없었다.

봉건 관료들은 그 고장의 양반 계급과 지주층들을 중요시하였지 농사꾼들과 벼농사를 소중하게 여기지 않았다. 자기 소관 내의 관개수리 시설을 개량하고 쌀이 증산되게 함으로 해 지역 농민들로부터 신뢰와 존경을 받으려는 노력을 하지 않아도 되었다.

따라서 말로만 農者天下之大本이라고 하면서 농사꾼을 천시하는 문화를 남겼다고 본다.

그래서 1950년대 후반까지 한국의 논 면적의 약 절반 정도는 수리가 불안전한 논이거나 하늘만 쳐다보는 천수답이었다.

수리가 불안전한 논 면적이 절반이나 되면 특히 가뭄 피해가 심해지면 쌀의 수량이 안정되지 못하고 그해 기상 조건에 따라 달라진다.

일본과 한국의 ha당 쌀 수량의 역사적 비교(1883~1988)

년도	일본(t/ha)	한국(t/ha)
1883~1887	1.64	-
1888~1892	1.80	-
1893~1897	1.73	-
1898~1902	1.91	-
1903~1907	2.12	-
1908~0912	2.06	1.14
1913~1917	2.40	1.30
1918~1922	2.51	1.36
1923~1927	2.54	1.42
1928~1932	2.54	1.46
1933~1937	2.71	1.63
1966~1970	3.92	3.14
1975~1979	4.25	4.46
1984~1988	4.48	4.49

일본 자료 Basic Statistics, 206 / 한국자료 조선농회간, 조선농업발전사, 발전론

보릿고개의 탈출 - 통일벼 - 박정희 지혜

지도자의 4대 덕문은 첫째 지혜, 둘째 정의─옳고 그름을 가려서 옳은 것을 택하고 그른 것을 잘라 낼 수 있는 도덕적 판단력과 실천력.

셋째 강인성─어려움, 역경 위험 등을 극복하기 위한 정신적, 정서적인 힘. 넷째 절제력─자기자신의 욕망을 억제하고 균형을 지킬 수 있는 능력을 갖추어야 한다.

여기서 박정희 대통령의 지도자로서 지혜의 면을 살펴보겠다.

우리는 1960년대까지 가난을 운명으로 받아들여 왔다. 봄이 되면 보

릿고개는 선조 대대로부터 내려온 일상의 현상으로 받아들였다. 농촌에는 가을 벼 수확을 끝내면 긴 겨울 동안 별 다른 노력없이 살아왔으니 어찌 가난을 떨쳐 버릴 수 있겠는가.

박정희 대통령은 어떻게 하면 보릿고개를 벗어날 수 있을까 고심을 했다. 땅 면적을 늘리는 것은 제한된 국토 면적상 쉬운 일이 아니니 당장은 단위면적당 쌀 수확량을 늘리는 길밖에 없지 않다라고 생각하였다.

1. 한해 대책과 수자원 개발

우선 전천후 농업으로 만들기 위해 농업용수 개발사업에 힘을 쏟았다.

1968. 11. 15자 박정희 대통령이 정부 내각에 내려보낸 전천후 농토 조성사업의 의지·구상에 관한 친서 육필전문의 구절… '農은 天下의 之本'이라 하면서도 오랜 세월 천수답으로 내버려 둔 우리나라 농토는 더 큰 재해를 불러왔고 그로 인해 가난은 더욱 심해졌다.

비록 오늘의 우리가 고되고 힘겨워도 후손들이 '가뭄 없는 農土'를 물려받아 잘 살게 될 그날을 위해 희생정신으로 일해야 한다고 거듭 강조한다.

뚜렷한 목표를 향한 끈덕진 노력 없이 후진의 멍에를 벗어 버릴 수는 없다. 삶이 지치기도 했던 농민들에게 희망을 안겨 주며, 자립과 번영의 영관을 조국에 돌리고자 우리는 촌각을 아껴 이 사업 목표를 향해 끈질긴 노력이 필요하다.

정부는 평야지대에 있는 논들에는 저수지를 설치함으로써 물을 공급할 수 있게 하였으며 저수지를 설치하기가 어렵거나 경사진 곳에 있는 이른바 천수답에는 관전을 파고 지하수를 퍼올려 물을 공급할 수 있게 했다. 이 결과 수리안전답의 비율은 1961년의 55%에서 1969년에는 75%로 높아졌다.

한국 농업의 관개시설별 논면적 분표(1957~1960)

년도	(1,000ha)	관개시설별 면적의 비율			
		안전답(1)(%)	불안전답(2)(%)	천수답(3)(%)	(2)+(3)(%)
1957	1,110	51.4	25.3	23.3	48.6
1958	1,114	52.1	24.9	23.0	47.9
1959	1,118	52.6	25.1	22.3	47.4
1960	1,126	53.4	25.1	21.5	46.6
1961	1,133	54.6	25.0	20.4	45.4
1965	1,209	58.2	24.8	16.5	41.3
1969	1,208	75.1	13.2	11.7	24.9

자료 : 농림통계연보, 1962

1960년 때만 해도 지하 깊은 곳까지 굴착하는 기계가 희소했기 때문에 농촌의 인력으로 깊이 약 8m까지의 관전들을 파게 되었다.

1960~1980년 기간에 전국에 걸쳐 파게 된 관전들의 총 수는 약 15만 개소가 되는 것으로 추산되고 있다. 이것은 1개 면에 평균 약 100개의 관전이 새로 생겨난 셈이다.

농민들이 물 걱정을 하지 않고 농사를 지을 수 있게 되자 ha당 수확량이 높아지면서 연차별 수량의 변동 폭도 감소되었다.

모심기 철의 가뭄으로 농민들이 기우제를 지내면서 비를 기다리는 동안 큰 강들의 푸른물은 벼농사에 이용되지 못한 채 그대로 바다에 흘러 내렸다. 박 대통령은 강물이 바다로 흘러내리기 전에 가능한 한 많이 이용하기 위해 역사적인 사업을 시작하였으며 이른바 4대강 유역 개발이라고 불렀다.

1960년대의 남한의 총저수량은 12억 입방미터였지만 1979년에 와서
는 106억 입방미터로 약 9배 정도로 늘어났다.

4대강 유역 개발의 실적(1961~1979)

역할	1960년 이전(백만㎥)	1961~1979(백만㎥)
총 저수량	1,224	10,627
용수공급	-	8,898
홍수조절	232	1,600
발전시설 용량(천㎾)	193	2,021

자료 : 농림통계연보, 1962

다목적댐들에 저수된 물은 생활용수, 공업용수, 농업용수, 홍수조절,
그리고 수력발전 등에 이용된다. 4대강 유역에 있는 모든 농경지들의
관개시설과 배수시설들이 개발됨으로써 이른바 전천후 농업이 가능
해질 것이다.

한편 정부는 벼농사의 노동생산성을 높이기 위해 논이 많은 평야지
대부터 경리정리사업을 실시하는데 지원하게 되었다. 이 결과 1965년
대에는 총 면적의 4%만이 경지정리가 되어 있던 것이 1980년에는
28%로 높아졌다.

2. 통일벼의 보급

농업연구기관들을 확충하였으며 연구기관에서 생산된 새로운 농업
기술들을 농가에 보급하는 지도사업을 강화하는데 투자를 늘렸다.

1960~1980년 기간의 농촌진흥청의 연구직 인원수와 지도직 인원수

가 크게 늘어나게 된다.

 연구직은 310명에서 858명으로 2.8배가 늘어났으며 지도직은 1200
명에서 약 8000명으로 6.7배로 늘어났다.

 1961년의 5.16 군사혁명 이후로 박정희 대통령은 농촌의 보릿고개를
없애는 식량 증산을 위해 '한치의 땅도 놀리지 말고 식량을 증산하자'
라는 구호를 내걸고 식량 증산에 힘을 쏟게 한 결과 쌀생산이 획기적
으로 증가했다. 한국의 쌀생산은 1953~1955년에는 연평균 214만 톤에
지나지 않았던 것이 1961~1965년에는 350만 톤으로 10년 사이에 64%
가 추가로 늘어났으며 다시 1971~1975년에는 410만 톤으로 늘어났다.

농촌진흥청의 연구직과 지도직 인력의 증가(1960~1980)

년도	연구직	지도직(명)	합계
1960	310	1,192	1,502
1965	609	6,534	7,143
1970	635	6,369	6,995
1975	818	7,626	8,444
1980	858	7,980	8,838

 쌀 생산의 이와같은 증가에도 불구하고 급속도로 늘어나는 쌀의 국
내 수요를 충족할 수 없었다. 쌀 증산에도 불구하고 쌀이 부족하였던
주된 요인은 경제 발전으로 국민들의 소득이 늘어나면서 보리쌀의 소
비가 급격히 감소하였기 때문이었다.

 예컨대 1970~1980년 기간의 남한의 1인당 보리쌀 소비량은 70kg에
서 14kg으로 감소되었다. 이에 따라 1인당 쌀 소비량은 1965년의
115kg 수준에서 1970년에는 136kg으로 늘어남으로써 쌀생산이 수요
의 증가를 따라가지 못했다.

이에따라 정부는 부족한 정부미를 수입 쌀로 충당해야만 했다. 예컨대 정부는 1960년대 후반기에는 연평균 33만 톤의 쌀을 주로 미국으로부터 수입하였으며 1970년대 전반기에는 연평균 52만 톤의 쌀을 수입하게 되었다.

이렇게 되자 수출에서 번 달러를 쌀을 수입하는데 소비하게 되어 쌀의 자급 문제가 가장 긴급한 국가적인 과제로 나타나게 되었다. 그리하여 농림부의 직제는 주곡인 쌀을 지급 하는데 최우선 순의를 둘 수밖에 없었다.

박 대통령은 단위면적당 쌀 생산량을 높일 수 있는 품종의 개발이 절대적으로 필요하다고 확신하고 필리핀 국제미작연구소(IRRI)에 농업과학자들을 집중해서 많이 보내 연구를 하도록 했다.

한국의 농업과학자들이 IR 계통 벼와 자포니카 계통 벼의 교잡에 의한 통일벼를 개발함으로써 1970년대 초기에 이를 전국적으로 보급한 것이 쌀의 자급을 이룩하는 데 크게 기여하였다.

새마을운동이 점화되기 시작한 1972년 통일벼의 보급률이 16%이던 것이 1977년에는 55%까지 늘어났다. 이에 따라 ha당 쌀 수량은 3.34톤에서 4.94톤으로 거의 50%가 증가되었다. 이로써 1970년대가 한국 농업의 녹색 혁명이 일어난 시대로 기록되고 있다.

1977년 드디어 쌀 생산량이 소비량을 넘어서 보릿고개를 탈출하는 대역사가 창조된 것이다. 1970년대의 한국의 벼농사에 녹색 혁명이 일어나게 된 결정 요인들로 다음 사항들이 지적되고 있다.

• 다수확 신품종의 개발과 보급

한국의 농학자들이 1965년부터 필리핀에 있는 국제미작연구소의 협조를 받아 연구를 한 결과 1970년에는 자포니카벼 품종과 인디카벼 품종과의 교잡으로 다수확 신품종인 통일벼를 개발하는데 성공했다. 이 신품종 볍씨의 재생산 기간을 단축하기 위해 겨울철에 통일벼 종자를 항공기 편으로 필리핀으로 수송하여 그곳에서 볍씨를 확대 재생산한 것을 다음 해 봄에 다시 항공기 편으로 한국으로 수송하여 전국적으로 시범 보급했다.

- 통일벼의 보급에 있어서 저온 문제, 새로운 질병 문제 등을 극복하는 새로운 기술을 개발함으로써 이들을 즉각 농가 수준에 보급했다.
- 지역 단위로 통일벼를 심는 농가들이 영농단지를 만들어 공동으로 영농을 하게 됨으로써 신품종 도입에 따르면 어려움들을 극복해 내는 동시에 보온못자리, 밀식 재배, 그리고 다비 농법 등의 도입을 과학적으로 할 수 있게 되었다.
- 통일벼 재배에 소요되는 생산 자재들이 차질없이 공급되게 행정적인 지원을 하게 되었다.
- 통일벼가 보급된 시기에 전국의 마을단위에서 새마을사업들이 전개 되었기 때문에 녹색 혁명과 새마을운동은 한국 농업 발전에 있어서 서로 보완적인 효과를 나타내었다.
- 그 당시의 정부와 국회는 농민들의 사기진작을 위해 고미가 정책을 실시한 것이 농민들이 다수확 품종 도입에 적극성을 나타내게 한 요인이 되었다.

뿐만 아니라 1970년대에는 축산물과 원예농산물들에 대한 수요가 공급보다 더 빠르게 증가하고 있었으므로 농민들이 축산물, 원예농산물, 그리고 각종 해산물들로부터 현금 수입을 얻는 기회가 늘어났었다.

이를 보면 1971년에는 1025달러이던 것이 1977년에는 2961달러로 2.8배로 높아졌다.

7년 동안에 농가 소득이 180%가 추가로 증가하였으므로 연평균 농가소득 증가율이 23%가 된다. 여기서 우리는 1970년대의 한국 농민들은 신바람이 날 수밖에 없었다는 것을 알 수 있다.

남한의 쌀 수량 증가와 농가 소득과의 관계, 전국 평균(1970년대)

년도	쌀 수량(ton/ha)	통일벼 보급률(%)	농가소득($)
1970	3.30	-	824
1971	3.37	-	1,025
1972	3.34	15.9	1,075
1973	3.58	10.4	1,209
1974	3.71	15.2	1,393
1975	3.86	22.9	1,804
1976	4.33	43.9	2,389
1977	4.94	54.6	2,961

더 나아가 박 대통령은 농민들이 쌀 이외의 경제작물이나 축산을 개발함으로써 농가 소득원을 다양화할 수 있는 농어민 증대 특별사업까지 1968년부터 실시하여 비닐하우스, 양송이, 이육우, 양돈, 양계들의 주산지를 만들었다. 우리는 여기서 박 대통령의 통일벼 생산과정을 보면서 그 지혜를 높이 평가하게 될 것이다.

---

* 이 글은 새마을운동의 평가에 있어서 뜻을 같이하는 박진환 박사님의 도움을 받았습니다.

"어떠한 고난과 역경도 함께하는 이들이 있어 힘들지 않습니다."

2011. 5. 16. 국제과학비즈니스벨트 선정과 관련, 16일 국회 의원회관 1층 로비에서 농성을 하고 있는 이인기 한나라당 경북도당위원장.

"국민의 생존권은 그 어떤 무엇에도 우선하는 최고의 가치입니다."

2011. 6. 9. 이인기 행정안전위원회 위원장과 여야 의원, 김관용 경북도지사가 캠프캐롤을 방문하여 존디 존슨 미8군 사령관으로부터 브리핑을 받고 있다.

"교육은 대한민국의 미래이고 희망입니다."

2009. 7. 10. 이날 이인기 의원은 칠곡군 북삼중학교 대강당에서 북삼읍 지역의 주민, 학부모, 교사, 교육관계자 등을 초청하여 '북삼고-어떻게 명문고로 만들 것인가' 라는 주제로 간담회를 가졌으며, 간담회 시작 전 북삼중학교에서 100% 영어로 진행되는 원어민 교사 수업을 참관하였습니다.

2011. 5. 30. 칠곡군 교육문화회관 소강당에서 열린 '칠곡군 교육의 발전 방향' 에 관한 토론회